U0895520

双语译林
壹力文库
166

〔英国〕C. S. 刘易斯 著
薛丹艳 译

# 纳尼亚传奇
# 能言马与男孩

译林出版社

# 目　录

# 第一章　沙斯塔踏上征程

这是个发生在纳尼亚王国和卡乐门王国，以及两国领土之间的冒险故事。那是个黄金时代，彼得是纳尼亚王国的至高王，他的弟弟和两个妹妹则是他统治下的国王和女王。

彼时，在卡乐门王国遥远的南方，有一个海滨的小港湾，那里住着一个贫穷的渔夫，名叫阿什伊什。和他住在一起的，是个叫沙斯塔的男孩，那男孩唤他作爸爸。大多数时候，阿什伊什清晨就驾船出海捕鱼。下午时分，他便拴好驴车，装上一车鱼，往南驶约莫一英里，到村子里去卖。卖得好的话，他回到家便是和风细雨，不再和沙斯塔啰唆；倘若卖得不好，他便存心对沙斯塔吹毛求疵，甚至拳打脚踢。他总能寻着沙斯塔的错处，因为沙斯塔有许多杂活儿要干，像修洗渔网，做晚饭，还要打扫他们俩住的那间小屋。

沙斯塔对他们家南边的任何事物都提不起兴趣，他曾和阿什伊什去过那儿的村庄一两次，知道那里没什么意思。他在村子里遇到的其他人都和他的父亲一般无二——身着肮脏的长袍，脚蹬露趾的木鞋，戴着头巾，络腮胡子，慢吞吞地讲些听来单调乏味的事儿。可他对北边的一切都兴致盎然，因为那里从未有人踏足，也决不许他独自前往。每当他孤零零地坐在门外补网时，他时常眼巴巴地望着北方。极目远眺，也只能望见绿草茵茵的山坡，连绵至平坦的山脊，山脊之外的天空或许藏匿着几只飞鸟。

有时，沙斯塔会问阿什伊什，“我的父亲啊，山的那边是什么呢？”如果渔夫心情很差，便要打沙斯塔一个耳光，叫他赶快去干活儿。如果他心情还不错，便会回道：“我的儿子啊，别想这些没用的。一位诗人曾说过：人致力于经商才能发家致富。问些与此无关的问题就如同驶着愚蠢的船撞向贫困的礁石。”

沙斯塔觉得在小山外一定有些振奋人心的秘密，他的父亲对此秘而不宣，不想让他知道。然而实际上，渔夫这么说只是因为他并不知道北边究竟有什么。当然，他也不在乎，他可现实得很。

有一天，从南方来了个陌生人，他不同于沙斯塔以往见过的任何人。他骑着一匹强壮的花斑马，鬃毛飞扬，马尾飘垂，马镫和缰绳上都镶着银边。他身穿锁子甲衬衫，头戴丝质头巾，头盔的尖刺从中凸出。他身侧挂着一把弯刀，身后背着一个镶有铜块的圆形盾牌，右手握着一柄长矛。他面色黝黑，不过沙斯塔并不惊讶，因为所有卡乐门王国的人都是这样。真正令沙斯塔感到惊讶的是他那染得绯红的胡须，卷曲着，油光发亮，还散发着香味。阿什伊什看到他露出的胳膊上带着金环，断定这个陌生人是个泰坎，也就是位王爷。他连忙俯首向这位泰坎下跪，直至胡须触地，还示意沙斯塔也跪下。

那陌生人要求招待他过个夜，渔夫当然不敢拒绝。他们把最好的食物都摆上桌，供泰坎享用晚餐（他可都不太瞧得上哩）。而沙斯塔呢，就和平日里一样，只要有客人在，渔夫就给他一块面包，让他到屋外待着去。每逢这种时候，他便常常和驴子一同睡在茅草顶的驴棚里。但眼下就去睡觉还为时过早，沙斯塔便坐到了门后，侧耳伏在小屋木墙的裂缝上，听着大人们的谈话。从没人教过沙斯塔不能偷听别人说话。以下便是他听到的谈话。

“是这样的，主人家啊，”泰坎说道，“我想买下你的那个男孩。”

“我的老爷啊，”渔夫回道（听着那谄媚的口吻，沙斯塔便能大概想象出渔夫说这话时的贪婪模样），“您的仆人虽然贫穷，但怎样的高价才能令他不惜将唯一的骨肉变卖为奴呢？有位诗人说过：血缘天性，比羹汤更浓郁；子孙后代，比宝石更珍贵。”

“就算是这样，”客人冷冰冰地回答道，“但另一个诗人也曾说过：妄图欺瞒智者的人，后背已然赤裸，要挨鞭笞了。年纪一大把，可别再满口胡言了。那孩子一看就不是你亲生的，你面色黝黑，和我一般，可那男孩肤色白皙，就如同那些长在遥远的北境里，容貌出众却备受诅咒的外邦人一样。”

“有句话说得好，”渔夫答道，“盾牌可抵挡刀剑，可智慧的眼睛却能穿透一切防御！这下我可算知道了，我敬畏的客人啊，因为我的穷困潦倒，我从未娶亲，也并无所出。但就在蒂斯罗克（愿他万寿无疆）开始他威严而仁慈的统治的那一年，一天夜里，月儿圆圆，众神欢欣，我却难以入眠。于是我便起床，走出小屋，来到海滩边上，看看海水和月亮，呼吸凉爽的空气来提提神。不一会儿，我听到了船桨拨动水面的声音，紧接着，我好似听到了一声微弱的哭声。过了一会儿，潮水将一只小船冲上了岸，里面空空如也，只有一个饿得瘦骨嶙峋的男人，他似乎才刚刚死去（他的身体尚有余温），一个空水袋和一个尚有鼻息的孩子。‘毫无疑问，’我说，‘这两个不幸的人儿定是从一艘失事的大船上死里逃生，大人不惜自己饿死也要让孩子活下来，因着造物主的绝妙安排，他得以撑到在看到陆地时才咽气。’所以呀，记住神祇从不亏待那些善待穷人、有恻隐之心的人（因为您的仆人本就心肠很软）——”

“省省这些自卖自夸的废话吧，”泰坎打断了他，“我只要知道是你收养了那孩子就行了。大家都心知肚明，你让那孩子干的活儿，都够他吃平时十倍那么多的面包了。你现在就告诉我，你打算要多少钱，我可受够你的喋喋不休了。”

“您自己也说了，”阿什伊什回道，“使唤那孩子给我带来了巨大的收益。谈价格嘛，必须得考虑这一点。假如我卖了这孩子，我肯定还得去买一个或者雇一个人来干这些活儿。”

“我出十五个新月币买他。”泰坎说道。

“十五个！”阿什伊什大叫道，夹着抱怨和尖叫，“十五个！他可是我老之所依，心之所乐！别以为您是位泰坎，就能糊弄我这把老骨头。我要七十个新月币。”

听到这里，沙斯塔站起身来，蹑手蹑脚地离开了。他听到了他想知道的一切，他在村子里看到过人们讨价还价时的情形，知道这是怎么一回事儿。他确信最终阿什伊什会以高于十五而低于七十新月币的价格卖掉他，只不过他和那位泰坎要花好几个小时来就此达成一致罢了。

倘若我们偷听到父母要将我们变卖为奴，一定伤心欲绝，可你千万别以为沙斯塔也会这么想。一来，他原本的生活比奴隶也好不了多少；在他看来，那个一身贵气、骑着骏马的陌生人说不准比阿什伊什对他还好呢。二来，他是阿什伊什在小船里发现的，这身世令他激动不已，也让他如释重负。他从前总有些惴惴不安，因为无论他怎样努力，他也无法打心眼里喜爱渔夫。可他心里明白，孩子理所应当要爱他的父亲。现在，一切都水落石出了，他和阿什伊什半点儿血缘关系也没有。这让他松了一大口气。“哎呀，这样我可能是任何人呢！”他想道，“说不定我自个儿就是个泰坎的儿子——或者是蒂斯罗克（愿他万寿无疆）的儿子，没准儿还是神的儿子呢！”

他站在小屋前的草地上，满腹心事。暮色悄然而至，一两颗星星已散落天辰，而西边落日的余晖还依稀可见。不远处，陌生人的马儿正吃着草，它被松松垮垮地系在驴棚墙壁的铁环上。沙斯塔踱步而至，拍了拍马儿的脖子。可它仍旧低头啃着青草，并不搭理他。

沙斯塔又想到另一桩事。“那泰坎究竟是一个怎样的人啊，”他大声说道，“要是他是个大善人就好了。我听说在大贵族府中，一些奴隶常常都无事可做，还每天丰衣足食的呢。或许，他会带我上战场，而我会在一场战斗中救他一命，于是他便会恢复我的自由，还收我做他的养子，没准儿还会赐我一座宫殿、一辆战车和一套盔甲呢。可也许他是个残暴的大恶人。说不定还会给我拷上铁链，赶我去田里干活儿。要是我能知道他是个什么样的人就好了。可我要怎么才能知道呢？我敢说这马儿肯定是知道的，可惜它没法儿告诉我。”

马儿抬起头来。沙斯塔抚摩着它顺滑如缎的鼻头，说道：“老伙计，我真盼着你能说话呀。”

有那么一瞬间，他以为自己是在做梦，因为他分明听见，那马儿低沉地说道：“我是会说话的。”

沙斯塔直勾勾地盯着马儿的大眼睛，自己也吃惊地瞪大了双眼。

“你是怎么学会说话的呀？”他问道。

“嘘！小点声，”马儿回道，“在我们那里，几乎所有的动物都会说话。”

“那里究竟是哪里呀？”沙斯塔又问道。

“纳尼亚。”马儿答道。

“快乐之国纳尼亚——山间石楠丛生，山谷开遍百里香；百川汇集，急流飞溅；洞穴布满青苔，丛林深深，响彻着小矮人的锤声。纳尼亚，空气多么芬芳！在卡乐门待上一千年都还比不上在纳尼亚的一小时呢。”最后一声长嘶，听来更像是一声叹息。

“那你是怎么来到这儿的？”沙斯塔问道。

“被绑来的，”马儿说道，“也可以说是被偷来的，或者说是被掳来的，随你怎么说都行。那时我还是一匹小马驹。妈妈告诫我别到南边的山坡上转悠，也别跑去阿钦兰及其以外的地方，可我却把她的话当成了耳边风。现在我为自己的愚蠢付出了代价。这些年来，我沦为人类的奴隶，藏起自己的本性，装聋作哑，装出一副和普通的马儿一样蠢笨无知的样子。”

“为什么不告诉他们你的真正身份呢？”

“别傻了。一旦他们发现我会说话，他们就会把我牵到集市上展出，比以往还严密地看守我，那我连最后一丝逃跑的机会也没有啦。”

“那为什么——”沙斯塔刚开口，马儿就打断了他的话。

“听着，”它说道，“我们现在可不能把时间浪费在这些没用的问题上。你想打听关于我的主人泰坎安拉丁的事对吗？唉，他可不是什么好人。虽然他对我还不赖，但这也只是因为苛待战马实在是不划算罢了。要是你明天就要给他做奴隶，还不如今晚就死了呢。”

“那我还是逃走吧。”沙斯塔面色苍白地说道。

“是的，你最好还是逃走吧，”马儿说道，“那为什么不跟我一起逃走呢？”

“你也要逃跑吗？”沙斯塔说。

“是的，如果你和我一起逃走的话，”马儿回道，“这对我们俩都是个好机会。你瞧，若是没人骑着我一块儿逃跑，大家就会以为我是一匹‘走失的马’，便都要撒开了腿来追我。若是有个骑马的人，我就能畅行无阻了。这是你能助我一臂之力的地方。另一方面，靠你那两条小细腿，你是走不了多远就要被逮住的。（你们人的腿实在是太可笑了！）但是骑上我，你就能远远地将这里的其他马甩在后头。这是我能襄助你的地方。顺便问一下，我想你会骑马吧？”

“会啊，那当然，”沙斯塔说，“不管怎么说，我也骑过驴子呢。”

“骑过什么？”马儿嗤之以鼻地反诘道。（至少它就是这个意思。但实际上，它发出的声音更像是一声嘶鸣——“哇——哈——哈——哈——哈，骑过……”当能言马生气的时候，它们说的话更像是马语。）

“换句话说，”它继续道，“你不会骑马。这倒是个麻烦。我还得边走边教你。既然你不会骑马的话，那你会摔吗？”

“我想这是谁都会的吧。”沙斯塔说。

“我的意思是，你能从我背上摔下来还不哭不闹，立马起身，而后继续上马，即便再摔下来也不怕吗？”

“我——我会努力的。”沙斯塔说。

“可怜的小东西，”马儿轻言细语道，“我都忘了你还是个小不点儿呢。我迟早会把你训练成一个好骑手的。但眼下——我们还不能动身，得等到那俩家伙都睡过去了才行。趁这会儿工夫，我们来商量一下计划。我的主人泰坎是要去往北境的塔什班城，到蒂斯罗克的宫廷里去——"

"我说，"沙斯塔大吃一惊，插话道，"你怎么不说'愿他万寿无疆'呢？"

"我为什么要说呢？"马儿反问道，"我是匹自由自在的纳尼亚马。我为什么要像个奴隶和傻瓜一样说话？我可不想他万寿无疆，我也明白，不管我想不想，他都不会万寿无疆。我看得出来，你也来自自由的北境。你我之间就别再说这种南地的套话了。现在，言归正传，我刚说到，我的主人正要前往北境的塔什班城。"

"你是说我们最好往南逃吗？"

"我不这么想，"马儿说，"你瞧，他觉得我像他的其他马儿一样又聋又傻。若我真是这样，那么缰绳一松，我就会跑回家里的马厩和围场，往南跑两天就能回到他的官邸里去，这样他便能沿路找到我。他做梦也想不到我会自己往北跑。这样一来，他就会以为是有人在他骑马路过上一个村庄时，盯上了我们，一路尾随到这儿，把我偷走了。"

"哇，太好了！"沙斯塔说，"那我们就往北走。我一直都盼着能去北境呢。"

"这是自然，"马儿说，"血缘天性嘛，我敢保证你就是个北方人。小声点，我看他们现在就要睡着了。"

"我还是再溜回去看看吧。"沙斯塔提议道。

"好主意，"马儿说，"你可留神，别被发现了。"

眼下暮色更深，万籁俱寂，只有海滩上还传来阵阵涛声。沙斯塔却置若罔闻，自他记事以来，这涛声每天都伴着他。他走近小屋，屋内漆黑一片，便凑到门前侧耳倾听，里面静悄悄的。于是，他便绕到唯一的一扇窗前，不一会儿就听见了老渔夫贯耳的鼾声。想来也可笑，如果一切顺利，他就再也不用听这鼾声了。他屏住呼吸，怀揣着一点伤感，但总归是欢喜占了上风。沙斯塔悄悄地走过草地，来到驴棚前，摸索着拿到藏着的钥匙，打开门，找到搁在那过夜的马鞍和缰绳。他弯下腰，吻了吻驴的鼻子，说道："我很抱歉，我们没法儿带上你。"

"你可算来了，"他回来时马儿说道，"我还在琢磨着你是不是发生了什么事呢。"

"我刚把你的东西从驴棚里偷出来，"沙斯塔答道，"现在，你能告诉我怎么把它们戴到你身上吗？"

在接下来的几分钟里，沙斯塔一面小心翼翼地干着活儿，生怕发出叮叮当当的声响，一面听着马儿不停地说着，"把肚带收紧一点儿。""往下一点儿，你就能找到带扣了。"要不就是"你得把马镫缩短一点儿才行。"等都完事了，马儿说："我们得配个缰绳来装点门面，不过你倒是用不着它。把缰绳系在鞍的前穹——绑得松一点儿，这样我的脑袋才好活动。你可记住了，别去拉那缰绳。"

"这样的话，缰绳有什么用呢？"沙斯塔问说。

"通常缰绳是用来给我指路的，"马儿回道，"但这趟旅程我打算自己认路，你就别管了。还有一点，你可不能揪我的鬃毛。"

"可是，"沙斯塔可怜兮兮地说道，"要是我既不能拉缰绳，又不能揪鬃毛，那我怎么才能坐稳呢？"

"就靠你的膝盖，"马儿说道，"这是骑好马的诀窍所在。使劲用膝盖夹紧我，坐得像根拨火棍那么直，手臂要收拢。顺便问一句，你知道马刺怎么用吗？"

“当然是安在靴后跟上咯，”沙斯塔说道，“不过我也就知道这么点儿。”

“那你不如卸下马刺，收进鞍囊。等我们到塔什班城的时候，没准儿还能卖掉它。准备好了吗？我觉得你现在就可以上来了。”

“哇塞！你实在是太高了！”沙斯塔气喘吁吁地道，第一次他没能成功跳上马背。

“我再怎么高，也不过是匹马，”它回说，“看你那架势，别人还以为你是要翻过一垛干草堆哩！对，这回好多了。好，身体坐直，像我之前告诉你的那样，膝盖夹紧。想我当年在骑兵队中冲锋陷阵，在赛马场上独占鳌头，现在背上居然驮着你这么个土豆袋似的人儿，可真逗！”它暗觉好笑，倒也并无恶意。

深夜启程，马儿自然是万分小心。它先是朝渔夫家的南边走去，来到小河入海口处，接着故意在泥淖里留下些明显就是向南而去的蹄印。但当他们置身浅滩时，便溯流而上，蹚水而过，直至比那小屋还要深入内陆约莫一百码。紧接着，它看准那一小块不留足迹的砾石河堤，一跃跨上北岸。而后，它便信步往北，直到那小屋，那棵树，那驴棚，那港湾——所有沙斯塔曾熟知的一切——都沉入夏日灰暗的夜色中，再也寻不见。他们一路上坡，终于来到山脊顶峰——曾经那座山脊就是沙斯塔认知世界的边界。他看不清前路，只见平川旷野，芳草萋萋。前路漫漫，伴着野性、孤寂和自由的灵魂。

“我说，这可真是个自由驰骋的好地方啊！”马儿评头论足道。

“啊，你别跑太快，”沙斯塔说，“这还不是时候，我还不知道怎么——马儿呀，告诉我你的名字吧。我还不知道你的名字呢。”

“布里尼—希尼—布林尼—霍克尼—哈克。”马儿说。

“这名字我可叫不来，”沙斯塔说，“我能管你叫布里吗？”

“好吧，如果你就只能这么叫的话，”马儿说，“那我叫你什么好呢？”

“叫我沙斯塔吧。”

“嗯哼，”布里说，“这名字才是真的难念哩。现在就让我们策马飞奔吧，你要知道，这可比小跑简单多啦，省得你上下颠簸。夹紧膝盖，眼与耳齐，目视前方。别看着地上，要是觉得快摔下来了，就再拉紧缰绳，坐直了。准备好了吗？现在，向纳尼亚，向北境前进！”

# 第二章　途中遇险

次日，临近正午，沙斯塔只觉得好像有个温温软软的东西在他脸上舔来舔去，方从梦中醒来。睁开眼睛，他发现自己竟正对着一张长长的马脸，它的鼻子和嘴巴都快贴到他脸上了。他这才忆起昨夜里的种种惊心动魄，悠悠坐起身来，却忍不住呻吟出声。

“噢，布里，”他喘着气说，“我疼得厉害，完了完了，我一点儿也动不了啦。”

“早上好啊，小不点儿，”布里说道，“你大概会觉着身体有些僵硬，这可不是摔疼的。你又没摔个一二十回的，况且又都是摔在柔软而有弹性的可爱草地上，这简直是种享受呢。就只有一次算得上是糟心，在荆棘丛中划伤了脚。其实也不算什么，主要是你骑得太累了。你早餐要吃些什么？我可已经吃过啦。”

“噢，麻烦的早餐。我讨厌这一切，”沙斯塔说道，“我说过我动弹不了呀。”可马儿仍用鼻头蹭着他，用蹄尖轻轻挠着他，他也只好起来了。接着，他环顾四周，看看他们身处何方。他们身后是一小丛灌木林；他们面前是一片草地，点缀着星星点点的白花，一路下倾，绵延至悬崖岩顶；他们脚下则是一汪大海，远远传来海浪的呢喃细语。沙斯塔从未站在如此高的地方看过大海，也从未见过如此波澜壮阔的大海，他做梦也不曾想过大海竟是如此色彩斑斓。海岸自两侧延伸，海岬紧连，顶端处浪打岩石，溅起的白色泡沫依稀可见，只因相距太远，声音未曾入耳。炎炎烈日，天空中海鸥盘旋，地面上热气腾腾。但最能引起沙斯塔注意的还是空气的味道。他一时想不出有什么不对劲，最后才恍然想到，原来是空气中少了鱼腥味。因为不论是待在渔夫的小屋里，还是在缝补渔网间，他的生活总是充斥着鱼腥味儿。这里的空气是如此新鲜甜美，往日的生活好似过眼云烟。一时间，他忘了身上的瘀伤和酸疼的筋骨，说道："喂，布里，你没说过要吃早餐的事吧？"

"不，我说过了呀，"布里答道，"我想你会在鞍囊里找到些吃的。就挂在那边的树上，是你昨晚——倒不如说是今儿一大早给挂上的呢。"

他们把鞍囊翻了个底朝天，倒是颇有惊喜——里面有一块馅饼，只是稍稍有点儿变味儿，有一大堆无花果干，一大块绿奶酪，一小瓶葡萄酒，还有一点钱（约莫有四十新月币，沙斯塔还从没见过这么多钱）。

沙斯塔忍着痛小心翼翼地坐了下来，靠在树上，吃起了馅饼。布里便吃几口青草陪着他。

"用这笔钱不算是偷窃吗？"沙斯塔问道。

"噢，"马儿抬起头来，满嘴青草，说道，"我可没想过这个问题。当然啦，一匹自由的能言马是决计不能去偷窃的。但我们不一样。我们是敌国的囚徒，是敌国的俘虏。那笔钱算是我们缴来的战利品。况且，没有这笔钱，我们拿什么给你买吃的呢？我想，和所有人一样，你肯定也不吃像青草和燕麦这样的天然食物吧。"

"我吃不了。"

“你试过吗？”

“我试过。我根本没法儿吞下。你要是我的话，你也吞不下。”

“你们人类真是奇怪的小家伙。”布里评论道。

沙斯塔吃完了他的早餐（这简直是他吃过的最美味的一餐），布里说道：“让我在套上马鞍前，再美美地打个滚儿吧。”说完它便打起滚儿来。“真是太舒服了，太舒服了呀！”它边说，边在草地里摩擦着后背，四仰八叉地在空中乱蹬着。“你也该来打个滚儿，沙斯塔，”它哼哧道，“这真是振奋精神哩。”

但沙斯塔忍俊不禁道：“你四仰八叉地躺着，看上去可真滑稽！”

“我一点儿也不觉着滑稽。”布里说。但这时它突然翻过身，站起来，抬起头，目不转睛地看着沙斯塔，还有点喘不过气来。

“那看起来真的很滑稽吗？”它焦急地问道。

“是的，”沙斯塔答道，“可这又有什么关系呢？”

“你是不是觉得，”布里说道，“能言马是不会做这样的傻事的——这都是我跟那些不会说话的马儿学来的拙劣把戏？等回到纳尼亚，要是大家发现我染上这些粗野的坏习惯，那就太可怕了！你是怎么想的呢，沙斯塔？你就和我实话实说吧。不必顾及我的感受。你认为真正的、自由的马儿——会说话的那种马儿——可以打滚儿吗？”

“我怎么会知道呢？总之，要是我是你的话，我才不会为此烦恼呢。我们得先到纳尼亚才行。你认得路吗？”

“我认得去塔什班城的路。过了塔什班城，是一大片沙漠。哦，我们总会顺利穿过沙漠的，别害怕。嗯，然后，北方的重峦叠嶂就尽在眼前了。你想想看！向着纳尼亚，向着北境！到那时，没有什么能阻挡我们。但我比较倾向绕过塔什班城。我们还是避开城市比较安全。”

“我们能绕得开吗？”

“那我们免不了要往内陆里去，这样我们会走到耕地和大路上去，但这路我不认得。这可不行，我们还是得悄悄沿着海岸走。从这儿一路向前，走到山谷之地，除了羊群、野兔、海鸥和几个牧羊人，我们不会碰到什么人的。行啦，我们要不出发吧？”

沙斯塔给布里戴上马鞍，自己再骑上去，只觉着腿疼得厉害。好在布里十分贴心，缓缓而行了一下午。到夜幕降临时，他们沿着陡峭的小道走到一个山谷里，那儿有一个小村庄。要进山谷前，沙斯塔便下马步行，到村庄里买了块面包，还有些洋葱和萝卜。马儿则在薄暮中绕着田野踏着小步，远远地等着沙斯塔。这成了他们每晚的例行公事。

这些日子对沙斯塔来说非比寻常，他在一天天地强健起来，肌肉开始变得结实，摔下马的次数也少了许多。即便训练都结束了，布里还是说他就像一袋面粉似的瘫在马鞍上。“就算你坐稳了，小不点儿，要是有人瞧见你骑着我走在大路上，我真是太丢人啦。”虽然布里讲话难听，但却是个耐心的老师。要论传授骑术，没有一个人能比得上一匹马。沙斯塔学会了骑马小跑、骑马慢跑，还有骑马跳跃。甚至在布里突然停下或者出其不意地左右晃动时——布里告诉他，这在战斗中随时都会发生——他也能在马鞍上坐得稳稳的。当然，沙斯塔也会央求着布里讲讲它随着泰坎四处征战的英勇事迹。布里便和他谈起了急行军、渡激流、骑兵间的冲锋陷阵和生死搏斗。在那时，战马就如同士兵一样骁勇善战，它们个个都是凶猛的公马，训练有素，能踢会咬。在关键时刻它们会挺起身子，将自己和骑手的重量都压向敌人的头盔，以便刺刀或战斧能给敌人致命一击。虽然沙斯塔很喜欢听这些打仗的故事，布里却不想多谈。“小家伙，这没什么好说的，”它总这样说道，“那只是蒂斯罗克的战争，而我不过是作为一个奴隶和一只愚蠢的牲口在战斗罢了。倘若我是为纳尼亚而战，我会同我的人民一起，作为一匹自由的马儿去战斗！那才是值得谈起的战争。向着纳尼亚！向着北境！布拉——哈——哈！布鲁——呼！”

沙斯塔很快就明白了，每当布里这么说的时候，它就要准备疾驰了。

他们就这样行进了一周又一周，沙斯塔都记不清他们究竟穿过了多少海湾、海岬、河流和村庄。一个月夜，他们白天睡足了觉，便在夜间启程。他们走过了丘陵，正在穿过一片广阔的平原，往左望去，半里之外是一片树林，右面差不多远的地方是一汪大海，被低低的沙丘挡住。他们慢悠悠地走了约莫一小时，时而小跑，时而漫步，这时，布里突然停下了脚步。

“发生什么事了吗？”沙斯塔问。

“嘘——嘘！”布里说着，伸长了脖子，拉长了耳朵，“好好听听，你有听到什么吗？”

“这听起来像是另一匹马的声音——就在我们和树林之间。”听了一会儿，沙斯塔说道。

“就是另一匹马，”布里说道，“这情形可不大妙。”

“说不定就是个农夫骑马晚归呢。”沙斯塔说着，打了个哈欠。

“这不可能！”布里说道，“这不是农夫骑马时会发出的声音。也不是农夫马儿的脚步声。你听不出有什么区别吗？那马儿健步如飞，而且是个真正的骑手在驾驭它。我和你说了吧，沙斯塔。树林边上有个泰坎。他没有骑着战马——那脚步声有点太轻飘飘了。我敢说，他准是骑着一匹纯种母马。”

“可是，不管它是什么马，它现在不走了。”沙斯塔说道。

“没错，”布里说道，“那为什么我们不走的时候他也不走了呢？沙斯塔，我的好孩子，我敢肯定有人在跟踪我们。”

“那我们该怎么办呢？”沙斯塔低声问道，说话声比往常更小，“你觉得他能看得到我们，听得到我们说话吗？”

“天色这么黑，只要我们安安静静地待着，就不会被发现。”布里回道，“你瞧！那朵云快要飘过来了，等到云遮住了月亮，我们就悄悄地往右边跑，下到岸边。万一有什么不测，我们还可以藏在沙丘里。”

等到云层挡住月光，他们就直奔海岸而去，开始还徐徐而行，而后便一路小跑了起来。

云层比起先瞧上去还要大还要厚，很快夜色愈发昏暗。沙斯塔一面自言自语道“我们现在肯定快到沙丘了”，一面只觉着心都跳到了嗓子眼儿，只听黑暗中突然传来一声可怕的叫声——那是一声长长的咆哮，充满哀怨又野蛮十足。布里立刻转过身来，重新拼尽全力往内陆狂奔。

“那是什么声音？”沙斯塔气喘吁吁地问道。

“是狮子！”布里回道，它仍在疾驰，头也不回。

之后，便只剩下马儿不停蹄地奔驰，就这样跑了好一阵子。最后，他们来到一条宽宽的溪流前，流水不深。他们蹚水而过，等走到对岸，布里才停下脚步。沙斯塔只觉得自己浑身颤抖，直冒冷汗。

“过了这水，野兽或许就嗅不到我们的气味了，”布里喘了喘，才缓过气来，说道，“我们现在可以慢慢地走一会儿了。”

他们边走，布里边说："沙斯塔，我真感到无地自容。我竟像卡乐门里那些寻常的哑巴马儿一样被吓得不轻。我可真胆小。我一点儿也不像匹能言马了。虽然我毫不在意那些剑呀、矛呀、箭呀之类的，但我可真受不了——那些野兽。我想小跑一会儿。"

可没过多久，它又飞奔了起来。这没什么奇怪的，因为这回从他们左面的树林里又传来了一阵吼声。

"有两只狮子啊。"布里哀怨道。

他们飞驰了好一会儿，没再听到狮子的吼声。沙斯塔说道："喂，另一匹马现在就在我们旁边奔跑着。就在一石之遥的地方。"

"那更好，"布里上气不接下气地说道，"泰坎骑着马——一定配着剑——还能保护我们大家。"

"可是，布里！"沙斯塔说，"要是被逮住了，还不如让狮子吃了呢。一旦被抓，他们就会以盗马罪绞死我的。"比起布里，他倒没那么怕狮子，因为他从未见过真正的狮子，而布里却见过。

布里只哼哼了一声，以作回应，但它的确掉头往右去了。奇怪的是，另一匹马似乎也左转了。这样，没过多久，它们间的距离就拉大了。但就在此时，又传来了两声狮吼，此起彼伏。两匹马一左一右，开始越靠越近。显然，狮子们也在靠拢。两侧猛兽的吼叫声近得可怕，它们似乎轻而易举便能跟上马儿疾驰的步伐。之后，层云尽散，月光皎皎，照得四周如同白昼般明亮。两匹马儿，两名骑手，他们肩并肩，膝对膝，并驾齐驱，好似在赛马。事实上，布里后来说，它在卡乐门还从未见过这么精彩的比赛呢。

沙斯塔已经仓皇得不知所措，开始胡思乱想了起来。狮子是会很快吃了他呢，还是会像猫戏弄老鼠一样戏弄他呢，它伤起人来究竟有多可怕呢。与此同时，他又注视着周围的一切（有时人在极度惊恐中就会这样)。他看到了另一个骑手，他个头矮小，体量瘦削，身披铠甲(铠甲在月色中闪闪发光)，骑起马来威风凛凛。他没有胡子哩。

只见一片开阔之地在前方铺陈开来，泛着金光。沙斯塔还来不及细想这究竟是什么，便扑通一声落入水中，嘴里灌满了咸咸的海水。那泛着金光之地其实是大海的一个长长的港湾。两匹马儿都在游着，海水漫过沙斯塔的膝盖。听见身后愤怒的嘶吼声，沙斯塔回头，只见一只毛发蓬松、面目可怖的庞然大物蹲伏在水边；但只有一只。“我们定是把另一只狮子甩掉了。”他心想。

那狮子显然觉着犯不着为这猎物弄得一身湿。不管怎么说，它倒是没下水来追。两匹马儿并辔而行，已经来到了小港中段，能清楚地看到对岸。泰坎仍是一言不发。“但他总会开口的，”沙斯塔心想，“我们一上岸，他肯定就要开口问话了。我该说些什么呢？我必须得先编一个故事了。”

紧接着，他身侧传来两个声音。

“噢，我真是累极了。”一个声音说道。“管住你的舌头，赫温，别像个傻瓜似的。”另一个声音应道。

“我是在做梦吧，”沙斯塔心想，“我敢发誓，另一匹马儿也说着话哩。”

很快，两匹马儿就不再游了，而是迈开步子来。海水冲刷着它们的身体和尾巴，溅起哗啦啦的水花声，八只马蹄踏在卵石上，发出嘎吱嘎吱的声音。伴着这些声响，他们走出小港，迈上了远处的海滩。出乎沙斯塔的意料，那泰坎没露出半点儿想问他问题的意思。他甚至都没看沙斯塔一眼，好像只是急着策马前行。但布里当即用身子挡住了另一匹马的去路。

“布鲁——呼——哈！”它哼哼道，“好好待着！没错，我听到你说话了。别再装啦，这对你可没什么好处，女士。我都听见你说话了。你是一匹能言马，一匹和我一样的纳尼亚马儿。”

“就算它是，和你又有什么关系？”那个陌生的骑手严声斥道，手都按到剑柄上了。但沙斯塔已经从那说话声中察觉到了不对劲。

“嘿，她居然是个小姑娘！”他大声喊道。

“我就是个女孩，关你什么事？”陌生人厉声说道，“你大概也不过是个粗鲁冒失、普普通通的小男孩——没准还是个奴隶，偷了主人家的马呢。”

“你根本就一无所知。”沙斯塔说。

“他不是小偷，小泰克希娜，”布里说，“要是说，有什么人偷了东西的话，也是我偷了他。但这可不是我的错，你总不能指望我在这个陌生国家里，遇到一位和我同类的女士，而不和她搭个话吧。这是自然而然的事儿。”

“我也觉得这是十分自然的事儿。”母马儿说道。

“我想你还是别说话了，赫温，”女孩说道，“看看你给我们惹的麻烦。”

“我可没看出有什么麻烦事，”沙斯塔说道，“要是你想走，你可以马上离开。我们不会留你。”

“当然，你们也留不住。”女孩说道。

“这些人类真能争口角，”布里对母马儿说道，“他们像倒霉骡子似的。我们来谈些正事吧。我想，女士，你的身世大概和我差不多吧？也是小时候被掳走——被卡乐门人奴役多年？”

“的确如此，先生。”母马儿说着，发出一声哀怨的嘶鸣。

“那现在呢，也许——你是要逃跑？”

“叫它少管闲事，赫温。”女孩说道。

“不，我不想这样，阿拉维斯，”母马儿收起耳朵，说道，“我是在逃跑，就和你一样。我相信像你这样高贵的战马，是不会出卖我们的。我们正在逃跑，要往纳尼亚去。”

“没错，我们也是在逃跑，”布里说道，“当然，你猜也能猜得出来。一个衣衫褴褛的小男孩，深更半夜的，骑着（或者说勉强骑着）一匹战马，除了是逃跑之类的，还能是什么事呢。还有啊，要我说，一个出身高贵的泰克希娜，三更半夜的，一个人骑着马儿，还穿着哥哥的盔甲，生怕有什么人要上前来问她些什么问题。唷，这要是没鬼，你就干脆叫我傻瓜好了！”

“好吧，”阿拉维斯说道，“你猜得没错。我和赫温是在逃跑。我们想去纳尼亚。不过，那又怎么样？”

“唔，要是这样的话，那我们不如一起走吧？”布里说道，“我想，赫温女士，你会欣然接受我在旅途中可能提供给你的帮助吧？”

“你为什么老是跟我的马儿说话，而不是跟我说话？”女孩问。

“真是抱歉，泰克希娜，”布里说道（耳朵微微后翘），“但那是卡乐门式的谈话。赫温和我是自由的纳尼亚马儿，我想，如果你到了纳尼亚，你也想做一个自由的纳尼亚人吧。这样的话，赫温就不再是你的马儿。人们甚至还会说，你是她的人哩。”

女孩张了张嘴，想要说些什么，又没有说。显然，她从前没这么想过。

“不过，”她停顿了片刻后说道，“我可没看出来大家一起走有什么好处。我们难道不会更容易被发现吗？”

“这样反而不会引人注目。”布里说道。母马儿说道：“我们一起赶路吧。这样，我会更自在些。我们不大认得路。我敢说，像它这样的战马远比我们要懂得多呢。”

“我们走吧，布里，”沙斯塔说道，“让她们走她们的路吧。你没看出来，她们不需要我们吗？”

“我们需要你们。”赫温开口道。

“听着，”女孩说道，“战马先生，我不介意和你一道，但这男孩要怎么办呢？我怎么知道他不是个间谍？”

“你干脆就直说我高攀不上你好了！”沙斯塔说。

“安静些，沙斯塔，”布里说道，“泰克希娜问这问题，也是合情合理的。泰克希娜，我能为这孩子担保。他真心待我，很够朋友。我敢肯定，他不是个纳尼亚人就是个阿钦兰人。”

“行，那我们就一起走吧。”但她还是没理会沙斯塔，很显然，她想要的是布里，而不是他。

“太好了！”布里说道，“现在我们同那些猛兽间隔了一大片水域啦，你们俩不如把我们的马鞍卸下，大家都好好休息一下，来听听彼此的经历吧。”

两个孩子卸下马鞍，马儿们吃了点青草，阿拉维斯从鞍囊里掏出了些可口的食物来吃。沙斯塔绷着脸说，谢谢，不必了，他不饿。他试着摆出一副高高在上、态度强硬的姿态来，可渔夫的小屋并不是什么学习高贵礼仪的好去处，这下局面便十分尴尬了。他大半意识到自己的示威并不成功，更加恼羞成怒、局促不安了。而此时，两匹马儿倒是相处得十分融洽。它们不约而同地想起了同一个地方——纳尼亚的“海狸水坝上的草原”，甚至还发现它们竟是第二代的表兄妹呢。这让两个小人儿越发不自在了。最后，布里开口道：“泰克希娜，讲讲你的故事吧。别着急——我现在可舒服得很哩。”

阿拉维斯立即开始讲了起来，她坐着一动不动，那腔调和平时截然不同。因为在卡乐门，讲故事（不论是真的，还是编造的故事）是要学的，就像英国的男孩和女孩要学写作一样。不同在于，人们想听故事，但我还没听说过谁想听文章的哩。

# 第三章　抵达塔什班城

女孩随即说道："我是泰克希娜阿拉维斯，是泰坎基特拉什的独生女，基特拉什是泰坎里什蒂的儿子，里什蒂是泰坎老基特拉什的儿子，老基特拉什是蒂斯罗克伊尔松布勒的儿子，伊尔松布勒又是蒂斯罗克阿尔地布的儿子，都同属塔什神一脉。我的父亲是卡拉瓦尔城的长官，他可有权穿着靴子站在蒂斯罗克（愿他万寿无疆）的面前哩。我的母亲去世了（愿神佑她安息），我的父亲再婚了。我的哥哥在远西平息叛乱时牺牲了，我的弟弟还是个小孩子。话说我父亲的妻子，就是我的继母，很是不喜欢我，只要我待在父亲的房里，她就觉得连太阳都黯淡无光了。于是，她便劝我的父亲将我许配给泰坎阿霍什塔为妻。说到阿霍什塔，他出生卑微，虽然后来他凭着花言巧语和一肚子坏水，赢得了蒂斯罗克（愿他万寿无疆）的青睐，成了一位泰坎，当上了许多城邦的长官，甚至还极有可能在现任首相死后，当选为下一任首相。可是，他至少都有六十岁了，不仅驼背，还长得像只大猩猩。然而，由于阿霍什塔腰缠万贯又位高权重，于是在继母的劝说下，我的父亲还是派了媒人去向他求亲。阿霍什塔欣然接受了提亲，并捎话说要在今年盛夏就迎娶我。

“得知这个消息，我眼前一黑昏了过去，躺在床上哭了整整一天。但到了第二天，我起床洗了脸，牵出我的赫温，给它套上马鞍，然后带上一把锋利的匕首，就是我哥哥在西部战争中佩戴的那把，独自骑着马儿离开了。父亲的官邸已远在天边，我来到了树林中的一片青青旷野上，那里杳无人烟。我从赫温身上跨下，取出了匕首。我解开衣服，露出我觉得最好刺中心脏的地方，祈求众神，待我死后便能同哥哥相聚。而后，我便闭上眼睛，咬紧牙关，拿起匕首就要刺进心脏。但我还没来得及刺下去，就听见这母马儿用人类小姑娘的声音说道：‘我的女主人啊，无论如何都别伤害自己。只有活着才会有好事发生，但要是死了，就什么都没啦。’”

“我说的还没这话一半好哩。”母马儿嘟囔着。

“嘘，女士，嘘，”布里说道，它正全心全意地沉浸在故事中，“她可是在用高贵的卡乐门风讲故事呢。在蒂斯罗克王国，没人能讲得比她还好了。请你继续讲吧，泰克希娜。”

“当我听到我的马儿竟在说人话时，”阿拉维斯接着说道，“我心想，对死亡的恐惧已经让我神志不清，产生幻觉了。我羞愧万分，因为我们族人向来都视死亡如虫咬。于是，我又一次举起匕首要刺下去，但赫温飞奔过来，它的头就挡在我和匕首间，对我动之以情，晓之以理，像母亲训诫女儿一样训诫我。我惊呆了，什么自杀，什么阿霍什塔，我都抛到脑后了，我问道：‘我的马儿呀，你是怎么学会像人类小姑娘一样说话的呢？’赫温告诉我，在纳尼亚王国动物们都会说话，这事儿你们都已经知道了，而它在还是个小马驹的时候就被偷走了。它和我讲起了纳尼亚的森林和河流，城堡和巨轮，直讲得我这样起誓道：‘我愿以塔什神和阿扎罗斯神之名，以黑夜女神扎德依娜之名起誓，我的夙愿便是能去往纳尼亚王国。'‘我的女主人啊，’母马儿回道，‘要是在纳尼亚，你肯定会幸福的，因为纳尼亚的姑娘才不会被逼着结违心的婚呢。’

“我们谈了好久，我又重新燃起了希望，庆幸自己没有寻短见。我们还说好要一起逃走，并随之制定了计划。我们返回父亲的官邸，之后我盛装打扮，在父亲面前载歌载舞，装出一副对他安排的这桩婚事心满意足的样子。接着我对他说道：‘我的父亲啊，我的心之所乐啊，请您准许我，独自带上一位婢女在森林里待上三天，秘密地向黑夜女神、处女女神扎德依娜献祭。当少女们得告别扎德依娜女神的佑护走向婚姻时，行此秘密献祭才合乎规矩呢。’父亲答道：‘我的女儿啊，我的心之所乐啊，就这么办吧。’

“但我一从父亲跟前出来，便马上去寻他身边年纪最大的一位仆人，也就是他的秘书。在我还是襁褓中的小婴儿时，那位仆人便对我呵护备至，他爱我胜过空气和光明。我请求他发誓为我保守秘密，恳求他为我书信一封。他啜泣着央求我回心转意，但最后他终于妥协道：‘奉命唯谨。’一切都如我所愿。我把信封好，藏在怀里。”

“那信里说了些什么？”沙斯塔问。

“安静点，小家伙，”布里说道，“你把故事都打断啦！她会在适当的时候，告诉我们信的内容的。讲下去吧，泰克希娜。”

“然后，我叫来那个要随我一块到森林里为扎德依娜女神献祭的女仆，让她明天一大早就要叫醒我。我同她言笑晏晏，还赏了她酒喝，但我在她杯中加了些料，足够她睡上个一天一夜。当全府的人都入睡的时候，我便起身穿上哥哥的盔甲，我一直留它在房内当个念想。我把所有的钱都装进腰带，挑了些珠宝，备了些吃的，亲手为马儿套上马鞍。二更时分，便骑马出逃了。父亲以为我会去往森林，但我没走那条路，而是朝东北方的塔什班城而去。

“因为我骗父亲的那一席话，我知道这三四天他是不会来找我的。第四天，我们抵达了阿齐姆·巴尔达城。阿齐姆·巴尔达城位于道路纵横交错的枢纽处，蒂斯罗克（愿他万寿无疆）的邮差们在此启程，快马加鞭奔赴王国的每个角落。派他们去送信，是高级泰坎才有的特权。于是我便到阿齐姆·巴尔达城的帝国邮政大楼里去见邮政局长，说道：‘送信的差使啊，我这有封信，是我叔叔泰坎阿霍什塔寄给卡拉瓦尔城长官泰坎基特拉什的。这是五新月币，务必把信送到他手上。’邮政局长答道：‘奉命唯谨’。

“这信是冒充阿霍什塔写的，大致写的是：泰坎阿霍什塔敬祝泰坎基特拉什安好。以不可抗拒、不屈不挠的塔什神之名为誓。望您周知，在我前去拜谒您，以履行同令爱泰克希娜阿拉维斯婚约的路上，蒙众神庇佑，命运眷顾，我与她在林中偶然邂逅，那时她已按照少女的习俗，完成对扎德依娜女神的献祭仪式。在我得知她真正的身份后，我为她的美丽和矜持所倾倒，心里燃起了爱情的熊熊烈火，只觉得若不能马上同她完婚，连太阳都要黯淡无光了。于是，我便随之备好必要的祭礼，当即和您的千金成婚，并将她带回我府中。我们俩都祈盼您能尽快前来，我们乐意之至与您见面并交谈。劳烦您带上我妻子的嫁妆，因着我的巨大开销，现在我迫不及待地需要这笔嫁妆。你我情同手足，我想你定不会因为婚礼匆忙而怪罪于我，这都全赖于我对您的女儿爱得深沉。愿众神保佑您。

“办完这件事，我便匆匆忙忙骑马从阿齐姆·巴尔达城离开，这下我就不用再担心追兵了。我估摸我的父亲接到这封信后，他定会捎信给阿霍什塔或是亲自前去。这样等事情败露前，我早就不在塔什班城了。而后便是今晚，我被狮子追赶，在海里游着的时候遇到了你们。这便是我大致的经历了。”

“那被你下药的那女孩后来怎么样了？”沙斯塔问道。

“毫无疑问，她会因睡过头而遭一顿打。”阿拉维斯冷冷地说道，“她可是我继母手下的工具，是用来对付我的间谍。他们要是打了她，我喜闻乐见。”

“我说，那可一点儿也不公平。”沙斯塔说。

“我做这些事又不是为了讨好你。”阿拉维斯说。

“在这故事中我还有一件事不明白，”沙斯塔说道，“你根本还是个没长大的孩子。我不相信你会比我大或是和我一般大。你怎么会小小年纪就要结婚呢？”

阿拉维斯一言不发，布里马上说道：“沙斯塔，别再显摆你的无知了。在他们大泰坎家族里，都是那么大年纪就结婚的。”

沙斯塔涨得满脸通红（尽管光线很暗，大家不会看清），觉得自己受到了冷落。阿拉维斯请布里讲讲它的遭遇。布里滔滔不绝起来，沙斯塔觉得布里根本无须大讲特讲他摔下马和骑术不佳的事儿。布里显然觉得这事着实有趣，可阿拉维斯倒没有笑出声来。布里的故事说完了，大家都去睡了。

第二天，他们一行——两匹马和两个人——继续一起赶路。沙斯塔觉得，就他和布里两个人一块赶路的时候，要比现在快活多了。现在，几乎都是布里和阿拉维斯在讲话。布里在卡乐门生活了好长一段时间，总和泰坎还有他们的马儿待在一块儿，所以许多阿拉维斯知道的人和地方，它当然也知道。她常常会说起这样的事情，“要是你参加过尤林德雷战役，你肯定见过我的堂兄阿里马什。”布里就会答说，“哦，没错，阿里马什，他是战车营的上尉，你知道的。我不大瞧得上战车营，连同那拉战车的马儿，那可不是真正的骑兵。但阿里马什不愧为贵族，占领蒂贝思城后，他给我的粮袋装满了糖。”或者布里会说起，“那年夏天，我还下到米兹里尔湖里去了。”阿拉维斯便接道，“噢，米兹里尔湖！我在那儿有个朋友，她叫泰克希娜拉沙可里恩。那里庭园深深，幽谷飘香，真让人心旷神怡！”布里绝没有要孤立沙斯塔的意思，虽然沙斯塔时常觉得自己差不多是被孤立了。有共同语言的人总是忍不住会凑在一起讲个不停，要是你在场的话，只怕也要觉得自己被孤立了。

在像布里这样出色的战马面前，母马儿赫温显得羞答答的，很少搭话。而阿拉维斯呢，除非万不得已，不然是绝不会搭理沙斯塔的。

但很快，就有件更重要的事摆在他们面前了。他们马上就要抵达塔什班城了。一路上，会经过更多更大的村子，遇上更多的人。他们现在几乎都在夜里赶路，白天尽量躲起来。每到一处，他们都会就抵达塔什班城后的事宜争论不休。大家都一再拖延解决这道难题，但现在不能再拖下去了。在讨论过程中，阿拉维斯对沙斯塔的态度变得友好了一点儿，就一点点儿。人们在商讨计划时总要比在闲聊时相处得好些。

布里说，现在要做的第一件事就是要定下一个地方，如果运气不好，大家在城中走散了，就到塔什班城另一头约定好的地方见面。它说最佳地点就是位于沙漠边缘的古代国王陵墓。“就是个长得像巨大的石头蜂房的地方，”布里说道，“你们不会错过的。关键是没有一个卡乐门人会靠近古墓，他们觉得那里有食尸鬼出没，让人不寒而栗。”阿拉维斯问那里是不是真的有食尸鬼出没。

布里则回答说，它是一匹自由的纳尼亚马儿，才不信这些卡乐门的传说。沙斯塔接道，他也不是个卡乐门人，这些老掉牙的食尸鬼传说，他可一点儿也不害怕。这话虽不能完全当真，但却让阿拉维斯印象深刻（尽管当时她有些恼怒），她自然也说道，管他有多少食尸鬼，她都无所谓呢。于是，事情就这么定下了，他们将古墓作为他们在塔什班城另一头会合的地点。大家都觉得事情进展得十分顺利，直到一旁的赫温小心翼翼地指出，问题的关键不是他们穿过塔什班城后要去哪里会合，而是他们要怎么才能穿过塔什班城。

"这事我们明天会安排妥当的，女士。"布里说道，"是时候睡上一会儿了。"

可是，要把这件事情安排妥当绝非易事。阿拉维斯提出的第一个建议是，趁晚上横渡塔什班城下游的河流，从而完全绕开塔什班城。但布里提出了两点反对意见，一是河口太宽，对赫温来说，要游过去实在太远了，尤其是它背上还骑着一个人（对它来说，这距离也着实远了些，不过它却没有多说）。还有一点是河上航运繁忙。当然啦，甲板上要是有谁瞧见两匹马儿在河里游着，一定会想探个究竟的。

沙斯塔认为要到塔什班城上游的河流去，那儿的河口更窄。但布里解释说，那里的河流两岸，好几英里都是花园和游乐场。一定有泰坎和泰克希娜们住在那附近，大路上，他们骑着马儿，河面上，他们又开着派对。事实上，这可能是这世上最容易有人认出阿拉维斯和它的地方了。

"那我们可以乔装打扮一下。"沙斯塔说。

赫温说，在它看来，最安全的办法莫过于直接从城门穿过塔什班城，藏在人群中反而不太会被注意到。不过，它也觉得需要乔装一番。它说：“你们两人都要穿得破破烂烂的，打扮得像个乞丐或是奴隶。阿拉维斯的盔甲、马鞍，还有其他东西都要捆起来放在我们背上。孩子们就假装在赶我们走，这样人们就会以为我们不过是两匹驮马罢了。”

“我亲爱的赫温！”阿拉维斯挖苦道，“不管你怎么给布里乔装打扮，有谁会认不出它是匹战马呢！”

“的确是这样。”布里说着，哼哧一声，耳朵微微后拢。

“我知道，这算不上个好办法，”赫温说道，“但这是我们唯一的机会了。况且，我们许久都没精心梳理过了，变得都不太像自己了（至少，我和从前的模样不大一样了）。我真的觉得，要是我们都一身泥浆，头埋得低低的，装作筋疲力尽又无精打采的样子——压根儿不迈开步子走——可能不会有人注意到我们。还有，我们的尾巴要再剪短一点：参差不齐，你懂的，乱蓬蓬的。”

“我亲爱的女士，”布里说道，“你想过吗，要是我们以这副模样出现纳尼亚，那该有多丢人呀！”

“可是，”赫温恭顺地说道（它十分心平气和），“关键是我们得到得了纳尼亚才行。”

尽管大家都不太喜欢赫温的计划，但最后也不得不采纳。这计划委实麻烦，沙斯塔称之为“偷窃”，而布里则称之为“突袭”。头天晚上，有一个农场丢了几个麻袋；第二天晚上，又有一个农场丢了一卷绳子。不过，沙斯塔倒是安安分分地去村子里买来了破烂不堪的男孩子的旧衣服给阿拉维斯穿。入夜时分，他带着这些旧衣服平安归来。其他人正在小山脚下的树林里等着他，山坡郁郁葱葱横亘在他们将行的小径上。终于到了最后一座山坡，大家都激动不已；只要登上山顶，他们便能俯瞰塔什班城。“我真希望我们能平安穿过塔什班城。”沙斯塔低声对赫温说道。“噢，我也希望如此。”赫温热切地应道。

那天夜里，他们借着伐木人的小径，曲曲折折地穿过树林，翻过山脊。走出山顶的树林，他们看到山脚下的万千灯火。沙斯塔吓了一跳，大城市该是何面貌，他一无所知。吃过晚饭，孩子们都睡了一会儿。但马儿们一大早就叫醒了他们。

晨星未隐，芳草湿冷，天蒙蒙亮，晨曦照耀着远方的海面。阿拉维斯走到树林里，回来的时候她换上了新买来的破烂衣裳，她原来的衣服则卷在手上，看起来有些古怪。这些衣服和着她的盔甲、盾牌、短弯刀、两个马鞍，还有其他一些精细马具都一并收进麻袋。布里和赫温费了老大劲才把自己弄得脏兮兮的，只要再剪短一下尾巴就完事了。唯一能剪尾巴的工具就是阿拉维斯的短弯刀，于是，他们只得重新解开其中一个麻袋取出工具。这活计着实费时，马儿们也颇受皮肉之苦。

“啊呀！”布里叫道，“如果我不是匹能言马的话，我简直要给你一个飞踢了！我以为你会把尾巴剪断，而不是硬生生地扯断啊！我感觉尾巴都要被扯掉了。”

晨色苍茫，他们的手指都冻僵了，终于一切都准备就绪了。马儿们驮着大袋行囊，孩子们牵着缰绳（现在马儿们身上系着缰绳，没戴辔头和皮带），就这样启程了。

“记住啦，”布里说道，“我们要尽可能地待在一块儿，要是走散了，就在古代国王陵墓那儿会合。先到的人一定要等后面的人。”

“还有啊，记住了，”沙斯塔说道，“不管发生什么事，你们俩马儿都别忘了自己的身份而开口说起人话来。”

# 第四章　沙斯塔撞见纳尼亚人

一开始，沙斯塔看不清山谷下的景致，只见茫茫雾海中，矗立着几座圆顶屋和小尖塔；而后，晨光乍现，迷雾散尽，山下美景尽收眼底。一条大河，一分为二，河心岛上屹立着塔什班城，成为世界一大奇观。环岛边缘，流水击石，城墙高筑，塔楼林立，数不胜数。城墙里头，岛屿中间，一座小山拔地而起，山上的每一块地方，从山脚至山顶蒂斯罗克的宫殿和塔什神的神殿，房屋鳞次栉比——阶地紧着阶地，街道临着街道，曲折的道路和陡峭的阶梯旁，种着橘子树和柠檬树。随处可见屋顶花园、阳台、拱门、柱廊、塔尖、城垛、清真寺尖塔和哥特建筑尖塔。终于，太阳从海面上冉冉升起，在神殿的镀银穹顶上反射出耀眼的光芒，让人眼花缭乱。

“快点儿，沙斯塔。”布里不断催促道。

山谷两边的河岸上有一大片花园，猛一看，他们还以为是片森林呢。走近一看，只见比屋连甍，树下隐蔽着雪白壁垣。随后，沙斯塔嗅到了一阵花果的芳香。他们拖着沉重的步伐走在平坦的大路上，路的两旁壁垣雪白，枝条垂落，探出墙来。约莫十五分钟后，他们来到了花园。

“我说，”沙斯塔叹道，“这地方真美！”

“的确如此，”布里说道，“但我只盼望我们能平安穿过塔什班城，从另一头顺利出城。向着纳尼亚和北境！”

这时，传来一阵低沉急促的响声，声音越来越响，整个山谷似乎都在摇晃。这是乐器发出的声音，但这声音实在太过强烈和庄严，以至听来有些吓人。

“这是打开城门时的号角声，”布里说道，“我们很快就要到那儿了。嘿，阿拉维斯，肩膀再耷拉下去些，步子再迈得沉重些，尽力别表现得像个公主一样。试着想象自己平时总遭拳打脚踢，还挨臭骂。”

“要是这么说的话，”阿拉维斯说道，“你要不要试着头再低一点儿，脖子再缩一点儿，让自己看起来不那么像一匹战马呢？”

“别出声，”布里说道，“我们到了。”

是的，他们到了。他们来到河边，只见眼前的道路沿着多孔拱桥往前延伸而去。晨光熹微，水波粼粼；往右望去，临近河口处，他们瞥见了船只的桅杆。前边的拱桥上还有几名旅客，他们大多是农民，或是拉着满载的驴子和骡子，或是头顶着篮子。孩子们和马儿们也混入人群中了。

阿拉维斯神色古怪。沙斯塔低声问她道：“有什么不对劲的吗？”

“呵，对你来说，当然没什么大不了的，”阿拉维斯语气不善地低语道，“你又不会在乎在塔什班城的待遇！但我本该坐在马车里，前士兵、后奴隶地簇拥着，没准儿是要赶赴蒂斯罗克的宫殿（愿他万寿无疆）参加宴会呢——而不是像这样偷偷溜进来。但对你而言，又不是这回事了。”

沙斯塔觉得这简直是无稽之谈。

拱桥的另一端，城墙高耸，入口处铜门大开，城门其实很宽，只是建得太高，显得有些窄了。六名士兵手持长矛，站在两侧。阿拉维斯不禁想到，“要是他们知道我是谁的女儿，他们一定会争先恐后地立正，向我敬礼呢。”但其他人只想着要如何穿过城门，巴望着士兵们别盘问些什么才好。幸亏他们并没有盘问。但是一个士兵却从一个农夫的篮子里抽出一根胡萝卜扔向沙斯塔，粗声大笑道：“嘿！小马夫！要是你的主人发现你竟敢用他的坐骑驮东西，你就完蛋啦。”

这把沙斯塔吓得不轻，因为这意味着，但凡是稍微懂马的人，都会认出布里是匹战马。

“我的主人就是这么吩咐我的，就是这样！”沙斯塔应道。要是他缄口不言就好了，因为那士兵一拳打在沙斯塔一边脸上，几乎把他打倒在地，恶狠狠地说道：“吃我一拳，臭小子，让我好好教教你该怎么和自由人说话。”不过好在大家都偷偷溜进了城，没受阻拦。沙斯塔只哭了一小会儿；对他来说，挨打受骂，不过是家常便饭。

走近城门，塔什班城似乎就不像起先远远望去时那么富丽堂皇了。第一大街窄似羊肠小道，街道两旁的墙上连窗户都很少见。街上远比沙斯塔想的要拥挤得多：这一半是因为和他们一同进城的农民们（忙着去赶集），在街上摩肩接踵；一半是因为那些卖水的小商户、卖糖果的小贩、搬运工、士兵、乞丐、衣衫褴褛的孩子、母鸡、流浪狗和光脚的奴隶，把街道堵得水泄不通。要是你去过那儿，你最先注意到的一定是那混杂在空气中的臭味。那些没洗澡的人、脏兮兮的狗、动物的臭气、大蒜、洋葱还有遍地的垃圾散发出的阵阵恶臭。

沙斯塔假装在前头带路，但其实布里才认得路，它用鼻头轻轻推着沙斯塔给他引路。他们很快左转，开始爬上陡峭的小山。越往上空气愈发清新，景色也愈发怡人。只见路的两侧郁郁葱葱，右边是房屋；左边，他们的视线越过下城区房屋的屋顶，向下眺望，河流的上游依稀可见。接着，他们右转绕过一个“U”型路口，继续往上攀登。沿着蜿蜒曲折的山路，他们往塔什班城的市中心而去。不久，便来到了繁华的街道上。卡乐门神祇和英雄的巨大雕像矗立在闪闪发光的基座上——大部分雕像让人觉得印象深刻，却不怎么悦人耳目。棕榈树和圆柱拱廊在炙热的人行道上投下阴影。透过许许多多宫殿的拱形大门，沙斯塔瞧见了翠绿的枝条，清凉的喷泉和平整的草坪。这里面一定很漂亮，他心想。

每转一次弯，沙斯塔都巴望着他们能从人群中抽身出来，但他们一直挤不出去。这让他们行动缓慢，而且他们还得时不时地随人群停下。通常只要听到有人大喊“让开，让开，泰坎驾到”，或是“泰克希娜驾到”“第十五代大臣驾到”，又或者是“使臣驾到”，人们就会纷纷挤到墙角。越过乌泱泱的人头，沙斯塔有时会看见王爷或夫人，养尊处优地、懒洋洋地倚靠在轿子里，由四个甚至六个光着膀子的健壮奴隶抬着。在塔什班城，只有一条交通规则，那就是下一等人要给上一等人让路；除非你想挨上一记鞭子或一击长矛。

在距山顶很近的一条华丽的街道上（再往上走，便只有蒂斯罗克的宫殿了），发生了一起飞来横祸。

“让开！让开！让开！”一个声音喊道，“白蛮族国王驾到，蒂斯罗克（愿他万寿无疆）贵宾驾到！给纳尼亚君王们让路。”

沙斯塔想要让开路来，并把布里拉回来。但马儿，即便是纳尼亚的能言马，要转身后退也绝非易事。一个拎着尖篮子的妇人正好站在沙斯塔的身后，她使劲地把篮子推到他的肩膀上，还嚷嚷着:“喂！你推谁呢！”这时，又有一个人把他挤到一边去，一阵兵荒马乱，他没牵住布里。接着，身后的人群就挤得密不透风，他根本就动弹不得。结果，他发现自己已经身不由己地挤到了人群的最前列，前方街道上走来的那一行人，他一目了然。

这行人同他们那天看到的其他人马截然不同。那个走在前头，喊着“让路！让路！”的人是其中唯一的卡乐门人。他们没有乘轿子，每个人都是步行。他们大约有六人，沙斯塔从未见过像他们这样的人。一来，他们都和他一样有着白皮肤，且大多数人都长着一头金发；二来，他们打扮得与卡乐门人迥然不同。他们大多都露出膝盖以下的腿。束腰外衣的色调美丽、明亮且耐看——有葱葱的青翠色，有活泼的明黄色，还有清新的湛蓝色。他们没有戴头巾而是戴着钢制或银制的帽子，一些帽子上镶嵌着珠宝，有顶帽子的两侧装饰着一对小翅膀。还有些人则没有戴帽子。他们身侧的佩剑又长又直，不像卡乐门的弯刀。他们也不像大多数卡乐门人那般严肃而神秘，他们优哉游哉地走着，无拘无束，谈笑风生。还有人吹着口哨哩。看得出来，他们乐于同友善之人结为好友，对怀有敌意之人，则丝毫不放在心上。沙斯塔觉得他平生还从没遇到过如此可亲可爱的场面呢。

然而，沙斯塔还没来得及细细品味，立马就发生了一件可怕的事情。金发男子中的首领突然指着沙斯塔，边喊道:“他在那儿！我们逃跑的人在那儿！”边一把扣住了他的肩膀。紧接着，他打了沙斯塔一个耳光——耳光不重，不至于让你哭出来，但耳光很响，足以让你颜面尽失了。他摇着沙斯塔，说道:

“天哪！你真该羞愧！真该羞愧！苏珊女王都为你哭红了眼。我的天啊！你失踪了整整一个晚上！你到底去了哪儿？”

要是可以的话，沙斯塔真想钻到布里的肚子底下，从人群中悄悄溜走；但眼下，这些金发男人已经团团围住了他，将他牢牢抓住。

当然，他第一反应就是向他们解释说，他只是贫穷渔夫阿什伊什的儿子，那位外国王爷一定是认错人了。可是，这是他最不愿当众做的事，因为这样一来，他就得解释他是谁啦，现在正在干什么啦。一旦他说了，人家接着就会问他这马是哪儿来的，阿拉维斯又是谁——这样的话，他们可就没指望穿过塔什班城了。他第二反应是向布里求救。但布里可没打算让人们知道它会说话，它就像普通马儿一样呆头呆脑地站在那儿。至于阿拉维斯呢，沙斯塔甚至都不敢看向她，生怕引人注目。他都还没来得及深思，纳尼亚的首领就马上说道：

“珀里丹劳你恭恭敬敬地搀着小王爷的这只手，我来搀着另一只手。好了，我们走吧。等我们的王妹看到，这个小淘气已经平安无事地回到了我们中间，她一定会大松一口气的。”

这下，他们都还没走完在塔什班城一半的路，计划就全都被打乱了。沙斯塔甚至都还没有机会和其他人告别，就夹在一群陌生人中间被带走了，根本无法预知接下来会发生什么。纳尼亚国王——从别人和他说话的姿态中，沙斯塔看出他一定就是国王了——不停地向他问长问短，比如他去了哪里？他是怎么出去的？他的衣服怎么变成这样了？还有他知不知道他实在是太淘气了？只不过国王说的是“淘”，而不是淘气。

沙斯塔什么也没回答，因为他不知道该说些什么才不会惹祸上身。

“怎么？你都不打算说吗？”国王问道，“我必须清楚地告诉你，王子，你血统高贵，比起逃跑这件事，这种畏首畏尾的沉默可更要不得。溜出去玩可以视作男孩子的小打小闹，但作为阿钦兰国王的儿子，你要敢作敢当，别像卡乐门的奴隶那样垂头丧气的。”

这番话说得十分重。沙斯塔一直觉得，在所有的大人中，这个年轻的国王最是友善，因而很想给他留个好印象。

陌生人领着他——两只手紧紧地握住他——沿着窄窄的街道，走下一段低低的台阶，接着又爬上另一段台阶，来到一堵白墙前，看到一扇大门，旁边还种着两棵高大的黑柏树。穿过拱门，沙斯塔发现自己来到了一个花园般的庭院中。院子中央，喷泉水柱落在大理石清水池上泛起阵阵涟漪。平整的草地上长着橘子树，草坪周围，四面雪白的墙垣上爬满玫瑰。大街上的嘈杂喧嚣、尘土飞扬和熙攘人群一时间仿佛都烟消云散了。他们迅速带着他穿过花园，走进一个漆黑的门口。喧闹被阻隔在门外。接着，又带着他走过一条长廊，长廊里铺着的石头地板带给他炙热的脚板以习习凉意。过了一会儿，他便置身于一间宽敞明亮的大房间中，眼睛滴溜溜地直转，只见窗户敞开着，都朝着北边，因而没有光线透进来。地上铺着一块地毯，色彩之鲜艳是他见所未见的，脚踩在上面就像踩在厚厚的青苔上一样。四周摆满了低矮的沙发，沙发上放着许多靠垫，房间里看起来挤满了人。有些人看起来可真古怪，沙斯塔心想。但他还没来得及多想，就看到一位他从未见过的天仙般的美人站起身来，张开双臂抱住他，亲吻他，并说道：

“哦，科林，科林，你怎么能这样呢？自从你母亲过世以来，我们就是最亲密的伙伴了。要是你没有同我一道回家的话，我该怎么向你的父王交代呢？阿钦兰和纳尼亚自古以来睦邻友好，但这事没准儿会使两国交战呢。小伙伴，你这么做，实在是太淘气了，太淘了。”

“显而易见，”沙斯塔心想，“看这情形，我是被误认作阿钦兰王子了。这些一定是纳尼亚人。真正的科林究竟在哪儿呢？”但这些话，他绝不能宣之于口。

“你去哪儿了，科林？”女士问道，她的手还搭在沙斯塔肩上。

“我——我不知道。”沙斯塔吞吞吐吐道。

“行啦，苏珊，”国王说道，“不管是真话假话，我都无法叫他吐露一个字。”

“尊敬的陛下！苏珊女王！爱德蒙国王！”一个声音说道。沙斯塔回头看向说话人，简直吓了一大跳。这人就是他刚进门时就瞅见的，隐在角落里的古怪人物之一。他和沙斯塔差不多高。他的上半身同常人一般无二，但他的腿毛茸茸的，状似山羊，还长着一双羊蹄和一只羊尾巴。他的皮肤通红通红的，长着一头卷发和一把又短又尖的胡子，头上还长着一对小羊角。他其实是个羊怪，沙斯塔对他是闻所未闻，见所未见。不过，你要是读过一本名为《狮子、女巫和魔衣柜》的书，你八成就会知道他就是羊怪图姆纳斯。女王苏珊的妹妹露西在第一天找到通往纳尼亚王国的路时，就遇上了他。但他现在可比那时要老得多啦，毕竟这时候彼得、苏珊、爱德蒙和露西已经在纳尼亚当了好几年的国王和女王了。

“尊敬的陛下，”他说道，“小王子看着有点儿中暑了。您瞧，他看起来晕乎乎的，都不知自己是在哪儿呢。”

这下，大家自然就停下了对沙斯塔的斥责和盘问，郑重其事地把他放到沙发上，把靠枕放在他的后脑勺下，还用金杯为他盛了一杯冰果汁，叮嘱他千万要静静地休养。

沙斯塔这辈子都没享受过这待遇呢。他甚至都没想过能躺在这么舒服的沙发上，喝着这么美味的果汁呢。他仍想知道其他人究竟怎么样了，到底怎样他才能逃出去和他们在古墓会合，还有要是真正的科林出现了，他又该怎么办呢。不过，这些问题好像并没有那么迫在眉睫了，他现在正舒舒服服地待着呢。而且，说不定待会儿还会有什么好东西吃。

这个凉爽通风的房间里还有许多有趣的家伙。除了那只羊怪，还有两个小矮人（他从未见过这样的家伙）和一只非常大的渡鸦。

其余的都是人类，成年人，但都很年轻，他们无论男女，相比大多数卡乐门人，他们的相貌更为出众，声音也更动听。沙斯塔很快就被他们的谈话所吸引了。“女士，”国王对苏珊女王（就是亲吻了沙斯塔的那位女士）说道，“你考虑得怎么样了？我们已经在这座城市待了三个星期了。你想好了没？要不要嫁给你的那位黑脸追求者，拉巴达什王子？”

女士摇了摇头。“我不想嫁，弟弟，”她说道，“即便给我全塔什班城的珠宝，我也不愿意嫁给他。”（“天啊！”沙斯塔心想，“原来他们虽然是国王和女王，却不是夫妻，而是姐弟呀。”）

“说实在的，姐姐，”国王说道，“要是你瞧上了他，我就不会那么爱你了。坦白说，当时蒂斯罗克的使者初到纳尼亚来说亲，还有后来拉巴达什王子来凯尔帕拉维尔做客时，我就奇怪，你居然会对他那么青睐有加。”

“那是我太傻了，爱德蒙，”苏珊女王说道，“请你宽恕我吧。他和我们在纳尼亚时是一副样子，但现在到了塔什班城，他又是另一派作风了。诸位都能作证，当时在我们的哥哥，至高王为他举办的马上比武大会上，他是何等英姿飒爽。接下来的七天里，他陪同我们时又是如何谦逊恭敬、彬彬有礼。可到了这里，在他自己的城邦里，他完全又是另一副模样了。”

“啊！”渡鸦呱呱叫道，“俗话说：要想知道熊的为人，得先看看它在自己窝里的做派。”

“千真万确，萨罗帕德，”一个小矮人说道，“俗话还说：来吧，和我一起生活，你就会了解我。”

“没错，”国王说道，“我们现在已经看清他的为人了：他就是个骄傲自大、嗜血成性、骄奢淫逸、冷酷无情，还自我感觉良好的暴君。”

“那我们就以阿斯兰之名，”苏珊说道，“今天就离开塔什班城吧。”

“问题就出在这儿，姐姐，”爱德蒙说道，“现在，我必须向你坦白一切了。过去的两天多里，我一直在酝酿着一些计划。珀里丹，麻烦你留心门口，别让间谍溜进来。一切正常吗？好了。现在我们必须要守口如瓶。”

每个人都变得严肃起来。苏珊女王跳了起来，跑向她的弟弟。“噢，爱德蒙，”她喊道，“发生什么事了？你的脸色真吓人。”

# 第五章　科林王子

“我亲爱的姐姐，心地最最善良的女士，”爱德蒙国王说道，“你现在必须拿出你的勇气来。我实话告诉你，我们的处境岌岌可危。”

“究竟发生了什么事，爱德蒙？”女王问道。

“是这样的，”爱德蒙说道，“我们要想离开塔什班城不是什么难事。但拉巴达什王子之所以奉我们为贵宾，是因为希望你能同意嫁给他。可是，狮子的鬃毛为证，我敢发誓，一旦你明确拒绝了他，我们的处境就和囚犯没什么两样了。”

一个小矮人轻轻地吹了声口哨。

“尊敬的陛下，我早劝过您了，劝过您了。”渡鸦萨罗帕德说道，“进去容易出来难，就像龙虾入了龙虾笼！”

“今天早上我和王子在一块儿，”爱德蒙继续道，“他不习惯有人违背他的意志（真是悲哀）。而且他对你旷日持久的拖延和飘忽不定的回答很是恼火。早上，他就向我施压，想知道你的想法。我对这事避而不谈——这也是想让他心灰意冷些——只简单说些关于女性幻想之类的玩笑话，还暗示说他的求婚大概是要黄了。这下，他就变得愤怒而危险了。他的言语之间都透着威胁的意味，尽管他仍是一副彬彬有礼的模样。”

"是的，"图姆纳斯说道，"昨天晚上，我和首相共进晚餐时，他也是这样。他问我觉得塔什班城怎么样（我没法实说这里的每块石头都让我深恶痛绝，但我也不愿撒谎），于是我就告诉他，现在盛夏将至，我的心儿向往着纳尼亚凉爽的树林和露珠沾湿的山坡。他不怀好意地笑了笑，说道：'没什么能阻挡你，重新回到那儿跳舞，小山羊脚；只要你们离开的时候，留下我们王子的新娘就行了。'"

"你是说他会强迫我做他的新娘？"苏珊惊叫道。

"这正是我所担心的，苏珊，"爱德蒙说道，"不做妻子，就要当奴隶，这更糟糕。"

"但他怎么敢这么对我们呢？难道蒂斯罗克以为我们的哥哥至高王会咽下这屈辱吗？"

"陛下，"珀里丹对国王说道，"他们不会那么丧心病狂的。难道他们以为纳尼亚就毫无还手之力吗？"

"唉，"爱德蒙说道，"我想大概蒂斯罗克觉得纳尼亚不足为惧吧。我们不过是比丘之国。大国的君主历来对边境小国都是虎视眈眈。一直以来，蒂斯罗克都一心想消灭并吞并周边小国。姐姐，最开始他派王子作为你的追求者来到凯尔帕维尔，也许只是想找个机会干掉我们。极有可能，他希望能一口气吞并纳尼亚和阿钦兰。"

"让他试试看呗，"第二个小矮人说道，"在海上打，我们可不比他差。要是他想从陆地上进攻，还得先穿过大沙漠。"

"说得没错，好伙计，"爱德蒙说道，"但大沙漠这道防御牢靠吗？萨罗帕德，你怎么看？"

"这片沙漠，我可熟悉得很，"渡鸦说道，"我年轻的时候，曾飞过那儿的每一个角落，（你大概猜得到，听到这里沙斯塔定会竖起耳朵。）这毫无疑问，要是蒂斯罗克从大绿洲进军，他绝不可能成功率领大军进入阿钦兰境内。因为，就算他们能在行军一天后，抵达大绿洲，那里的泉水也不够所有的士兵和牲畜喝的。但是，还有另外一条路径。”

沙斯塔一动不动，听得愈发专注了。

“要想找到这条路，”渡鸦说道，“他必须从古代国王陵墓启程，向着西北方的皮尔峰的双峰一路飞驰。这样，骑上个一天或者一天多一点儿，他就会来到一个石谷的入口处。这入口很窄，就算是近在咫尺，人们也许会路过个上千次却也找不着入口在哪儿。从这山谷望下去，他既看不到草，也看不到水，更没有其他什么好东西。但如果他继续骑下山谷，就会来到一条河边，一路沿河岸飞驰便能进入阿钦兰境内了。”

“那卡乐门人知道这条西行的路吗？”女王问道。

“伙计们，伙计们，”爱德蒙说道，“我们说这些有什么用呢？我们要讨论的不是如果纳尼亚和卡乐门间爆发战争，哪方会获胜。我们要讨论的是，如何在这座万恶之城中保全女王的体面和自己的性命。因为，就算我的哥哥，至高王彼得能打败蒂斯罗克十几次，但到那时，我们只怕早就被抹了脖子了，女王也早屈尊成为王子的妻子，或者更可能的是，沦为王子的奴隶了啊。”

“我们还是有武器的呀，国王，”第一个小矮人说道，“而且这座房子的防御性也很好。”

“在这点上，”国王说道，“我毫不怀疑，我们每一个人都会在大门前拼死抵抗，除非从我们的尸体上跨过去，否则他们绝对无法靠近女王一丝一毫。但我们所做的这些仍是困兽之斗啊。”

"的确如此，"渡鸦呱呱叫道，"在房子里奋勇抵抗到最后，诚然会传为佳话，但这无济于事啊。退敌几次后，他们总归会放火烧了这屋子的。"

"这都是我的错，"苏珊说道，眼泪汪汪的，"噢，要是我从未离开凯尔帕拉维尔就好了。卡乐门的使者到来之前是我们最后的欢乐时光。那时，摩尔人正为我们种植着果园呢……哦……哦。"她双手掩面不住抽泣。

"振作点，苏，振作点，"爱德蒙说道，"记住了——但是图姆纳斯师傅，你怎么啦？"只见羊怪双手拽着自己的羊角，好像想借此护着自己的脑袋，还一直扭来扭去的，好像很难受似的。

"别和我说话，别和我说话，"图姆纳斯说道，"我在想事情呢。我想得都快喘不过气来了。等一下，等一下，再等等。"

有片刻大家都满腹疑团，沉默不语。接着，羊怪抬起头来，长吸一口气，擦了擦额头，说道："唯一的问题是，我们要如何登上船——还要带上些补给——而不被人看见，被人拦下。"

"没错，"一个小矮人干巴巴地说道，"就像乞丐要骑马，唯一的问题就在于他没有马呀。"

"等等，等等，"图姆纳斯先生不耐烦地说道，"我们只需寻个由头，今天登船再带些物品到船上去就行了。"

"是吗？"爱德蒙半信半疑道。

"好，那么，"羊怪说道，"不如这样，陛下您邀请王子明天晚上到我们的大帆船'华丽水晶'号上参加盛宴？措辞既要优雅，又要无损于女王的体面，以便给王子一点希望，让他以为女王的态度正在软化。"

"这着实是个好计策，陛下。"渡鸦呱呱说道。

“这下，”图姆纳斯兴奋地继续说道，“大家就会理所当然地以为，我们一整天都要在船上准备迎接来宾。然后，我们就派上几个人花光每一分钱，去采购水果、糖果还有酒，就像我们真的是要大宴宾客一样。接着，我们再请些魔术师、杂技演员、舞蹈女孩和长笛手，明天晚上登船演出。”

“我明白了，我明白了。”爱德蒙搓着双手说道。

“这样一来，”图姆纳斯说道，“明天晚上我们就都会在船上啦。等天一黑——”

“我们就扬起帆布，划起桨来——！”国王说道。

“就这样驶向大海。”图姆纳斯喊道，手舞足蹈地跳起舞来。

“我们面朝北方。”第一个小矮人说道。

“驶向家乡！万岁！驶向纳尼亚！驶向北境！”另一个小矮人说道。

“等王子第二天一早醒来，发现他的鸟儿们早都飞走啦！”珀里丹拍手叫好道。

“啊，图姆纳斯师傅，亲爱的图姆纳斯师傅，”女王牵住他的手，随着他的舞步摇摆起来，说道，“你救了我们大家。”

“王子肯定会来追我们的。”另一个王爷说道。沙斯塔还不知道他的大名。

“这个我一点也不担心，”爱德蒙说道，“我观察过他们河面上所有的船只，就没有一艘高舰艇或者快帆船。我倒是希望他来追赶我们呢！因为管它什么船只，‘华丽水晶’号都能把它击沉——要是我们被追上的话。”

“陛下，”渡鸦说道，“就算我们再好好坐下来商量个七天七夜，您也不会听到比这更好的计策了。对了，我们鸟儿有句话说，要下蛋，先筑巢。这句话说的是，我们大家要先吃饱了饭才能着手开始办正事呀。”

听到这里，大家都站了起来，房门打开了，王爷们和随从们都站在一旁，让国王和女王先行离开。沙斯塔不知道自己要做什么，但图姆纳斯先生开口道：“殿下，您就好好躺在那儿吧，稍后我就为您奉上几道佳肴。我们登船前，您就无须来回走动了。”

沙斯塔只得把头又枕了回去，很快，房间里就只剩他一人了。

“这真是太可怕了。”沙斯塔心想。他从未想过要对这些纳尼亚人据实以告，来请他们伸以援手。他是被铁石心肠又刻薄小气的阿什伊什带大的，这让他养成了这样一个习惯，即便他能帮得上忙，他也不会告诉那些大人。在他看来，大人们只会一味地破坏或阻止他想做的事情。而且他觉得，就算纳尼亚国王可能会宽待那两匹马儿——看在它们是纳尼亚会说话的动物的分上——他也不会善待阿拉维斯的，因为阿拉维斯是个卡乐门人，他要么会将她变卖为奴，要么会将她送回她的父亲那儿。至于他自己，“只要我现在不告诉他们，我不是科林王子就行了。”沙斯塔心想，“我已经听到他们的全盘计划。要是他们知道我和他们不是一伙儿的，他们不会让我活着离开这间房子的。他们担心我会向蒂斯罗克告密。他们会杀了我的。要是真正的科林出现了，事情就都败露了，他们一定饶不了我。”你瞧，对于高尚而又生性自由的人是如何为人处世的，他根本一无所知。

“我该怎么办呢？我该怎么办呢？”他不停地自言自语，“天啊——哦，那个山羊似的小家伙又来了。”

羊怪边小跑着，边转了几个舞步进来了，手里还托着个和他自个儿差不多大的托盘。他把托盘放在沙斯塔沙发旁一张细工镶嵌的小桌上，然后自己双腿交叉，坐在铺着毛毯的地板上。

“好了，殿下，”他说道，“好好享用晚餐吧。这将是您在塔什班城的最后一顿晚餐。”

这是一顿卡乐门风味的美餐。我不知道你会不会喜欢，但沙斯塔很是喜欢。晚餐有龙虾，有沙拉，有肚里塞着杏仁和松露的鹬，有混着鸡肝、米饭、葡萄干和坚果的炒什锦，有凉瓜、奶油醋栗、奶油桑葚和各种各样的冰制美味，还有一小壶所谓的“白酒”，虽然这酒其实是黄色的。

沙斯塔吃饭的时候，好心的小羊怪觉着他因为中暑还有些晕乎乎的，便滔滔不绝地讲起了等他们回到家乡以后的欢乐时光，讲起了他善良的老父亲，阿钦兰的伦恩国王，还讲起了国王在关口南坡所住的小城堡。“还有别忘啦，”图姆纳斯先生说道，“国王已经允诺要在您下次过生日的时候，为您送上第一套盔甲和第一匹战马。接下来，殿下您就要开始学习骑马刺枪和马术比武了。再过几年，要是一切进展顺利的话，彼得国王已经允诺您的父王，他会亲自授封您为凯帕拉维尔的骑士。与此同时，您定会在纳尼亚和阿钦兰的群山间来回奔波。当然，您肯定还记得您答应过我，要陪我一个星期欢度夏日盛会吧。到时，在森林的中心会点起篝火，羊怪和树精们会彻夜狂舞。再说，谁知道呢？——没准儿我们还会见到阿斯兰本人呢！”

饭吃完了，羊怪要沙斯塔乖乖地待在那儿别动。“睡上一小会儿，对您没什么不好的，”他补充道，“离登船时间还早，到时候我会叫醒您的。然后，我们就回家。回到纳尼亚！回到北境！”

不论是这晚餐还是图姆纳斯所告诉他的一切，都让沙斯塔十分受用。因此，当他一个人待着的时候，他又改了主意。现在，他只巴望着真正的科林王子迟迟不现身才好，这样，他就能搭上去纳尼亚的船了。只怕他都没想过，要是真正的科林落在了塔什班城，会遇上什么危险呢。他有点担心阿拉维斯和布里会在古墓那儿等着他。随后，他又自问自答道："唉，可是我也没有办法呀！再说，阿拉维斯老觉得我高攀不上她，这下，她就能高高兴兴地自己走了。"同时，他也不禁觉得，坐船去纳尼亚可比千辛万苦地跋涉过大沙漠要轻松得多。

他心里想着这些事情，不知不觉睡了过去。要是你也一大早就起了，赶了老远的路，又经历了许许多多惊心动魄的事，接着又美美地吃了一顿，然后躺到了沙发上，屋里凉风习习，悄然无声，只是偶尔从窗外飞来一只嗡嗡的蜜蜂，我想你也会睡着的。

一声巨响吵醒了他。他从沙发上一跃而起，瞪大眼睛滴溜溜地直瞧。单是看了一下房间——光和影的位置都和之前大不相同了——他便知道自己一定睡了好几个钟头了。他也看清了是什么东西发出了这声巨响。原来是窗台上的那只贵重的瓷瓶，在地上碎成了三十多片。但他根本没注意这些。他注意到外面有双手紧紧地抓着窗台，手指越抓越紧（指关节都发白了），接着就冒出了脑袋和肩膀。过了一会儿，一个和沙斯塔年纪相仿的男孩，跨上了窗台，一只腿迈进了房间。

沙斯塔从未在镜子里看到过自己的脸。即便他看过，他可能也不会意识到这个男孩（一般情况下）和他长得几乎一模一样。不过眼下，这个男孩和谁都没有特别相像，只见他眼圈青肿，不仅掉了一颗牙，连衣服也是破破烂烂，脏兮兮的（他刚穿上身时，还很是华丽的），脸上更满是血迹和污泥。

"你是谁？"男孩小声问道。

“你是科林王子吗？”沙斯塔问道。

“当然是啦，”男孩答道，“不过你是谁啊？”

“我谁也不是，我的意思是，我是无关紧要的人。”沙斯塔说道，“爱德蒙国王在街上逮住了我，把我误认为是你。我想我们一定长得很像吧。我能从你进来的地方出去吗？”

“当然可以，如果你很会攀登的话，”科林说道，“不过你着什么急呢？依我看，我们倒是可以从被认错的这件事中找点乐子呢。”

“不行，这样不行，”沙斯塔说道，“我们必须马上换回来。要是图姆纳斯先生回来，看到我们两个都在这儿，一定会吓一跳的。我之前无奈之下只能冒充你。你今天晚上就要出发了——偷偷地。这么长时间你都上哪去了？”

“街上有个男孩拿苏珊女王开了个粗俗的玩笑，”科林王子说道，“所以我就一拳打倒了他。他哇哇大哭地冲进一所房子，叫来了他的哥哥。于是我就把他哥哥也打倒在地。他们就对我紧追不舍，直到我们撞上了三个手持长矛，被称之为‘警卫’的老男人。于是我就和警卫打了起来，他们把我打趴下了。这时，天色已经黑了。警卫把我带走，要关到什么地方去。我就问他们要不要来点小酒，他们说，来点也不碍事。于是，我就带他们去了一家酒馆，给他们买了点小酒，他们都坐下喝了起来，直到都喝得睡了过去。我一看，这正是溜走的好时候，于是就悄悄地溜了出来。接着，我看到那第一个男孩——那个惹出这一连串麻烦事的家伙——还在街上晃荡。于是，我又把他打倒在地。之后，我就顺着一根水管爬到一幢房子的屋顶上，在那儿静静地躺着，等到早上天亮以后，我就一直在找回去的路。哎，有什么可以喝的吗？”

“没有了，被我喝完了，”沙斯塔说道，“那么现在，告诉我你是怎么进来的吧。一分钟也不能耽搁了。你还是躺到沙发上为好，然后装作——我居然忘了，你鼻肿眼青的，撒谎可讨不到什么好。等我安全离开后，你还是实话实说了吧。”

“你以为我会告诉他们别的什么吗？”王子火冒三丈地问道，“你到底是什么人？”

“没时间啰唆了，”沙斯塔火急火燎地低声道，“我相信我是个纳尼亚人，怎么说至少是个北方人，但我在卡乐门长大。我正在逃跑，要穿过一片沙漠和一匹名叫布里的能言马一块儿。现在，快！我要怎么出去？”

“看好了，”科林说道，“从窗户这儿往下跳到游廊的屋顶上。但你千万要踮起脚尖，悄悄地走，不然会被人发现的。接着，沿着左边走，要是你很会爬墙的话，你就能爬上墙头。然后，沿着墙走到拐角处，你会看到外面有个垃圾堆，往下一跳，你就能逃出去了。”

“谢谢。”沙斯塔说着已经坐到了窗台上。两个男孩互相看了看对方的脸，突然发现他们已经认对方为好朋友了。

“再见，”科林说道，“祝你好运。我真希望你能安全逃出去。”

“再见，”沙斯塔说道，“我说，你也还没完全脱险呢。”

“和你比起来，这都不算什么，”王子说道，“现在跳吧。喂，小点声。”沙斯塔跳下去的时候，王子补充道，“希望我们在阿钦兰再会。我会带你去见我的父亲伦恩国王，告诉他你是我的朋友。当心！我听到有人过来了。”

# 第六章　沙斯塔在古墓

沙斯塔轻手轻脚地踮着脚尖跑过屋顶，只觉得光光的脚底板火辣辣的。他只花了几秒钟就爬上了另一头的墙垣，来到拐角处时，他低头看了一下那条狭窄又臭烘烘的街道，果然如科林所说，墙外有个垃圾堆。要跳下去之前，他飞快地扫了眼四周以确定自己的方位。显然，他现在所在的是小岛上塔什班城的顶端。山下的一切都尽收眼底，屋顶平平，重重叠叠，连亘至北城墙的塔楼和城垛。城墙外有一条河流，河流上游有一个鲜花遍野的小山坡。但山坡那边，却是个他从未见过的景象　　黄灰色　　平坦似波澜不惊的海面绵延数英里。它的另一头是一大片青色，连绵成块，参差不齐，有些顶上还雪白雪白的。“这是沙漠和群山！”沙斯塔心想。

他往下跳到了垃圾堆上，撒腿沿着小巷子一路拼命往山下跑，不一会儿他便跑到了一条宽阔些的街道上，大街上人更多了。虽然没人会费心去看一个衣衫褴褛的、光着脚丫子在跑的小男孩，但他还是十分焦急不安，直到他转过一个弯，看到眼前的城门才松了一口气。城门口有许多人都要出城，他们你推我搡的。城门外的拱桥上，人群排成长队缓缓往前走。这与其说是人群，不如说是队列。城外，桥的两侧，清澈的河水流淌而过，不复塔什班城的恶臭、酷热和嘈杂，连空气都格外清新了。

沙斯塔走到桥尾，只见人群渐渐散开。大家好像不是左转就是右转，沿着河岸走开。他径直往前走上大路，大路介于两个花园间，看上去人迹罕至。没走几步，路上就只剩下他一个人了，再走不远，他便来到了山坡顶上。他伫立在山顶，凝望远方。他仿佛来到了世界的尽头，只见几步之遥，青青草色，忽地就不复踪迹了。沙漠在眼前展开：一望无尽、一马平川的沙漠宛如海边的沙滩，只是沙粒因久旱而略显粗糙。绵绵群山，眼下看来比先前还要遥远，在前方隐约可见。让他如释重负的是，他看到往左约莫走上五分钟，他定能走到布里之前和他们说过的那个古墓。它由大块崩碎剥落的巨石堆砌而成，状似巨大的蜂窝，但空隙稍显狭仄。古墓后方太阳渐渐落山，看上去更加阴森而冰冷。

面朝西方，他向着古墓小跑而去。他不禁费劲地张望，找起朋友们的行踪来，夕阳照在他的脸上，他几乎什么也看不见。“不管怎么说，”他心想，“他们肯定会绕到古墓的另一头等我，而不是待在这一头，不然肯定会被城里的人发现的。”

这里大约分布着十二个墓，每个墓前都有个低矮的拱门，通向一片漆黑。墓地分布零散，格局杂乱无章，因而沙斯塔费了好长时间，这儿绕一圈，那儿绕一圈，才确保自己绕遍了墓地的每个角落。他只能这样做。整个古墓空无一人。

在这沙漠边缘，万籁无声。眼下太阳真的落山了。

突然，身后不知什么地方传来了可怕的声音。沙斯塔的心跳到了嗓子眼，他咬紧牙关，不让自己尖叫出声。过了一会儿，他才意识到那声音是塔什班城关城门时的号角声。“别当个傻傻的胆小鬼，”沙斯塔自言自语道，“唔，这不过就是你今天早上听过的号角声而已。”可是，大清早和朋友们一块儿听放你们进城门的号角声，和大晚上自己一个人听把你关在城外的号角声，那感觉可是截然不同。现在，城门已经关了，他知道今晚其他人是无望和他会合了。“要么他们是被关在塔什班城里过夜了，”沙斯塔心想，“要么他们就是已经丢下我走了。这倒像是阿拉维斯会做的事。但布里肯定不会丢下我的。噢，它不会的。——哎呀，它会吗？”

就这点而言，沙斯塔又想错了阿拉维斯。她虽然高傲又十分强势，但她像钢铁般忠诚，无论她喜欢与否，她从不会抛弃同伴。

沙斯塔知道他得一个人过夜了（天色分分钟暗了下去），周遭的氛围让他愈发害怕。那些形状各异、不声不响的大石头让他浑身不自在。他一直使劲不去想食尸鬼，但他实在坚持不下去了。

“噢哟！噢哟！救命！”他突然大叫道，因为就在这时，他感到有什么东西碰了下他的腿。我不觉得这有什么好责备的，在这种地方，在这个时候，尤其他已经被吓得够呛了，要是背后被什么东西碰了一下，任谁都会叫出声的。不管怎么说，沙斯塔是被吓得跑不动路了。没什么比困在古代国王的陵墓里，被一个你都不敢回头看的东西追着兜圈子更糟糕的了。沙斯塔没有撒腿就跑，而是做了件他所能做的最明智的事情。他看了看四周，终于松了一口气，碰他腿的不过是一只猫。

天色太暗了，沙斯塔看不清猫的样子，只瞧见它身量很大又十分严肃。它看起来好像在这古墓里独自生活了许多年。它的眼里藏着许多不可告人的秘密。

“小猫咪，小猫咪，”沙斯塔说，“我想你是不会说人话的吧。”

猫只是愈发目不转睛地盯着他瞧。接着，猫便走开了，沙斯塔自然而然地跟上了它。猫带着他径直穿过古墓，来到古墓另一头的沙漠边上。它直直地坐了下来，尾巴蜷在脚边，面朝沙漠，朝着纳尼亚和北境一动也不动，仿佛是在密切注视着什么敌人。沙斯塔在它身边躺下了，背靠着猫，面朝着古墓。因为当人们内心惶恐不安的时候，只有把脸朝着危险的方向，把背靠着温暖而坚实的东西才最安心。睡在沙地上对你来说也许不太舒服，但沙斯塔已经在地上睡过好几周啦，他对沙地可毫不在意呢。他很快就睡着了，即便是在睡梦中，他也还在继续想着布里、阿拉维斯和赫温的遭遇。

突然，一个他从未听过的声音吵醒了他。“这大概只是场噩梦吧。”沙斯塔对自己说道。就在这时，他留神到猫已经从他背后走开了，他真希望猫没走。但他还是一动不动地躺着，都不敢睁眼，因为他确信，要是他坐起来，环顾古墓四周，孤身一人，他只会更加害怕。这做法，就好像你情愿用衣服盖住头，一动不动地躺在那儿一样。但这时，那声音又传了过来——一声刺耳而又尖锐的叫声，从身后的沙漠中传来。这下，他当然只得睁开眼睛，坐了起来。

月光皎皎。古墓——远比他想的要大得多，也近得多——在月光下像是蒙上了一层灰暗的色调。事实上，这古墓看起来令人毛骨悚然，就像是披着灰色长袍，蒙着头和脸的巨人。当你独自在一个陌生的地方过夜时，待在古墓旁绝不是什么好事。但这声音是从对面的沙漠中传来的。沙斯塔不得不转过身来，背对着古墓（他不太喜欢这样），直勾勾地望向平坦的沙漠。狂野的叫声又响了起来。

“我希望不是又撞上狮子了。”沙斯塔心想。这叫声同他们遇上赫温和阿拉维斯的那天晚上所听到的狮吼声不大一样，实际上这是一头胡狼的叫声。但当然，沙斯塔并不知道。即便他知道了，他也不会想碰上一头胡狼的。

叫声一次次响起。“不管是什么野兽，肯定都不止一个，”沙斯塔心想，“它们离我越来越近了。”

我想，要是他够明智的话就应该往回走，穿过古墓，到河边去，那儿有人家，野兽就不太可能会来了。可那里有（或者说他认为那里有）食尸鬼。往回走穿过古墓，就意味着要经过古墓里那些黑漆漆的洞穴，可谁知道里面会出来些什么妖魔鬼怪呢？这么想也许傻里傻气的，但沙斯塔觉得他宁愿冒着遇到野兽的危险也不往回跑。可是，随着叫声越来越近，他渐渐改变主意了。

他正撒腿要跑时，突然间，隔着沙漠，一头巨兽跃进视野中。只见它背对着月亮，看起来黑不溜秋的。沙斯塔不认得这是什么野兽，只知道它脑袋很大，毛茸茸的，长着四条腿。它似乎没有注意到沙斯塔，只见它突然停下，扭头冲着沙漠发出一声咆哮，古墓里回声荡荡，似乎连沙斯塔脚下的黄沙都在震动。其他野兽顿时就噤声了，沙斯塔仿佛听到了惊慌而逃的脚步声。接着，这巨兽转过身打量起沙斯塔来。

“这是只狮子，我就知道是狮子，”沙斯塔心想，“我完蛋了。它伤起人来厉不厉害？我只巴望能早点了结。人死了以后会怎么样呢？啊——啊——啊！它来了！”他闭上眼睛，咬紧牙关。

但他既没被牙齿咬，也没被爪子挠，只觉得有个暖洋洋的家伙躺到了他的脚边。接着，他睁开了眼睛，说道：“咦？它怎么没我想象的那么大呢？只有我想的一半那么大，不对，甚至还没四分之一那么大哩。我敢说这就是只猫而已！它哪有马儿那么大，刚刚那一切肯定是我在做梦了。”

不管他是不是真的在做梦，现在躺在他脚边的，瞪着双又大又绿、一眨不眨的眼睛，直盯得他局促不安的，就是只猫，尽管这是他所见过的最大的猫了。

“小猫咪啊，”沙斯塔上气不接下气地说道，“真高兴再见到你。我一直在做可怕的噩梦。”他随即又躺了下来，和猫背靠着背睡着了，就像刚入夜时那样。猫的体温让他全身暖了起来。

“只要我活着，就不会再做任何伤害猫的事了，”沙斯塔说道，一半说给猫听，一半也是说给自己听，“呃，我做过那么一次。我朝着只饥肠辘辘的癞皮流浪猫扔过石头。嘿！住手。”猫转过身来，抓了他一下。“别这样，”沙斯塔说道，“看来，你好像听不懂我在说什么。”说着，他就打起瞌睡来。

第二天早上，他醒来的时候，猫已经走了，太阳升起来了，沙子也晒得发烫了。沙斯塔只觉得口干舌燥，他坐了起来，揉了揉眼睛。只见一片白茫茫的沙漠亮得晃眼，尽管身后隐隐约约传来城市的喧嚣声，但他所坐之处，却是鸦雀无声。他稍稍看向左面和西面，这样太阳就不会直射眼睛，他能瞧见沙漠另一头的群山，棱角分明，清晰可见，仿佛就一步之遥。格外引人注目的是一座蓝色的高峰，顶上分为两座山峰，他心下了然那必定就是皮尔峰。“照渡鸦说的，我们就是要朝那儿走，”他心想，“所以我一定要确保方向正确，这样等其他人到了，就不用浪费时间了。”于是，他便用脚划了一条笔直的深沟，准准地指向皮尔峰。

显然下一步，就是要找点吃的喝的填填肚子。沙斯塔穿过古墓，一路小跑回去——古墓现在看起来平平常常的，他都不明白自己先前怎么会那么害怕——接着，他下到河边的耕地上。附近有几个人，但人不太多，因为城门已经开了几个钟头了，清晨赶集的人已经进城去了。于是，他的“突袭”（布里所谓的）就毫不费力了。他翻过花园的围墙，顺走了三个橙子、一个甜瓜、一两个无花果和一颗石榴。之后，他下到河边，在离桥稍远的地方喝了点水。这水真是好极了，他脱下热烘烘又脏兮兮的衣服，下河洗了个澡。当然，沙斯塔从小在海边长大，差不多刚会走路就会游泳了呢。从河里出来，他躺在草地上，目光越过河面，望向塔什班城——它一切的光辉、力量和荣耀。但这也让他想起在城内的重重险境。他突然想到，其他人说不定在他洗澡的时候，已经到古墓了（“很可能丢下我走了”）。他惊慌失措地穿好衣服，急急忙忙地往回跑。到古墓的时候，他又热又渴的，洗完澡的清爽畅意早都没了。

就像大多数要独自等待的日子一样，这一天漫长得像有一百个钟头似的。当然，他有许多事要想，但是就这么一个人坐着，可劲地想，时间过得真是够慢的。他想了许多关于纳尼亚人的事，特别是关于科林的。他想知道，当他们发现那个一直躺在沙发上听到他们所有秘密计划的男孩，根本不是真正的科林的时候会怎么做呢。想到那些善良的人会把他当作奸细，他心里很是闷闷不乐。

但是，当太阳慢慢地，慢慢地升上中天，接着又慢慢地，慢慢地落下西边，还是没人出现，还是一点动静也没有的时候，他开始变得越来越焦虑不安了。当然，他现在意识到了，当初他们约定在古墓等待彼此时，谁都没说过具体要等多久。他总不能一辈子都在这儿等着吧！天很快又要黑了，他又要和昨晚一样了。十几个不同的计划从脑中闪过，没一个靠谱的。最后，他选了个最糟糕的计划。他决心等天黑时，回到河边去偷甜瓜，能带多少就偷多少。然后，一个人前往皮尔峰，就顺着他早上在沙地里划的那条线所指的方向前进。这个想法太疯狂了，要是他像你一样博览沙漠旅行的书籍，是绝不会妄想这么做的。可沙斯塔压根儿就没读过书。

太阳下山前，的确发生了件事。当时，沙斯塔正坐在古墓的阴凉地里，他抬起头，看到两匹马儿向他走来。他的心怦怦直跳，因为他认出了那正是布里和赫温。但下一秒，他的心又跌入谷底。他没看到阿拉维斯。马儿们是由一个陌生人牵着，这人全副武装、衣着华丽，像是大家族里的上等奴隶。布里和赫温不再装扮得像是驮马，而是套上了马鞍，戴上了辔头。这一切意味着什么呢？“这是个圈套，”沙斯塔心想，“有人抓住了阿拉维斯，也许严刑逼供了她，她就什么都招了。他们想让我跳出去，跑去和布里说话，这样就把我也给逮住了！可要是我不出去，可能就会错过和其他人见面的唯一机会。啊，我真想知道到底发生了什么事。”他躲躲闪闪地藏在古墓后头，每过一会儿就探头看一下，斟酌着怎么做才最保险。

# 第七章　阿拉维斯在塔什班城

其实事情的真相是这样的。当阿拉维斯看到沙斯塔被纳尼亚人匆匆带走，只剩下自己和两匹（很明智地）一言不发的马儿时，她一刻也没有乱了方寸。她抓住布里的缰绳，一动不动地站着，牵紧两匹马儿；尽管她的心像锤子敲打似的扑通扑通直跳，可她一点儿也不露怯。纳尼亚的君主们一走过去，她便打算继续往前走。但她还一步都没迈出时，就听到另一个人（“这些人真烦。”阿拉维斯心想）大声喊道：“让路！让路！让路！泰克希娜拉斯阿拉莉恩驾到！”紧跟着这喊话人的是四个全副武装的奴隶，紧随其后的是四个抬着轿子的轿夫，轿上的丝绸帘幕随风飘扬，银铃叮叮作响，整条街上都弥漫着香水味儿与花香。跟在轿子后的，是衣着华丽的女奴、几个侍从、跑腿的小厮、小听差，等等。就在这当口，阿拉维斯犯下了第一个错误。

她和拉斯阿拉莉恩是老熟人了——和一块上过学没什么两样——因为她们经常住在彼此家里，还经常参加同一个聚会。拉斯阿拉莉恩如今结了婚，是个神气十足的大人物了，所以阿拉维斯不由自主地抬起头来，想看看拉斯阿拉莉恩的模样。

这下糟糕了。两个女孩的目光一相遇，拉斯阿拉莉恩立马就从轿中坐起来，扯开嗓子大声叫道：

“阿拉维斯！你在这儿做什么？你父亲——”

片刻也耽误不得。一秒也没犹豫，阿拉维斯就松开了马儿，抓住轿子边缘，腾空荡了进去，坐到拉斯阿拉莉恩身旁，气冲冲地在她耳边低声道：

“别说话！听到了吗！别说话。你得把我藏起来。吩咐你的随从——”

“可是亲爱的——”拉斯阿拉莉恩照旧大声地说道。（这引得路人回头直瞧，不过她可一点儿也不介意，实际上，她还享受得很哩。）

“照我说的做，不然我就再也不理你了。”阿拉维斯嘘声道，“拜托了，拜托快点儿，拉斯。事态紧急。吩咐你的随从牵走那两匹马儿，把轿上的帘子都放下来，再跑去个谁也找不到我的地方。快点儿。”

“好吧，亲爱的，”拉斯阿拉莉恩懒洋洋地说道，“喂，你们两个，牵上泰克希娜的马儿。（这话是对奴隶们说的。）现在，回府吧。我说，亲爱的，天儿这么好，你觉得我们真的要放下帘子吗？我的意思是说——”

但阿拉维斯已经放下帘子，把自己和拉斯阿拉莉恩都封闭在这个富丽堂皇、芳香四溢，但又密不透风、类似帐篷的轿子里了。

“我可万万不能让人瞧见，”她说道，“我父亲不知道我在这儿。我正在逃跑呢。”

“亲爱的，这该多么刺激呀，”拉斯阿拉莉恩说道，“我真想听听这一切的来龙去脉。亲爱的，你坐到我衣服上啦。你不介意坐开一点儿吧？嗯，这下好多了。这可是件新衣服呢。你喜欢吗？

我买到它是在——”

“噢，拉斯，严肃点儿，”阿拉维斯说，“我父亲在哪儿呢？”

“你还不知道吗？”拉斯阿拉莉恩说道，“他当然就在这儿呢。他是昨天进城的，在到处打听你的下落。一想到你就和我待在一块儿，可他却毫不知情，这可真是我听过的最好笑的事啦。”说着，她咯咯地笑了起来。阿拉维斯现在想起来了，拉斯阿拉莉恩总是爱咯咯地笑个不停。

“这一点儿也不好笑，”她说道，“这事相当严肃。你能把我藏到哪里去？”

“我亲爱的小姑娘，这一点儿也不难，”拉斯阿拉莉恩说道，“我可以带你回家。我丈夫出门去了，没人会看见你。唷！帘子都放下可就没意思啦。我要看看街上的人。要是都关得紧紧的，我穿着新衣服还有什么意义呢。”

“但愿你这样扯着嗓子和我说话时，没人把你的话听了去。”阿拉维斯说道。

“不会有人的，当然不会的，亲爱的。”拉斯阿拉莉恩心不在焉地说道，“但你还没告诉我，你觉得这件衣服怎么样呢。”

“还有一件事，”阿拉维斯说道，“你得吩咐下人们恭恭敬敬地伺候那两匹马儿。这也是个秘密。它们可千真万确是纳尼亚的能言马呢。”

“真神奇啊！”拉斯阿拉莉恩说道，“多么令人兴奋呀！对了，亲爱的，你瞧见了那位从纳尼亚来的外邦女王了吗？眼下，她就在塔什班城呢。据说拉巴达什王子疯狂地爱上了她呢。最近这两周，精彩绝伦的派对呀，狩猎呀，各种活动层出不穷。我倒没看出她有多漂亮，倒是有几个长得俊俏的纳尼亚男人呢。前天，我去了那个河滨派对，穿着我的——”

“我们怎么才能让你的随从们不告诉别人，有个客人——穿得像小叫花子似的——住进了你家？这事只怕很快就要传到我父亲耳朵里了。”

“别大惊小怪的啦，这才乖，”拉斯阿拉莉恩说道，“我们一会儿就给你找些得体的衣服穿上。我们到家啦！”

轿夫们停了下来，放下轿子。帘子掀起时，阿拉维斯发现自己置身于庭园中，就和几分钟前沙斯塔在城市另一头去的那个园子相差无几。拉斯阿拉莉恩本想马上进屋，但阿拉维斯急忙在她耳边低声提醒她，让她叮嘱仆人们几句，不要和外人谈起女主人的怪客。

“抱歉，亲爱的，我倒把这事忘得一干二净了。”拉斯阿拉莉恩说道，“你们都听着，还有你，看门的。今天谁也不准出去。要是被我逮到谁胆敢议论这位小姐，我就先把他打个半死，再活活灼烧，接着再没吃没喝地饿上他六个星期。听明白了吗？”

尽管拉斯阿拉莉恩之前嘴上说着很想听听阿拉维斯的故事，但她压根儿就没有露出一丝一毫真心想听故事的迹象。实际上，比起侧耳倾听，她更擅长搬唇弄舌。她硬是要阿拉维斯先费好长时间，舒舒服服地泡个澡（卡乐门的泡澡很是出名），接着再给她穿上最漂亮的衣服，然后才许她解释点什么事。在选衣服上，她的磨磨叽叽，几乎让阿拉维斯抓狂。她现在想起来了，拉斯阿拉莉恩向来都是对诸如服装呀，派对呀，八卦呀，这一类的事情感兴趣。而阿拉维斯自己则对弯弓射箭啦，骑马遛狗啦，还有游泳啦，更感兴趣些。你肯定能猜到，她们都认为对方的爱好才透着傻气哩。但当她们用过餐后（主要是掼奶油、果酱、水果，还有些冰果汁之类的），一起坐在华丽的柱式房间里时（要是被拉斯阿拉莉恩宠坏的宠物猴没有老是顺着柱子爬来爬去的话，阿拉维斯会更喜欢这房间的），拉斯阿拉莉恩终于问起她，为什么要离家出走了。

当阿拉维斯讲完了她的故事，拉斯阿拉莉恩问道："可是，亲爱的，你为什么不愿意嫁给泰坎阿霍什塔呢？大家都疯了似的喜欢他呢。我的丈夫说，他就要成为卡乐门最有权有势的人啦。如今老阿克萨沙死了，他刚晋升首相。你难道不知道吗？"

"我可不在乎这些。一看到他我就浑身难受。"阿拉维斯说道。

"可是，亲爱的，你想想看！他拥有三座宫殿呢，一座还是伊尔热湖畔的华丽宫殿。我听人说，那儿的珍珠都是一大串一大串的呢，洗的都是驴奶浴呢。而且你还能经常见着我呢。"

"他大可以留着他的那些珍珠和宫殿，我才不在乎这些呢。"阿拉维斯说道。

"你总是这么古怪，阿拉维斯，"拉斯阿拉莉恩说，"你还想要些什么呢？"

最后，阿拉维斯还是让她的朋友相信她是认真的，甚至还讨论起了计划。眼下，要带两匹马儿出北城门，前往古墓，倒不是什么难事了。一个衣着华丽的马夫，牵着一匹战马和一匹女士乘骑的轻鞍马下到河边去，是不会有人停下盘问的。拉斯阿拉莉恩手下有很多可使唤的马夫。可难以抉择的是阿拉维斯自己要怎么办。她提议自己可以坐在轿子里，拉下帘子，让人抬着她出城。但拉斯阿拉莉恩告诉她，只有在城中才能乘轿子，出城门坐轿子一定会惹人生疑的。

她们讨论了好长一段时间——阿拉维斯发现很难让她的朋友

别扯得太远，这就使时间拖得格外长了些——最后，拉斯阿拉莉恩拍手说道：“噢，我想到了一个法子，可以不从城门出城去。蒂斯罗克（愿他万寿无疆）的花园一直从山顶建到了河边，那里有个小水门。当然，只有王宫里的人才能进出——但是你知道的，亲爱的（说到这儿，她哧哧笑了一下），我们基本上就算是宫里人啦。我得说呀，遇上我算你走运。尊敬的蒂斯罗克（愿他万寿无疆）实在是平易近人，几乎每天都召我们进宫呢，那儿就像是我们的第二个家一样。我爱每个尊贵的王子和公主，对拉巴达什王子更是另眼相待。不论白天还是晚上，我都可以随时进宫去拜见任何一位王室夫人。我何不在天黑以后带你一起溜进宫，然后放你从水门出城去？水门外总停泊着些平底船之类的。再说，就算我们被逮住了——”

“那就都完蛋了。”阿拉维斯说。

“噢，亲爱的，别那么激动。”拉斯阿拉莉恩说道，“我要说的是，就算我们被逮住了，大家也只会以为这是我开的一个荒唐玩笑，想借此出风头。就在前几天——听着，亲爱的，这真是太好笑了——”

“我是说，这下我就完蛋了。”阿拉维斯微怒道。

“额——啊——好吧——我明白你的意思啦，亲爱的。那你有什么更好的主意吗？”

阿拉维斯想不出什么好办法，便答道：“没有。我们只能冒险一试了。我们什么时候出发？”

“噢，今晚可不行，”拉斯阿拉莉恩说道，“当然不是今晚。今晚有个盛宴（我必须得在几分钟内弄好头发），整个王宫都会灯火通明呢。街上也是人山人海的呢！只能等到明天晚上了。”

对阿拉维斯来说，这着实是个坏消息，但她也只能尽力往好处想了。这天下午时间过得格外慢，直到拉斯阿拉莉恩前去赴宴了，她才放松下来，因为拉斯阿拉莉恩咯咯的笑声，和讲起服装、派对、婚礼、订婚和丑闻时的滔滔不绝，都让阿拉维斯感到厌倦。她早早就上床睡觉了，这点她倒很是享受：重新拥有能够美美睡上一觉的枕头和床单，实在太舒服了。

但第二天还是过得很慢。拉斯阿拉莉恩想要推翻整个计划，不断地灌输阿拉维斯，说纳尼亚这个国家终年积雪，还住着魔鬼和巫师，她简直是疯了，才会想去那儿。“况且还是和一个小乡巴佬一起去！”拉斯阿拉莉恩说，“亲爱的，你再好好考虑一下！那有什么好的。”阿拉维斯已经深思熟虑很久了，但现在她着实烦透了拉斯阿拉莉恩的蠢笨无知，她第一次觉得和沙斯塔一块儿赶路，确实比待在塔什班城过所谓的时髦生活要有意思得多啦。于是，她只是回答说：“你难道忘啦，到了纳尼亚，我和他一样都只是平民百姓了。再说，不管怎样，我都已经答应人家了。”

“你倒是再考虑考虑，”拉斯阿拉莉恩说着，差不多是在大喊大叫了，“要是你头脑清醒的话，你都可能成为首相夫人呢！”阿拉维斯走了出去，和马儿们说起了悄悄话。

“太阳下山前，你必须和马夫赶到古墓，”她说道，“这些行李就不要了。他们会重新给你套上马鞍，戴上辔头。不过，赫温的鞍囊里得备些吃的，还有布里，你得背上满满一皮袋子水。马夫会奉命让你们俩去桥的另一头，美美地喝饱水的。”

“然后，就朝着纳尼亚和北境前进！”布里小声说道，“可要是沙斯塔不在古墓的话怎么办。”

“那当然要等他啦，”阿拉维斯说道，“我想你们这两天过得很舒坦吧。”

“我一辈子都没待过这么舒坦的马厩呢，”布里说道，“不过，要是你的那位朋友，老是咯咯笑的泰克希娜，她的丈夫付钱让马夫长买的是上等饲料的话，那么我想他定是被那马夫长给糊弄喽。”

阿拉维斯和拉斯阿拉莉恩是在柱式房间里用的晚餐。

约莫两小时后，她们就准备动身了。阿拉维斯打扮得像个大户人家的上等侍女，脸上还戴着面纱。她们约定好了，要是有人问起来，拉斯阿拉莉恩就说阿拉维斯是个奴婢，是献给某个公主的礼物。

两个女孩就步行出门去了。不一会儿，她们就来到了王宫门口。那里当然有士兵把守，但是军官和拉斯阿拉莉恩很是熟稔，命令手下立正敬礼。她们很快就来到了黑大理石大厅。仍有许多人在大厅里走动，有朝臣、奴隶，还有其他一些人，不过，这倒使两个女孩显得不那么起眼了。她们走过了圆柱大厅，接着又进到了雕像大厅，下到柱廊，穿过觐见室的铜箔大门。昏暗的灯光下，她们目光所到之处皆是一派富丽堂皇，难以言表。

不久，她们走出宫殿，来到了御花园，只见花园沿着层层阶梯，依山顺势而下。她们来到了花园另一头的旧王宫。暮色已然很深，她们发觉自己正身处迷宫般的走廊里，墙上的托架上只零星插着几支用来照明的火把。拉斯阿拉莉恩在一个岔口处踌躇不前，不知该往左走还是往右走。

“快走，快走呀。”阿拉维斯小声催促道，她的心怦怦跳得厉害，仍觉得父亲会在随便某个拐角碰见她们。

“我只是在想……”拉斯阿拉莉恩说，“我不太确定要从哪条路出去。我想应该是要往左走。没错，十有八九就是往左了。这可真有趣得很呀。”

她们走上了左边的那条路，置身于一条灯火昏暗的通道里，很快便通向下行的楼梯。

“这下没事儿了，”拉斯阿拉莉恩说道，“现在，我敢肯定我们走对了路。我记得这些台阶呢。”但就在这时，前方出现了一道移动的亮光。过了一会儿，远处的角落里冒出了两个人的黑影，他们高举着蜡烛，正倒退着走呢。当然，只有在贵族跟前人们才会倒退着走。阿拉维斯只觉着拉斯阿拉莉恩紧紧抓住了她的胳膊——这种突然的紧抓，简直就是掐人了，这说明伸手抓你的人真的吓得不轻。阿拉维斯心下觉得有些奇怪，要是蒂斯罗克真是拉斯阿拉莉恩的朋友的话，拉斯阿拉莉恩不该这么害怕他呀，但她没时间多想了。拉斯阿拉莉恩急匆匆地催促她，踮起脚尖蹑手蹑脚地跑回楼梯顶端，莽莽撞撞地沿着墙壁摸索着前进。

“这儿有扇门，”她低声说道，“快点儿。”

她们走了进去，轻轻地关上了身后的门，只觉得四周漆黑一片。阿拉维斯从拉斯阿拉莉恩的喘息声中听出了她的惶惶不安。

“愿塔什神保佑我们！”拉斯阿拉莉恩小声说道，“要是他来了，我们该怎么办。我们能藏得了吗？”

她们脚下铺着一张柔软的地毯。她们摸索着走进了房间，跌跌撞撞地碰到了一张沙发。

“躺到沙发后面吧，”拉斯阿拉莉恩抽抽噎噎道，“噢，我真希望我们没来这儿。”

沙发和幕墙间正好有地方可以供两个女孩躺下。拉斯阿拉莉恩想方设法地躺到了好点的位置，藏得严严实实的。阿拉维斯的上半张脸从沙发后露了出来，要是有人提着盏灯进屋，碰巧看向这里，就会瞧见她了。但是，当然，因为她戴着面纱，别人不会一下子就看出那是她的额头和眼睛。阿拉维斯拼命推搡，想让拉斯阿拉莉恩给她多腾点儿地方。可拉斯阿拉莉恩如今正处于惊恐交加中，更是只顾着自己，而且挤走阿拉维斯，还掐她的脚。她们都束手无策，一动不动地躺着，微微喘着气。周围一片死寂，她们的呼吸声显得格外聒噪。

“这儿安全吗？”终于，阿拉维斯开口问道，声音微不可闻。

“我——我——想是的，”拉斯阿拉莉恩说道，“可是我脆弱的神经啊——”接着，就传来了她们此时此刻最害怕听到的声音：开门声。紧接着，房间亮了。因为阿拉维斯没法儿把头缩进沙发后，便目睹了这一切。

一开始，进来了两个奴隶（又聋又哑，阿拉维斯猜得没错，以便在开最隐秘的会议时恭候差遣），他们举着蜡烛，倒退着走进来。一人站在沙发的一端。这下好了，因为其中一个奴隶就挡在阿拉维斯面前，现在任谁都很难看到她了，而她却可以从奴隶张开的双脚间往外观望。接着，进来了一个老头子，大腹便便，戴着顶奇怪的尖顶帽子，这让阿拉维斯立刻知道他就是蒂斯罗克。他身上佩戴的那些珠宝首饰，最保守估计，都要比纳尼亚王族们穿戴的所有衣服和武器加起来还值钱。可是他太胖了，衣服上还有一堆的饰边、褶皱、绒球、纽扣、流苏和护身符，这不禁让阿拉维斯觉得，纳尼亚式的打扮（不管给谁穿）看起来都要更高雅大方些。在他之后，一个高个子的年轻人走了进来，他头上裹着一个插着羽毛、镶着珠宝的头巾，身侧佩着一把象牙鞘的弯刀。他看起来情绪激昂，烛光中，只见他目露凶光，龇牙咧嘴。最后进来的是个驼背、佝偻的小老头儿，她认出了他就是新任首相，她的未婚夫，泰坎阿霍什塔本人，这令她不寒而栗。

三人一进屋，门就关上了。蒂斯罗克坐在长沙发上，心满意足地舒了口气。年轻人就位站好，立在蒂斯罗克面前。首相双膝跪地，两肘平撑，俯首对着地毯。

# 第八章　在蒂斯罗克的密室里

“哦——我的——父亲啊，哦——我的——心之所乐啊。”年轻人开口说道，他紧绷着脸，嘀嘀咕咕说得极快，压根儿就听不出蒂斯罗克是他的心之所乐。“愿您万寿无疆，可您彻彻底底地毁了我的计划。要是日出时，在我刚看到那些该死的外邦人出航时，您就派给我一艘最快的大帆船，说不定我都已经追上他们了。可您非得劝我先给他们送送行，看看他们是不是只是想绕着海岬找个更合适的抛锚地。这下，一整天都白白浪费了。他们跑得都没影了——我怎么追得上！那个虚情假意的女人，她——”说到这儿，他又添油加醋地对苏珊女王出言不逊起来，都是些登不得大雅之堂的话。当然，这个年轻人就是拉巴达什王子，而那个虚情假意的女人就是苏珊女王了。

“我的儿子啊，冷静点儿，”蒂斯罗克说道，“在一个明智的主人心中，由于客人离去而带来的创伤，是很容易愈合的。”

“但我就是想得到她，”王子大声嚷嚷道，“我必须要将她据为己有。要是得不到她，我会死的——哪怕她虚伪、高傲、心肠狠毒，还是小人之女！得不到她，我便夜不能眠，食之无味。她的美貌让我的眼睛黯淡无光。我势必要得到这个外邦女王。”

“一位天才诗人说得好，”首相说道，从地毯上抬起头来（脸上灰扑扑的），“畅饮理性之泉，以浇灭青春年少的爱情之火。”

这话似乎激怒了王子。“狗奴才，”他嚷嚷道，对准首相的屁股，狠狠踹了几脚，“别在我面前卖弄什么诗人的名言。成天都要受这些格言警句的狂轰滥炸，我真是受够了。”我想，只怕阿拉维斯一点儿都不同情首相呢。

蒂斯罗克显然陷入了沉思，但过了好一会儿，当他反应过来发生了什么时，便平静地说道：

“我的儿子，不管怎样，别再踹我们德高望重、见多识广的首相了。纵使明珠蒙尘，依旧价值连城，因此，要尊重老人和行事谨慎之人，即便他们不过是我们子民中的无名小卒。所以，别再踹人了。告诉我们你有什么想法和建议吧。”

“我的父亲啊，我的想法和建议就是，”拉巴达什说道，“请您即刻派遣无敌舰队，入侵该死的纳尼亚，以熊熊烈火和刀枪剑戟踏平那片土地，将其并入您不断扩张的帝国版图中，杀死他们的至高王及其王族血脉，只留苏珊女王一个活口。因为，我必须娶她做我的妻子，不过她得先领教一下这血淋淋的教训。”

“我的儿子啊，你要明白，”蒂斯罗克说道，“不管你说什么，都没法儿撺掇我向纳尼亚宣战。”

“万寿无疆的蒂斯罗克啊，要是您不是我的父亲，”王子咬牙切齿地说道，“我会说这话根本就是出自懦夫之口。”

“狂躁易怒的拉巴达什啊，要是你不是我的儿子，”他的父亲回道，“当你说出这话的时候，你就没多久好活了，等着受死吧。”（说这话时，他冷若冰霜，波澜不惊，阿拉维斯听来只觉得不寒而栗。）

“我的父亲啊，可这是为什么呢，”王子说道——这次的声音要恭敬许多，“我们为什么要在惩罚纳尼亚的这件事情上再三斟酌呢？这就和绞死一个游手好闲的奴隶或者将一匹垂垂老矣的马送去做狗粮一样，没什么好考虑的。纳尼亚还没您最小省份的四分之一大呢。只要千支长矛，就能在五周之内攻下它。它就是您帝国边境上一颗不合时宜的棋子。”

“毋庸置疑，”蒂斯罗克说道，“这些外邦小国自称自己是自由民主的（倒不如说是吊儿郎当、毫无秩序又无利可图），对神明和一切明事理的人都深恶痛绝。”

“那我们为什么要容忍像纳尼亚这样的国家继续存在，而一直不去征服它们呢？”

“见多识广的王子啊，您要知道，”首相说道，“在您尊贵的父亲开始他恩泽而长久统治的那一年，纳尼亚国土被冰雪覆盖，并由一个法力超强的女巫统治。”

“这我清楚得很，多嘴多舌的首相啊，”王子回嘴道，“可我还知道，那女巫已经死了，冰雪也都融化了，现在的纳尼亚空气清新，果实累累，珍馐美馔遍地。”

“博学多才的王子啊，这种改变，毫无疑问就是那些恶人施的强大咒语，他们现在自称是纳尼亚的国王和女王呢。”

“我可不这么认为，”拉巴达什说道，“这是由星宿运转和自然运行变化造成的。”

“这一切，”蒂斯罗克说道，“都是智者才讨论的问题。我反正不会相信，这么大的改变，诸如杀死老女巫之类，要是没有强大魔法的助力，是不可能会实现的。在那片土地上，有魔法没什么好奇怪的，长得像野兽却说着人话的魔鬼在那儿安家落户，那儿还有半人半兽的妖怪呢。众口皆传，纳尼亚的至高王（愿众神都将他抛弃）背后有恶魔撑腰，那恶魔相貌丑陋，罪行滔天，以狮子的模样出现在世人面前。因此，进攻纳尼亚这桩事前景堪忧，疑虑重重。我坚决不会把手伸向我无法收回的地方。”

“真是神佑卡乐门啊，”首相重新抬起头来，说道，“神明都乐意将慎重与周全之德施予它的统治者！然而，博学广闻的蒂斯罗克所言是无可辩驳的，被迫不去碰像纳尼亚这样的美味佳肴，着实令人痛惜。一位天才诗人说过——”但说到这儿，阿霍什塔注意到王子的脚趾正不耐烦地扭来扭去，突然就不吱声了。

“这实在太令人痛惜了，”蒂斯罗克说道，声音低沉而平静，“清晨的太阳在我眼中都失了光辉，夜晚我越发难以养精蓄锐，只因我念念不忘纳尼亚仍是自由之地。”

“我的父亲啊，”拉巴达什说道，“不如我为您出个主意怎么样，依着我的法子，您大可以伸手夺取纳尼亚，万一失败了，还能全身而退。”

“拉巴达什啊，要是你能替我想出这法子来，”蒂斯罗克道，“你就是我最优秀的一个儿子了。”

“父亲啊，那么请您听好了。就在今晚，就在这个时辰，我带着二百名骑兵穿过沙漠。这样，在别人看来，就会觉得您对我的行动是一无所知的。第二天一早，我就会抵达阿钦兰国的安瓦德，来到伦恩国王城堡的大门前。他们正同我们交好，一定毫无防备，我便能趁他们还没动作，攻占安瓦德。接着，我会策马穿过安瓦德的关口，直奔纳尼亚，抵达凯尔帕拉维尔。至高王不会守在那里，因为之前我离开的时候，他就已经在准备突袭北方边境上的巨人了。凯尔帕拉维尔极有可能城门大开，我便能纵马而入。我会慎重行事，以礼相待，尽量让纳尼亚人少流点血。接下来要做的就是，静静地坐等载着苏珊女王的‘华丽水晶’号进港，待她一下船，我就会抓住我那飞走的鸟儿，将她甩上马鞍，然后便一路策马奔腾，返回安瓦德。”

“我的儿子啊，但是很有可能，”蒂斯罗克说道，“在抢这女人时，不是爱德蒙国王就是你，很可能会丢了性命。”

“他们就只有几个人，”拉巴达什说道，“而我会吩咐我的十名手下，缴了他的械，再把他绑起来。我会克制住要教他血偿的强烈欲望，这样，您和至高王之间也不至于会有什么非战不可的理由。”

“要是‘华丽水晶’号在你去之前抵达了凯尔帕拉维尔，又该怎么办？”

“我的父亲啊，依这风力，这事儿是不会发生的。”

“我足智多谋的儿子啊，还有最后一点，”蒂斯罗克说道，“要怎么将这外邦女人弄到手，你已经讲得很明白了，但你究竟要怎么帮我攻下纳尼亚呢。”

“我的父亲啊，果然什么都瞒不过您。尽管我和我的人马如离弦之箭般在纳尼亚境内飞快穿梭，但我们却能永远地占据安瓦德。占据了安瓦德，您就是稳坐在了纳尼亚的家门口，接着您可以逐渐壮大卫戍部队，占据天时地利。”

“这话说得有道理，很有远见，但要是行动失败了，我又该如何全身而退呢？”

“您可以推脱说，这一切是我擅作主张，您毫不知情，这次行动非您所愿，也并没有得到您的准许，是狂热的爱情和年轻气盛的血性让我铸成大错。”

“要是到时候至高王要求我们将他的妹妹，那个外邦女人交还回去，又该怎么办？”

“我的父亲啊，我敢保证他不会这么做的。虽然女人出于幻想而拒绝了这桩婚事，但至高王是个审慎且明理的人，与我们这样的王室联姻，将带来至上的荣耀和利益，他是绝不会放弃的。况且，他还指望看着自己的侄子、侄孙登上卡乐门的王位呢。”

“毫无疑问，要是如你所愿，我真的万寿无疆的话，他是绝对看不到这局面了。”蒂斯罗克说道，比平时的语气还要干巴巴。

“我的父亲啊，我的心之所乐啊，还有呀。”经过片刻尴尬的沉默之后，王子说道，“我们可以冒充女王写信，说她是爱我的，不想再回到纳尼亚了。因为众所周知，女人就像风向标一样变化无常。而且，就算他们并不完全相信这些话，他们也不敢武装进攻塔什班城，将她夺回。”

“才高识远的首相啊，”蒂斯罗克说道，“对于这个新奇的建议，还请你不吝赐教。”

“蒂斯罗克万岁，”阿霍什塔答道，“我虽然不能切身体会父爱的伟大，但也常常听人说，在父亲眼中，儿子比红宝石更珍贵。那么，在这件可能危及我们尊贵王子性命的事上，我又怎么敢随心所欲地向您吐露我的拙见呢？”

“毫无疑问，你会敢说的，”蒂斯罗克回道，“因为，你会发现，不管你说不说，结果都一样危险。”

“奉命唯谨，”这个可怜虫支支吾吾地应道，“最最通情达理的蒂斯罗克啊，首先，您要知道，王子的危险并不像看起来的那么大。神祇没有将谨慎之光赐予这些外邦人，他们的诗歌不像我们的诗歌那样，满是精选的格言和有用的谚语，反倒全是对爱情与战争的歌颂。因此，在他们看来，没有什么比疯狂的冒险更高贵、更令人钦佩的了，噢唷！”因为，王子听到“疯狂”这两个字，又踹了他一脚。

“住手，我的儿子啊，”蒂斯罗克说道，“还有你，尊敬的首相，不管他踹没踹你，无论如何，你都不该中断滔滔不绝的雄辩。一个威仪庄重、温文尔雅的人，就应当坚忍不拔地忍受些微小的不便。”

“奉命唯谨，”首相说着，微微扭了扭身子，让自己的下半身离拉巴达什的脚指头远一点，“依我的拙见，在他们看来，这种冒险的举动就算不至于令人尊敬，貌似也是可以被原谅的，尤其当他之所以这么做还是出于对一个女子的爱慕时。因此，就算王子不幸落入他们手中，他们肯定也不会杀了王子的。不但如此，甚至还有可能，即便王子没能成功带走女王，但女王在目睹王子的英勇豪迈和一片丹心后，没准儿还会倾心于王子呢。”

“这话说到点子上了，你这个啰里啰唆的老头子，”拉巴达什说道，“说得好，你这蠢脑袋倒还有些高见嘛。”

“王子，您的称赞真是我的心之所乐啊，”阿霍什塔说道，“其次，蒂斯罗克啊，您的统治必定是千秋万代。我想，在神祇的庇佑下，安瓦德极有可能会落入王子手中，若真如此，我们就扼住了纳尼亚的咽喉之地。”

谈话停顿了许久，房间一下子变得很安静，两个女孩几乎都不敢呼吸。终于，蒂斯罗克说话了。

“行动吧，我的儿子，”他说道，“就照你说的去做吧。但你不要指望我会帮助你或支持你。如果你被杀了，我不会为你报仇；如果外邦人将你关进监狱，我也不会派兵救你。还有，无论成败与否，要是你过犹不及地让纳尼亚王族多流一滴血，从而引发两国的全面战争，我就永远不会再宠爱你，你的弟弟将会取代你在卡乐门的地位。现在，出发吧。动作要迅速，要隐秘，要顺利。愿不屈不挠、不可抗拒的塔什神，赐你的利刃长矛以力量吧。”

“奉命唯谨，”拉巴达什大声说道，他跪了一会儿，吻了吻父亲的双手，之后便冲出了房间。可蒂斯罗克和首相还待着不走，这让阿拉维斯大失所望，当下抖抖索索地缩成一团。

“首相啊，”蒂斯罗克说道，“你能确定没有一个活人会知晓我们三人今晚在这里的密谈吗？”

“我的陛下啊，”阿霍什塔答道，“这事谁也不会知道的。正是出于保密，我才建议您，且陛下英明，恩准了我的提议，我们应该在旧王宫的这个房间会面，这里从未召开过会议，王室里也没有人会有机会来到这儿。”

“那就好，”蒂斯罗克说道，“要是有什么人知道了，我会教他活不过一个钟头的。还有你，谨慎的首相啊，也要忘掉这件事。对于我们所知的王子的全盘计划，我要把它从我的脑子里和你的脑子里统统抹去。他的行动，我毫不知情，也未经允许，我不知道他去了哪里，这全赖于他脾气暴躁、鲁莽轻率、桀骜不驯而又年轻气盛。得知安瓦德竟已落入他的手里，没有人比你我更大吃一惊的了。”

“奉命唯谨。”阿霍什塔说道。

“这就是为什么，即便是在你隐秘的内心深处，你也永远不会想到，我是这样铁石心肠的父亲，竟然会派自己的长子去办一桩无异于送死的差事。这对你来说，倒是乐见其成，因为我看得出来，在你内心深处并不爱王子。”

“完美无瑕的蒂斯罗克啊，”首相说道，“同对于您的爱戴相比，我既谈不上爱王子，也谈不上爱我自己的性命，更谈不上爱面包、水和阳光了。”

“你的见解崇高且正确，”蒂斯罗克说道，“同宝座的荣耀和威武比起来，我也谈不上爱这些东西。要是王子成功了，我们便能坐拥阿钦兰，没准日后还能占据纳尼亚。万一他失败了——我还有其他十八个儿子。至于拉巴达什呢，依着惯例来看，国王的长子这时都会变得摇摇欲坠起来。在塔什班城，不止五位蒂斯罗克未能颐养天年，就是因为他们的长子，英明的王子殿下，对于继承王位已经等得不耐烦了。他最好待到国外去，让自己静下心来，而不是在国内碌碌无为而弄得怒火中烧。好了，杰出的首相啊，作为父亲，过度的思虑使我昏昏欲睡。命乐师到我的寝宫中去。但在你睡下前，追回我们写给第三位厨师的赦免书。我明显觉得有些消化不良。”

“奉命唯谨。”首相说道。他趴在地上，跪着倒退爬到门口，站起身来，鞠了一躬，退了出去。但这时，蒂斯罗克仍旧安安静静地坐在长沙发上，阿拉维斯开始担心他没准儿已经酣然入梦了。但终于，随着一声响亮的吱嘎声和叹息声，他用力直起庞大的身躯，示意奴隶们秉烛走在他前面，走了出去。房门在他背后砰地关上，房间又一次陷入沉沉黑暗，而两个女孩又可以自由呼吸了。

# 第九章　穿越沙漠

“太可怕了！真是太可怕了！”拉斯阿拉莉恩呜呜咽咽地说道，“噢，亲爱的，我真是吓坏了，我浑身都在颤抖，你摸摸我。”

“我们走吧，”阿拉维斯说道，她也吓得瑟瑟发抖，“他们已经回到了新王宫。从这房间出去，我们就安全了。我们已经浪费了太多时间，你得尽快带我去山下的水门那儿。”

“亲爱的，你怎么能这么对我呢？”拉斯阿拉莉恩惊叫道，“我现在什么也做不了啦。我那可怜的神经啊！不行，我们必须静静地躺一会儿，然后就回家去。”

“为什么要回去啊？”阿拉维斯问道。

“噢，你不明白。你个没良心的。”拉斯阿拉莉恩开始哭了起来。阿拉维斯打定主意，这不是该心软的时候。

“你看这儿！”她说着，抓住拉斯阿拉莉恩，猛地摇晃她的身子，“要是你再说一句要回家，要是你不马上带我去水门的话，你知道我会怎么做吗？我会冲到走廊里大喊大叫，这样一来，我们俩可就要被逮住了。”

“但这样做的话，我们两个都要——死——死的！”拉斯阿拉莉恩说道，“你难道没听到蒂斯罗克（愿他万寿无疆）说的话吗？”

“我听到了，可我就是宁愿死，也不愿意嫁给阿霍什塔。走吧。”

“啊，你太不近人情了，”拉斯阿拉莉恩说，“我怎么会沦落到这个地步。”

但到最后，她还是不得不向阿拉维斯妥协。她领路走到她们先前下去过的台阶，沿着另一条走廊朝前走去，终于来到了空旷处。现在，她们置身御花园中，花园沿着阶梯顺势而下，绵延至城墙处。明月皎皎，照耀大地。冒险的一大坏处就是，当你遇上美景时，往往太过火急火燎、匆匆忙忙，来不及细细品味一番。因此，阿拉维斯只是模模糊糊地记得（尽管几年之后，她仍记得这景色），那灰绿色的草坪，安静地吐着涓涓细水的喷泉和柏树又长又深的阴影。

等她们走到山脚下，墙垣愁眉蹙额，屹立眼前。拉斯阿拉莉恩吓得哆哆嗦嗦，连门闩都拔不开。阿拉维斯开了门。最后，她们来到小河边，月光倒映在河面，波光粼粼，岸边有个小小的码头，还停靠着几艘游船。

“再见了，”阿拉维斯说道，“还有，谢谢你。如果有什么得罪的，我很抱歉。但你想想，我毕竟是在逃亡呀！”

“亲爱的阿拉维斯啊，”拉斯阿拉莉恩说道，“你不回心转意吗？现在，你已经见识到了，阿霍什塔是个多么了不起的人物啊！”

“他算什么了不起的人物！”阿拉维斯说道，“不过是个面目可憎、奴颜婢膝的奴才，被人踹了好几脚，照样阿谀奉承。然后把这事埋在心里，借机煽动可怕的蒂斯罗克用计将儿子置于死地，希望以此为自己报仇雪恨。”

“啊，阿拉维斯，阿拉维斯！你怎么能说出这样大逆不道的话，还牵扯到了蒂斯罗克（愿他万寿无疆）。要是他这么做了，这事就一定是正确的。”

“再见了，”阿拉维斯说道，“你的衣服很漂亮，房子也很漂亮，我相信你会过上幸福的生活——尽管这种生活并不适合我。轻轻地关上我身后的门吧。”

她从朋友深情的拥抱中挣脱出来，踏上一条平底船，解开缆绳。不一会儿，就来到了河流中游。抬头，只见一轮巨大的明月，高悬在天幕上；低头，只见河流深处，映着那轮巨大明月的倒影。空气清新凉爽，船渐渐靠近远处的对岸，她听见了猫头鹰的叫声。“啊！好极了！”阿拉维斯心想。她一直生活在乡村里，厌恶在塔什班城度过的每分每秒。

她上了岸，发现四周一片漆黑，这是因为地势高了，树木遮挡住了月光。但她还是设法找到了沙斯塔发现的那条路，像他一样，一路走到尽头，来到了草地和沙地的交界地。（同他一样）向左望去，看到那巨大的黑沉沉的古墓。到了这最后关头，尽管她是个勇敢的女孩，也忍不住胆战心惊起来。说不定其他人根本不在那里！说不定那里还会有食尸鬼呢！但她还是伸了伸下巴，吐了吐舌头，然后径直朝古墓走去。

但她还没走到古墓，就瞧见了布里、赫温和那名马夫。

“你现在可以回去向你的女主人复命了，”阿拉维斯说道（根本忘了他得等到明天早上，城门开了，才能够回去），“这是你的辛苦费。”

“奉命唯谨。”马夫说着，马上以惊人的速度，朝塔什班城飞奔而去。你都没必要催他赶快离开，这些食尸鬼已经够他胡思乱想的了。

在接下来的几秒钟里，阿拉维斯就忙着亲亲布里和赫温的鼻子啦，拍拍它们的脖子啦，好像它们就是两匹普普通通的马儿似的。

“沙斯塔来了！感谢狮王！”布里说道。

阿拉维斯环顾四周，千真万确，沙斯塔就在那里，马夫前脚刚走，他后脚便从藏身的地方走出来了。

“现在，”阿拉维斯说道，“一刻也耽搁不得了。”她火急火燎地把拉巴达什远征的真正目的都告诉了大家。

“阴险的小人！”布里说着，抖了抖鬃毛，跺了跺脚，“在和平时期发动攻击，居然还不递上战书！但我们会给他的燕麦涂上油。我们会赶在他之前到那儿的。”

“我们能做到吗？”阿拉维斯问着，一跃跨上赫温的马鞍。沙斯塔盼着他也能这么上马就好了。

“布鲁赫——霍赫！”布里哼哧道，“上来呀，沙斯塔。我们能做到！我们还开了个好头！”

“他说他马上就要出发了。”阿拉维斯说道。

“人们就是这样爱吹牛，”布里说道，“但是，要让一个两百人马的骑兵中队在一分钟内，吃饱喝足，全副武装，套好马鞍，再上马出发，是根本没法儿办到的。好了，我们要朝哪儿走？往北吗？”

“不是，”沙斯塔说道，“我知道方向。我划下了一条线。之后我会解释。你们俩马儿，都往我们左边靠一点儿。啊，就是这儿！”

“听我说，”布里说道，“像故事书里说的那样，飞奔个一天一夜，是没法儿办到的。我们必须要走一段，跑一段，散一小会儿步，再轻快地小跑会儿。我们散步的时候，你们俩人也可以下来散散步。准备好了吗，赫温？我们走吧。向着纳尼亚，向着北境！”

刚开始的时候，旅途还算愉快。好几个钟头前天就已经黑了，沙漠也差不多将白天吸收的太阳热量都散发出去了，空气显得凉爽、清新、干净。月光照耀下，他们极目远眺，只见沙漠的四面八方，都仿佛是一汪水波不兴的池水，或是一个巨大的银盘，闪烁着光辉。除了布里和赫温的马蹄声，四周悄无声息。要不是沙斯塔得时不时下马走一走，他几乎都要睡着了。

大概就这样走了好几个钟头。后来，连月亮也不露面了。他们仿佛在死寂的黑暗中，骑了一个又一个钟头。之后，有那么一刻，沙斯塔发现自己能看到前头布里的脖子和脑袋了，要比先前看得更清楚些。然后，慢慢地，慢慢地，他开始看到四面广袤无际、坦荡如砥、灰沉沉的荒漠。荒漠，是彻彻底底的一片死寂，像是一个了无生机的世界。沙斯塔感到筋疲力尽，觉得身子冷飕飕的，嘴唇也干裂了。从头至尾，只听见皮带吱吱嘎嘎，马嚼子叮当作响，还伴着马蹄声——不是踏在坚硬道路上的嗒嗒声，而是踩在干燥沙地上的沙沙声。

终于，历经几个钟头的驰骋，在他的右边，远远地出现了一道灰白色的长线，低低地镶嵌在地平线上。接着，出现一缕红光。最后，曙光乍现，可却没有一只鸟儿来歌唱黎明。现在，他倒是很开心可以散会儿步了，因为他比先前更冷了些。

突然，太阳升起来了，眨眼间一切都变了。灰沉沉的沙漠变得金灿灿，像撒满了钻石一样闪闪发光。沙斯塔、赫温、布里还有阿拉维斯映在左边的影子被拉得老长，它们赛起跑来。遥远的前方，皮尔峰双峰在阳光下熠熠生辉，沙斯塔看出他们稍稍有些走偏了。“往左一点儿，往左一点儿。”他喊道。最棒的事莫过于，当你回首，塔什班城已经远在天边，缩成一个小点。古墓也完全隐没在视线之外了，吞噬于孤零零、错落有致的蒂斯罗克之城中。大家都振奋了许多。

可好景不长。尽管他们第一次回头望时，塔什班城看起来很是遥远，可当他们继续前行，它看起来却还是一样远。沙斯塔不再回头看了，因为这只会让他觉得他们好像在原地踏步。这下，阳光倒成了个累赘。沙漠耀眼的反光刺痛了他的双眼，但他明白他不能闭上眼睛。他必须得眯起眼睛，一直看着前方的皮尔峰，大声喊出前进的方向。紧接而来的是滚滚热浪。当他不得不下马行走时，才第一次感受到热浪。他翻身下马，踩到沙地上，沙地上升腾起的热浪扑面而来，就像是打开了灶炉门一般。第二次更糟糕。第三次，他光着脚丫踩在了沙地上，痛得叫出声来，连忙把一只脚收回到马镫上，另一只脚跨到布里的背上。

"抱歉，布里，"他气喘吁吁地说道，"我走不了路啦，这地太烫脚了。""当然没问题啦！"布里喘着气说道，"这事我早该想到的。在我背上好好待着吧，这也是没法儿的事。"

"这对你来说，没什么大碍吧，"沙斯塔朝阿拉维斯说道，她正走在赫温身边呢，"你穿着鞋子呢。"

阿拉维斯一言不发，摆出一本正经的模样。真希望她不是有意如此，可她的确就是故意的。

他们重新走走跑跑赶起路来，叮叮当当，吱吱嘎嘎，马儿的热汗味，腾腾的热气味，耀眼的阳光照得人头晕目眩。走了一英里又一英里，一如既往是茫茫的沙漠。塔什班城从未瞧着更远些，绵绵群山也从未瞧着更近些。你都感觉要一直这样走下去了——叮叮当当，吱吱嘎嘎，马儿的热汗味，腾腾的热气味。

当然，人们会尝试用各种各样的游戏消磨时间，显而易见，它们都没有用处。他们每个人都使劲地不去想那些喝的东西——像塔什班城王宫里冰冰凉凉的果汁啦，黑土地上叮咚作响的清泉啦，冰凉爽滑的牛奶、恰到好处的奶油啦——可你越是努力不去想，越是想得厉害。

终于，有个不一样点的东西映入眼帘——沙地里凸起一大块石头，约莫高三十英尺，长五十码。现在日头升得很高了，巨石没有投下太大的阴影，只有一小块遮阴地。他们都挤到了阴凉处，在那儿吃了点东西，喝了点水。从皮囊里倒水给马儿喝，可不是件容易事，不过好在布里和赫温的舌头还算灵巧。谁也没吃饱喝足。没人开口说话。马儿们浑身大汗淋漓，喘着粗气。孩子们面如土色。

休息了一小会儿，他们就又重新赶路了。还是同样的声音、同样的气味、同样耀眼的阳光，直到后来，影子开始落在他们的右侧，而后越拉越长，仿佛要延伸至东方世界的尽头。太阳慢慢地贴近西边的地平线。现在，太阳终于落下山头，谢天谢地，肆无忌惮地照耀的光芒终于消失了，尽管沙地里升腾起的热浪还是一如既往的炙热。四双眼睛都急切地找寻着渡鸦萨罗帕德所说的山谷的踪影。可是，走了一英里又一英里，除了茫茫平沙，什么也没有。现在，白天已经彻彻底底地结束了，星星大多也已散落天穹。马儿们仍在嗒嗒地奔驰着，孩子们骑在马鞍上起起落落，饥渴交加，筋疲力尽，苦不堪言。明月还未升起，沙斯塔便喊道（他口干舌燥，声音嘶哑而奇怪）：

“就在那儿！”

现在肯定没错了。前方稍稍偏右处，终于出现了一个斜坡：斜坡顺势而下，两侧各堆着一个石头垒成的小丘。马儿们累得说不出话来，只是转身走向斜坡，一两分钟后，他们就进入了隘谷。起初，在隘谷里待着比待在开阔的沙漠里还要难受，因为那里石壁狭仄，窒息得让人喘不过气来，月光也更加微弱。陡峭的斜坡一路迤逦而下，两侧岩石耸立，高同峭壁。然后，他们开始看到植物——仙人掌似的多刺植物和看起来能刺伤手指的粗糙的野草。很快，马蹄落地，踩到的就不是沙子，而是卵石了。山谷的每一道拐弯处——山谷可谓是九曲十八弯呢——他们都急切地寻找水源。现在马儿们几乎都要筋疲力尽了，赫温呢，落在布里身后，东倒西歪地喘着粗气。终于在濒临绝望之际，他们来到了一小片泥地，只见一涓细流从柔软的青青草地中流过。而后，涓涓细流汇成小溪，小溪汇成两岸灌木丛生的小河，小河又汇成一条大河。在历经种种难以详述的失望之后，终于柳暗花明了。沙斯塔一直处于半梦半醒之中，突然发觉布里停下了脚步，自己也滑下马来了。只见眼前，一小道瀑布轰然泻下，注入一个大水池：两匹马儿都已经到水池里了，低头喝起水来，不停地喝呀，喝呀。“噢——噢——噢。”沙斯塔喊着，一头扎进池子里——水大约没过他的膝盖——他索性把头伸进瀑布里去。这大概是他这辈子最快活的时候啦。

大约十分钟后，他们四个才从水池里走出来（两个孩子几乎全身都湿透了），开始打量起四周来。现在，明月高悬，月光洒进山谷。河流两岸，芳草柔软。芳草之外，树木灌木丛生，蔓延生长至悬崖峭壁的底部。那阴阴郁郁的矮树丛中，必定藏着些奇花异卉，才让整片林间空地都弥漫着沁人心脾的甜美芬芳。幽幽树林深处，传来夜莺的歌声，这歌声沙斯塔从未听过。

大家都累得说不出话来，也吃不下东西了。马儿们等不及卸下马鞍，便立刻躺了下来。阿拉维斯和沙斯塔也是如此。

过了大约十分钟，赫温小心翼翼地说道：“可我们还不能睡觉吧。我们必须得赶在拉巴达什前到达安瓦德才行。”

“是呀，”布里慢吞吞地说道，“我们不能睡，就休息一小会儿。”

有那么一刻，沙斯塔清楚要是他不起身做点什么的话，只怕大家都要睡着了，他觉得自己应该要做点什么。事实上他都下定决心要站起来，劝大家一起赶路了，可没过多久，他又想着还是再等一会儿吧，再等一小会儿吧……

很快，月光洒向大地，夜莺在两匹马儿和两个孩子的耳边唱起歌来，可他们都已经沉沉入睡了。

阿拉维斯最先醒来。太阳早就升得高高的了，凉爽的清晨已经荒废了。“这都怪我，”她愤愤然自言自语道，边说边跳起来，开始唤醒其他人，“我不该指望马儿们在那样奔波一天后，还能保持清醒，哪怕它们是会说话的马儿。当然啦，那男孩更是靠不住的，他可没受过什么像样的教导。但这些我早就该想到的。”

沉沉睡了一夜，其他人都睡得恍恍惚惚，昏头昏脑了。

“嘶——嗬——布鲁——嗬，”布里说道，“没脱下鞍子就睡了，嗯？我再也不这么干了。最难受的是——”

“噢，快点儿，快点儿，”阿拉维斯催道，“我们已经浪费了大半个早上了。一刻也耽误不得了。”

“好歹让我吃口草吧。”布里说。

“只怕我们等不了了。”阿拉维斯说。

“有什么好赶的呢？”布里说，“我们不是已经穿越了沙漠吗？”

“可我们还没赶到阿钦兰呀，”阿拉维斯说道，“我们必须得在拉巴达什之前赶到那里。”

“噢，我们一定在他们前头好几英里啦，”布里说道，“我们不是抄了条近路吗？沙斯塔，你的渡鸦朋友不是说这是条捷径吗？”

“它可没说这条路更近，”沙斯塔答道，“它只说这样走更舒服些，因为沿路能走到河流边上。可要是绿洲就在塔什班城的北边，那恐怕这条路倒还更远。”

“可是，要不吃点东西，我都走不动路了。”布里说道，“沙斯塔，来解下我的缰绳。”

“拜——拜托了，”赫温羞涩万分地说道，“我和布里你一样，也觉得走不动路了。可是，当马儿背上骑着人时（再钉上些马刺之类的东西），就算它们像这样累得走不动，不是也会被逼着继续赶路吗？那时候，马儿们发觉自己其实走得动。我——我的意思是——是说，既然我们现在是自由之身了，不是应该做得更好些吗？这都是为了纳尼亚呀。”

“女士，我想，”布里斩钉截铁地说道，“对于像打仗、急行军以及马儿承受力这种事，我还是比你多懂一些的。”

赫温无言以对，像大多出身高贵的马儿一样，它生性胆小不安，温顺有礼，轻易就被驳倒。实际上，它说得很对，要是此时此刻，有个泰坎骑在布里背上鞭策着它赶路，布里还能鼓足精神跑上好几个钟头呢。可身为奴隶被逼迫着干活儿，造成的最坏的结果就是，当没人逼着你干活儿时，你会发现自己几乎已经丧失逼着自己干活儿的动力了。

就这样，当布里吃吃喝喝的时候，他们不得不等在一旁，当然赫温和孩子们也顺便吃了点东西，喝了点水。等他们终于重新启程赶路时，都已经快上午十一点钟了。可都到这时辰了，布里赶起路来，走得比昨天还不紧不慢。尽管两匹马儿中，赫温更弱小、更疲惫，但它反倒成了真正的领头人。

山谷里，淙淙河流，清凉怡人；只见芳草萋萋，青苔覆盖，野花遍野，杜鹃盛开，真是令人心旷神怡，让人不觉想要缓缓而行。

# 第十章　南征隐士

他们在山谷里策马驰骋好几个钟头之后，看到眼前的景致豁然开朗起来。他们沿路所走的那条河流，在此地汇入一条更加宽阔的大河。大河水流湍急，自左向右流去，朝东奔流入海。越过这条初见的大河，只见一个美丽的国度掩映在低矮的山丘中，山脉绵延起伏，连亘至北方群山。右面，尖峰奇岩嶙峋，偶有几处雪覆山巅;左面，山坡松树林立，悬崖峭壁，峥嵘险峻，幽幽峡谷，深邃逼仄，目光所及，蔚蓝的山峰，一直向远方延伸。这下，沙斯塔也认不出究竟哪座才是皮尔峰了。笔直的正前方，山脉下沉，形成树木繁茂的鞍部，这地方无疑就是自阿钦兰进入纳尼亚的关口了。

“布鲁——嗬——嗬，到北境啦，青山绿水的北境！”布里嘶叫道。阿拉维斯和沙斯塔都是土生土长的南境人，自然在他们眼中，低矮的山丘比他们所想象的任何东西都更加苍翠欲滴，清爽新鲜。他们嘚嘚地跑到两条河的交汇处，更加兴致勃勃了。

山脉西端的高山上，河流倾泻而下，向东奔流而去，水流太过湍急，多是险滩，他们不敢游过去。他们在岸上来来回回，上上下下找了许久，终于找到一片浅滩，可以涉水而过。哗啦啦的流水咆哮着，滚滚漩涡冲刷着马蹄的茸毛，空气凉爽畅意，振奋人心，这一切都令沙斯塔感到一股莫名的兴奋。

“伙伴们，我们到阿钦兰啦！”布里踏着水、晃晃悠悠地上了北岸，自豪地说道，“我想我们刚刚渡过的河流就是旋箭河。”

“但愿我们及时赶到了。”赫温嘟哝道。

而后，他们开始向上攀登，山路陡峭，他们只能慢慢地，曲曲折折地走着。这是个开阔的、公园般的国度，目光所到之处不见道路与房屋。树木疏疏落落，虽不足以茂密成林，却也遍布山野。一直以来，沙斯塔都生活在树木稀疏的草原上，还从未见过这么多不同种类的树木呢。要是你在那里，也许你就会认出（他可没认出来），他瞧着的正是橡树、山毛榉、白桦、花楸和栗子树呢。他们所到之处，野兔四处逃窜。不久，他们又瞧见树林里一群黇鹿仓皇而逃。

“这真是太美了！”阿拉维斯说道。

翻过第一座山，沙斯塔坐在马鞍上，转身回头看了看。塔什班城早已遥不可见；沙漠茫茫，遥接天际，唯有他们方才走过的那道狭窄的青翠裂缝将其阻隔开来。

“天啊！”他突然叫道，“那是什么？”

“什么东西？”布里转过身来说道。赫温和阿拉维斯也回过头来。

“就是那个，”沙斯塔伸手指道，“看起来像是冒着烟。那是一团火吗？”

“依我看，那是沙尘暴。”布里说道。

“没什么风，扬不起沙尘暴的。”阿拉维斯说道。

“天啊！”赫温惊叫道，“快看！沙尘里有什么东西在一闪一闪的。你们瞧！那是头盔——还有盔甲。正朝着这儿来了。”

“我的塔什神啊！”阿拉维斯说道，“那是军队。是拉巴达什。”

“那当然是拉巴达什的军队，”赫温说道，“这正是我所担心的。快！我们必须赶在军队之前到达安瓦德。”赫温二话不说，转过身来，开始朝北飞奔而去。布里把头往后一仰，紧随其后。

“快点儿，布里，快点儿。”阿拉维斯回头大喊道。

对马儿们而言，这是一场惊心动魄的比赛。它们每攀上一座山脊，总会发现前头不是还有一个山谷，就是还有一个山脊。尽管它们多多少少知道，大致的方向没有走错，可没人知道离安瓦德还有多远。站在第二个山头，沙斯塔又回头看了一眼。现在，他看到的不是沙漠里的漫天尘土，而是远处旋箭河岸上，一团小得像蚂蚁似的、乌压压的军队正渐渐逼近。无疑，他们正在找可以涉水而过的浅滩。

“他们到河边了！”沙斯塔声嘶力竭地喊道。

“快！快！”阿拉维斯大声喊道，“要是我们不能及时赶到安瓦德，倒还不如不走这一趟。跑起来，布里，跑起来。别忘了，你可是一匹战马啊。”

沙斯塔所能做的，就是别让自己喊出类似的指令，他心想，“这个可怜的伙计已经用尽全力了。”可这话他没有说出口。当然，两匹马儿也觉着自己全力以赴了，哪怕它们还没使上全力呢，这两者可不是一码事。布里已经追上了赫温，它们并肩前进，隆隆地驰骋过草地。赫温看上去已经坚持不了多久了。

就在这时，身后传来的声音，让大家登时脸色大变。这不是他们意料中的声音——嗒嗒的马蹄声和丁零当啷的盔甲声，也许还混杂着卡乐门人的摇旗呐喊声。但沙斯塔马上就反应过来了。

这和那个月夜，他们第一次遇见阿拉维斯和赫温时，听到的那个咆哮声一模一样。布里也马上听出了这声音。它的眼睛发亮，耳朵向后竖起，平贴脑门。布里这时才明白，它并没有真的使劲飞奔——跑得不够快。现在，它的的确确铆足了劲儿，飞驰起来，沙斯塔马上就察觉到了这一变化。不出几秒，他们就跑到赫温前头好远去了。

“这可不妙，”沙斯塔心想，“我还以为这里没有狮子呢。”

他转过身去，一切都看得清清楚楚。只见身后有一头黄褐色的巨型猛兽，身体匍匐在地，活像是只被闯进花园的陌生小狗吓得飞跑过草地，蹿到树上的猫。一眨眼的工夫，它就逼得更近了。

他又往前望去，眼前的状况是他方才没注意到的，甚至是压根儿都没想到的。一堵约莫十英尺高的平整的绿墙挡住了他们的去路。墙的中间有一扇开着的门。大门的中央站着一个身材高大的男人，他赤脚穿着一件秋叶色的拖地长袍，斜倚着一根笔直的手杖。胡子长得几乎到他的膝盖了。

沙斯塔一扫而过，一切就都尽收眼底了，便又回头看去。当下，狮子几乎就要抓住赫温了。它正朝着赫温的后腿一个劲地猛扑，此刻赫温大汗淋漓，眼睛圆睁，神色绝望。

“快停下，”沙斯塔冲着布里耳边，大声喊道，“我们必须得回去。必须去救她们！”

布里后来总说，它从来没有听到过这话，或者说，这话它一直没听明白。鉴于它总的来说还算是匹诚实的马儿，这解释我们必须得信了。

沙斯塔双脚蹬离马镫，该死地犹豫了半秒钟，从左侧翻身跳下马。他疼得厉害，几乎闪了腰，可他还没回神自己受了什么伤，就跌跌撞撞地跑回去救阿拉维斯了。他这辈子都没干过这样的事，也不知道他为什么现在要这样做。

赫温嘶吼出声，这是一匹马儿的哀鸣，这是世上最令人心痛的声音。阿拉维斯弯下了腰，伏在赫温的脖子上，似乎在试着拔出她的剑来。眼下，阿拉维斯、赫温和狮子三个，几乎就处在沙斯塔的头顶。她们还没够到沙斯塔，狮子便后腿站起，伸出右爪，猛戳阿拉维斯，这头狮子大得令人难以置信。它伸出的所有爪子，沙斯塔都看得真切。阿拉维斯拼命发出指令，在马鞍上来回摇晃。狮子正撕扯着她的肩膀。沙斯塔吓得发狂，设法扑向这头猛兽。他手无寸铁，甚至连一根棍子或一块石头都没有。他傻傻地冲着狮子大吼大叫，就像人们冲着小狗发出指令一样，“回家去！回家去！”在这还不到一秒钟的工夫里，他就直直地盯着狮子凶神恶煞的血盆大口。接下来，让他大吃一惊的是，那头仍是用后腿站着的狮子，突然站住不动，垂首帖耳在地，而后站起身来，飞快地跑开了。

沙斯塔一时间不敢相信，狮子是真的跑掉了。他转过身去，跑到绿墙的门口，他这才记起来，他见过这堵绿墙。赫温刚刚迈进大门，它东倒西歪地走着，眼看就要晕过去。阿拉维斯仍旧坐在马鞍上，背后鲜血淋漓。

“快进来，小姑娘，快进来。”一个身穿长袍、满面胡须的老人说道。当沙斯塔气喘吁吁地跑向他，他又接着说道，“快进来吧，小伙子。”沙斯塔听见身后的大门关上了，长胡子的陌生老人已经在帮阿拉维斯下马了。

他们身处一个宽敞的圆形围栏中，周围有一堵草皮垒成的绿色高墙保护。他们面前是一池平静的水，水满得几乎和地面齐平。

池塘的另一头，绿荫如盖，遮蔽着池水，那里生长着沙斯塔所见过的最茂盛、最美丽的树木。池塘后头，是一座低矮的小石屋，屋顶上覆盖着又厚又旧的茅草。远处，围栏的另一头，传来山羊的咩咩声。平地上长满了鲜嫩的青草。

“你——你是，”沙斯塔上气不接下气地说道，“你是阿钦兰的国王伦恩吗？”

老人摇了摇头。“不是，”他平静地答道，“我是南征隐士。好了，小家伙，别费工夫打听这些事了，照我说的做。这位小姐受了伤。你们的马儿也筋疲力尽了。拉巴达什此刻在旋箭河上已经找到了可以涉水而过的浅滩。要是你现在就跑，一刻不停地跑，就还能及时赶到通知伦恩国王。”

听到这话，沙斯塔心凉了一半，因为他觉得自己已经力不能支了。他在心里苦苦挣扎，觉得这要求似乎太过残酷和不公。他还没有认识到，如果你做了一桩好事，你的回报通常是要去做另一桩更困难、更崇高的事情。可就算如此，他也只是高声问道：

“国王在哪儿？”

隐士转过身来，用手杖指明方向。“你看，”他说道，“那儿还有另一扇门，正对着你们方才进来的那扇门。打开门，往前直走，一直往前走，翻过平地和陡崖，越过沙漠和湿地，我已凭法术推算出来，只要你往前直走，便能找到伦恩国王。但是切记，要跑得快，要一刻不停地跑。”

沙斯塔点了点头，飞奔向北边的大门，很快，门外就看不见他的身影了。隐士一直用左胳膊支撑着阿拉维斯，这时，他便半牵半搀地把她带进石屋。过了很久，他才又从石屋出来。

“好了，伙计们，”他对马儿们说道，“现在到你们啦。”

不等它们回话——事实上，它们都筋疲力尽得说不出话来了——他便给两匹马儿卸下笼头和马鞍，接着，他又帮马儿擦拭身子，就算是国王马厩里的马夫都没他擦得好哩。

“行啦，伙计们，”他说道，“把这一切都抛到脑后，放宽心吧。这儿有水，那儿有草。等我给其他山羊伙计们挤过奶，你们就有热乎乎的饲料吃啦。”

“先生，”赫温终于缓过神来，说道，“泰克希娜还活着吗？狮子没有杀死她吧？”

“虽然凭着我的法术，我能知道许多当下的事情，”隐士微笑着答道，“可对于未来的事，我却知之甚少。所以，我没法儿知道，今夜太阳落山时分，这世界上任何一个男人、女人或牲畜是否还能活得好好的。可你要心存美好的希望。这位小姐也许会长命百岁呢。”

阿拉维斯醒来时，发现自己正趴在一张格外柔软的矮床上，房间清爽凉快，空空荡荡，四面砌着未经打磨的粗糙石墙。她不明白为什么要让她趴着躺在床上；然而，就在她试着要翻过身来时，只觉得整个后背火辣辣的疼，她这才明白过来，自己为什么非要趴倒在床上了。她不知道这床是由什么舒适而又弹力十足的材料制成的，因为制作这床的石楠（最好的垫褥），是她闻所未闻，见所未见的。

门开了，隐士走了进来，手里端着一只大木碗。他小心翼翼地放下碗，来到床边，问道：

“小姑娘，感觉怎么样了？”

“神父，我的背疼得厉害，”阿拉维斯说道，“但其他地方倒没什么大碍。”

他跪在床边，把手放在她的额头上，还为她把了脉。

“没有发烧，”他说道，“你会好起来的。实际上，你明天就能下床了。但是现在，先把这喝了。”

他拿起木碗，送到她嘴边。阿拉维斯尝了一口，忍不住皱起脸来，对于没喝惯羊奶的人来说，这味道着实奇怪。但她实在太渴了，还是撑着喝下了整碗羊奶，喝完以后感觉好多了。

“现在，小姑娘，你想睡的话，可以睡上一觉。”隐士说道，“你的伤口已经清洗、包扎好了。伤口虽然疼痛，但是倒也没比鞭打后的瘀伤严重多少。这狮子着实奇怪，它没把你拖下马鞍，狠狠咬你，只是用爪子在你背上抓挠。留下了十道抓痕：虽然很疼，但是伤口不深，没有生命危险。”

“啊呀！”阿拉维斯叫道，“我的运气真好。”

“小姑娘，”隐士说道，“我在这世上已经活了一百零九个年头了，还从没遇到过像‘运气’这样的事哩。这发生的一切事情中，有些事情我不明白，但如果我们的确有必要弄清楚的话，你不如相信，我们一定会弄清楚的。”

“那拉巴达什和他的二百人马现在怎么样了？”

“我想，他们一定不会走这条路，”隐士说道，“眼下，他们肯定已经在我们东边找到一个可以涉水而过的浅滩。他们将会试图从那里直取安瓦德。”

“可怜的沙斯塔！”阿拉维斯说道，“他还要跑很久吧？他会率先赶到吗？”

“希望很大。”老人说道。

阿拉维斯重新躺了下来（这回是侧身躺下），说道：“我睡了很久了吗？天色好像都暗了。”

隐士从那唯一的朝北窗，往外望去。“这不是属于夜晚的黑暗，”不久，他说道，“乌云正从风暴的源头簌簌而下。我们这儿的恶劣天气都是从那里发端的。今晚定会有浓雾。”

第二天，除了背疼外，阿拉维斯感觉良好，用过早餐（吃的是粥和奶油），隐士就同她说可以下床了。当然，她就立刻去找马儿们说话去了。天空已经放晴，整个绿色围栏就宛如一个盛满阳光的翠色大杯子。这里风平浪静，孤单而又宁静。

赫温立马一路小跑到阿拉维斯身边，还亲吻了她。

“可布里哪儿去了呢？”相互问安后，阿拉维斯问道。

“在那儿呢，”赫温说着，用鼻尖指了指围栏的另一头，“我希望你能过去和它好好谈谈。它有点儿不对劲，可我什么也问不出来。”

她们漫步穿过围栏，瞧着布里正对着墙躺着，它分明听见她们过来了，可它却头也不回，一言不发。

“早安，布里，”阿拉维斯说道，“你今天早上感觉如何？”

布里嘀咕了几句，可谁也没听清。

“隐士说，沙斯塔十有八九能及时赶到通知国王，”阿拉维斯继续道，“这样看来，我们多灾多难的旅程就要结束啦。我们终于要到纳尼亚了，布里！”

“我再也看不到纳尼亚了。”布里低声说道。

“亲爱的布里，你哪里不舒服吗？”阿拉维斯问道。

布里终于转过身来，脸上挂着马儿才有的黯然神伤。

“我要回到卡乐门去。”它说。

“你说什么？”阿拉维斯说道，“你要回去当奴隶吗！”

“是的，”布里说，“我就只配当个奴隶。我有什么颜面去面对纳尼亚的自由的马儿呢？我抛下了母马儿、小女孩，还有小男孩，活生生让他们落入狮口，而自己却为了保住小命，使出浑身解数，飞奔而逃。”

“我们大家都拼了命地在逃啊。”赫温说道。

“沙斯塔没有逃跑！”布里喷着鼻息说道，“至少，他跑的方向是对的，他往回跑了。这就是最令我感到羞愧的地方。我，自称是一匹战马，还吹嘘自己身经百战，居然还不如一个小男孩——一个乳臭未干，生来从未拿过剑，从未受过良好的教育，也从未有过一个像样一点的榜样的小孩子！”

“我知道，”阿拉维斯说道，“我也有同样的感受。沙斯塔真了不起。我做得同你一样糟糕，布里。自打我们相遇以来，我总是故意怠慢他，还瞧不起他。可现在，事实证明，他是我们当中最优秀的那个人。但我认为，我们最好还是应该留下来，亲口向他道歉，而不是就此回到卡乐门去。”

“对你来说，这么做当然很好，”布里说，“你又不丢人，可我却颜面尽失，一无所有了。”

“我的好马儿呀。”隐士说道，没人察觉到他的到来，因为他光着脚踩在清香可口、沾着露水的草地上，动静很小，“我的好马儿，除了你的骄傲自负，你什么也没有失去。不，不，我的好伙计。别收起耳朵不听，也别冲着我甩鬃毛。要是你果真如你方才所说的那么谦卑，你就应该学着听听别人的建议。一直以来，你都生活在一群可怜的哑巴马儿当中，便以为自己是一匹了不起的马儿。当然啦，你要比它们更勇敢，也更聪明。不知不觉中，你就成了独特的马儿。可这并不意味着，你在纳尼亚也会是马儿中的佼佼者。但是只要你清楚，自己并非是什么举足轻重的人物，那么，综合考虑，你还是一匹相当不错的马儿的。那么现在，要是你和我的另一个好伙计愿意绕到厨房门口，我们就能瞧瞧另一半的饲料啦。”

## 第十一章 不受欢迎的旅伴

沙斯塔穿过大门，只见眼前的山坡绿草如茵，些许石楠延绵生长至几棵大树脚下。眼下，他没什么别的要考虑的，也没什么计划要盘算的。他只要飞跑就行了，可这也够他受的了。他的四肢累得抖抖索索，两肋开始感到阵阵剧痛，汗水不停地滑入眼中，眼睛模模糊糊而又疼得厉害。他的步子也迈不稳了，不止一次，他的脚踝都快要撞上松动的碎石。

现在，树木比方才更加枝繁叶茂，旷野更加广阔，遍地长着欧洲蕨。太阳已经落山，可大气却没有更凉爽些。这大儿闷热且阴沉，连苍蝇都好像比平时多了一倍。沙斯塔的脸上爬满了苍蝇，他甚至都顾不上抖掉它们——他要做的事实在太多了。

突然间，他听到了号角声——与塔什班城那种震耳欲聋的号角声不同，这是愉悦的欢呼声，蒂——罗——托——托——霍！眨眼间，他就进到了一片宽阔的林中空地，置身于熙熙攘攘的人群中。

起码，在他看来这就是一大群人。实际上，那里约莫只有十五到二十个人，这些绅士们都身穿绿色猎装，带着马儿；有的人骑在马鞍上，有的人站在马儿身旁。正中央，有人正拉住马镫，以便让另一个人骑上马。你可以想象到，那个要人伺候着上马，最是兴致勃勃、大腹便便、长着一张苹果脸、眼睛亮晶晶的人，就是国王了。

国王一瞧见沙斯塔，就把上马这档子事忘得一干二净了。他向沙斯塔伸出双臂，脸色一下明亮起来，用那好似发自丹田深处的浑厚而洪亮的声音，大声喊道：

“科林！我的儿子！居然徒步行走，还衣衫褴褛！什么情况——”

“我不是，”沙斯塔摇着脑袋，上气不接下气地说道，“我不是科林王子。我——我知道我同他长得很像——我在塔什班城瞧见过王子殿下——代他向您问安。”

国王盯着沙斯塔直瞧，神色古怪。

“您是伦恩国——国王吗？”沙斯塔气喘吁吁地问道，也不等对方回话，便接着说道，“国王陛下——赶快跑——安瓦德——关城门——敌军压境——拉巴达什带着二百人马来了。”

“孩子，你这消息可靠吗？”另一位绅士问道。

“我亲眼所见，”沙斯塔说道，“我瞧见了他们，从塔什班城一路同他们赛跑过来的。”

“走路吗？”绅士说着，扬了扬眉毛。

“骑马——马儿寄放在隐士那儿。”沙斯塔说道。

“别再问了，达林，”伦恩国王说道，“我看得出，他说的是真话。绅士们，我们必须得快马加鞭地赶回去。那匹备用马就给这男孩骑。小朋友，你能骑得快吧？”

马被牵过来了。作为回应，沙斯塔一脚踏上马镫，很快便坐在马鞍上了。在过去的几周里，他跨上布里的背得有一百次了。第一天晚上，布里说他上马就像翻过一垛干草堆，而现在他上马的技术同那时已经不可同日而语了。

他很高兴听到达林勋爵对国王说："这孩子有真正骑士的风姿，陛下。我敢保证，他一定出身高贵。"

"他的出身，嗯，说得有理。"国王说道。他再一次目不转睛地盯着沙斯塔直瞧，目光沉着冷静，神色中透着探究和渴求。

但现在，这群绅士们都迈着轻快的步子开始慢跑起来了。沙斯塔坐得倒是很稳，可他迷瞪得不知该怎么用他的缰绳，因为他坐在布里背上时从未碰过缰绳。但他小心翼翼地用余光去看别人是怎么做的（就像我们有些人在宴会上，不大确定该用刀还是叉时做的那样），他试着把手指放对位置。可他不敢真的用缰绳去控制马儿，情愿相信马儿自己会跟着大部队走。当然啦，这马儿是匹普普通通的马，不是一匹能言马；但是，凭着它的智慧也足以明白，那个坐在它背上的男孩，奇奇怪怪的，不挥鞭子也不用靴刺踢它，不是这局面的真正掌控者。这就是为什么沙斯塔很快就发现自己落在大部队的末尾了。

即便如此，他也骑得相当快。现在，没有苍蝇乱飞，拂面而来的空气都是香甜的。他又能正常呼吸了。他的使命也已经达成。抵达塔什班城后（这似乎已经是很久以前的事了！）他第一次感到逍遥自在。

他仰起头来，想看看离山顶有多近了。令他沮丧的是，他压根儿瞧不见山顶：只能隐隐约约看见灰茫茫的一团朝他们滚滚而下。他以前从未领略过山野风光，此情此景让他惊讶万分。"这是一团云，"他自言自语道，"一团乌云压下来了。我明白啦。在这群山上，人诚然是置身天上啰。我就要瞧着云里是什么样的啦。这多么有趣啊！我早就想要探个究竟啦。"在他左面远远的天边，背后不远处，太阳就要落山了。

眼下，他们已经来到了一条崎岖不平的大路上，正马不停蹄地疾驰着。可沙斯塔的马儿仍旧落在队尾。有一两次，在大路的转弯处（现在路的两侧皆是茫茫林海），有那么一两秒，他瞧不见前方大部队的身影。

接着，他们闯进一片迷雾中，或者说茫茫大雾将他们团团笼罩了。世界变得灰蒙蒙的。沙斯塔不知道置身云雾间竟会是那么寒冷和潮湿，也不知道天色竟会那么黑暗。灰蒙蒙的浓雾正以惊人的速度变得黑沉。

队伍前头时不时就会有人吹响号角，每一次声音听起来都比上一次要更远些。现在，他瞧不见其他人了，但照理说只要他一转过弯，就能马上看到大部队。可是，当他转过路口，他仍旧看不见大家。事实上，他根本什么也看不见。现在，就连他的马儿都闲庭信步起来了。“追上去，马儿，追上去。”沙斯塔喊道。接着，传来了号角声，声音十分微弱。布里总是告诫他脚跟必须朝外头，沙斯塔便以为要是他把脚跟戳进马儿的两肋，就会酿成什么恶果。在他看来，眼下倒是个尝试的好时机。“听好了，马儿，”他说道，“要是你再不加把劲快跑，你可知道我会怎么做吗？我会把脚跟戳进你的两肋。我真的会这么做。”然而，马儿却对这威胁充耳不闻。于是，沙斯塔便坐稳马鞍，夹紧膝盖，咬紧牙关，使劲用脚跟狠狠地刺向马儿的两肋。

这样做唯一的成效就是，马儿倏地假模假样地小跑了五六步，接着又慢悠悠地溜达了起来。天色已经很黑了，大部队好像已经不再吹响号角了。只听见水珠不断从枝丫上滑落的滴滴答答声。

“算啦，我想就算是慢慢走，我们也总会走到的，”沙斯塔自言自语道，“我只盼着千万别撞上拉巴达什和他的骑兵就好啦。”

他仿佛继续走了很长时间，总是这样慢悠悠地走着。他开始讨厌起那匹马来，开始觉得饥肠辘辘了。

不一会儿，他来到了一个岔路口。他正琢磨着到底哪条才是通往安瓦德的路，就在这时，身后传来一声巨响，他吓了一大跳。这是马群奔跑的声音。“是拉巴达什！”沙斯塔心想。他没法儿猜到拉巴达什会走哪条路。“但是，如果我走了这条路，”沙斯塔自言自语道，“他也许会走那条路，要是我就乖乖地待在这岔路口，我肯定会被逮住的。”他连忙翻身下马，牵着马儿飞快地沿着右边那条路走去。

很快，骑兵的声音越来越近了，才过了一两分钟，沙斯塔便发现到他们已经抵达岔路口了。他屏气凝神，等着看他们会走哪一条路。

一个低沉的声音命令道：“停止前进！”这下，一时间都是马儿的嘈杂声——有马鼻子的哼哧声、马蹄子的跑地声、咬马嚼子的咀嚼声，还有轻抚马脖子的拍打声。接着，一个声音开口说话了。

“大家注意了，”这声音说道，“我们现在离城堡没有多远了。牢记命令。一旦我们到了纳尼亚（我们应该会在日出时抵达），你们要竭力减少杀戮。在此次冒险行动中，你们要视纳尼亚人的每一滴血比你们自己的每一加仑血都珍贵。我说的这番话是针对此次的冒险行动而言。上天会赐予我们良机，到那时你们便能在凯尔帕拉维尔和西部沙漠之间，大开杀戒，赶尽杀绝了。但我们还没进入纳尼亚境内。在阿钦兰境内这儿又是另一回事了。进攻伦恩国王的城堡，除了速度，什么都不重要。拿出你们的勇气来。我们必须在一个钟头内拿下它。事成之后，这座城堡就属于你们，所有的战利品，我分毫不取。你们替我将城内所有的外邦男子统统杀死，就连昨日刚出生的婴儿也不能放过。其余一切你们都可以随心所欲地分享——诸如女人、黄金、珠宝、武器还有美酒。兵临城下，谁要是胆敢退缩不前，我就将他活活烧死。以不可抗拒、不屈不挠的塔什神之名，冲啊！”

伴着嗒嗒的马蹄声，骑兵队向前行进，沙斯塔终于喘过气来。他们走上了另一条路。

沙斯塔觉得骑兵队得费好长时间才能全都走过路口，因为尽管他成日里总心心念念着“二百人马”，还把这话总挂在嘴边，可他并不确定他们究竟有多少人马。终于，马蹄声渐渐消失了，他又一次孤身一人，听着枝头滴滴答答的水滴声。

眼下他倒是知道了去安瓦德的路，可现在他当然不能往那儿走了：这无异于撞到拉巴达什军队的枪口上。“那我到底该怎么做呢？”沙斯塔自言自语道。他重新翻身上马，沿着选定的那条路继续前进，心里怀着微弱的希望，盼着能找到一间小屋，在那儿求个落脚地，再讨上一顿饭吃。当然，他也曾想过回到隐士那儿，去找阿拉维斯、布里和赫温，可如今他压根儿就不知道回去的方向，根本没法儿回去。

“不管怎么说，”沙斯塔说道，“这条路总会通到某个地方的。”

但这完全取决于你说的“某个地方”是什么意思。道路一路延伸至某个地方，沿路树林越来越多，乌压压的连成一片，枝头滴滴答答地滴着水，空气也越来越寒冷了。迎面不断地吹来奇怪而冰冷的风，却从不曾吹散浓雾。倘若他熟悉山野风光的话，他就会知道，这意味着他现在已经攀登到高处了——没准儿就正好在关口顶端呢。可沙斯塔对山岳一无所知。

“我打心眼里觉着，”沙斯塔心想，“我一定是这世上最最倒霉的孩子了。大家都事事如意，就我不是。那些纳尼亚的王公小姐们都平平安安地离开了塔什班城，就我被落下了；阿拉维斯、布里和赫温舒舒服服地同老隐士待在一块儿，我却理所当然地被派出来跑腿；伦恩国王和他的随从一定已经安全进入城堡，赶在拉巴达什到达之前就早早地关上了城门，就我被丢在外头。”

他身心俱疲，饥肠辘辘，只觉着万分难过，眼泪簌簌地从脸颊滑落。

一种突如其来的恐惧感袭来，让他顾不上黯然神伤。沙斯塔发觉有什么动物或是有什么人正在他身边走动。四周乌漆墨黑的，他什么也看不见。这动物（或是人）走路静悄悄的，他几乎听不见任何脚步声，只能听见呼吸声。他这看不见的同伴好像在大口喘气，沙斯塔觉得它八成是个大家伙。他慢慢地才注意到这呼吸声，以至于他压根儿不知道它在那儿待了多久。这实在令人毛骨悚然。

他突然想到，很久以前他就听说过，这些北方国家有巨人。他吓得咬紧嘴唇。此刻他真该放声大哭，他倒停止啜泣了。

这大家伙（要不然就是个人）仍在他身边静悄悄地走着，沙斯塔开始寄希望于这一切不过是他幻想出来的。可就在他确信无疑这是幻想时，突然，黑暗中他的身侧传来一声意味深长的叹息。这不是幻想！不管怎么说，他感觉到了那叹息声呼出的灼热气息喷在了他冰冷的左手上。

但凡这匹马儿能派得上点用场——或者说但凡他知道如何使这匹马儿派上用场——他就会不顾一切，策马狂奔，逃之夭夭。可是，他明白自己没法儿让马儿飞奔起来的。于是，他只好继续慢悠悠地走着，这看不见的同伴也就在他身边亦步亦趋，吐纳生息。最后，他再也忍不住了。

“你是谁？”他问道，说话声比说悄悄话高不了多少。

“我等你说话等好久了。”那家伙说道。它说话并不大声，但嗓门儿很大，声音低沉。

“你——你是巨人吗？”沙斯塔问道。

“你可以叫我巨人，”大嗓门说道，“不过我和你们所谓的巨人并不一样。”

“我压根儿看不到你，”沙斯塔瞪大眼睛瞧了老半天后说道。然后（他的脑子里冒出了一个更可怕的想法），他几乎失声叫道，“你该不会是——不会是什么妖魔鬼怪吧？噢，求你了，求你快走开。我可没做过什么对不起你的事啊！噢，我真是这世上最倒霉的人了。”

他又一次感受到了那家伙呼在他手上和脸上的热气。“听着，”它说道，“鬼是不会吐气的。告诉我你为什么难过吧。”

这呼吸声倒是让沙斯塔稍稍安了点心，于是他便同对方诉起衷肠来，讲起自己从未见过亲生父母，从小由一个刻薄的渔夫抚养长大。接着，他又讲起了他逃跑的故事，以及他们是如何被狮子追赶，而后被逼无奈，跳海游泳逃生的；讲起了他们在塔什班城遭遇的重重危险和他在古墓孤身过夜，还有沙漠里猛兽又是如何冲他咆哮不停。他讲起了他们的沙漠之旅是何等酷热难耐、焦渴难忍，以及就在他们快要抵达目的地时，另一头狮子又是如何对他们紧追不舍，还抓伤了阿拉维斯。他还讲到了自己打那时起就已经好长时间都没吃过一丁点儿东西了。

“我倒不觉得你倒霉。”大嗓门说道。

"撞上那么多头狮子难道还不算倒霉吗？"沙斯塔说道。

"只有一头狮子。"大嗓门说道。

"你这话究竟是什么意思啊？我刚刚就告诉过你，最起码在头天晚上，我们就撞见了两头狮子，还有——"

"只有一头狮子，但那头狮子身手敏捷。"

"你是怎么知道的呢？"

"我就是那头狮子，"听到这，沙斯塔目瞪口呆得说不出话来，大嗓门接着说道，"我就是那头逼着你与阿拉维斯同行的狮子。我就是那只在古墓里安慰你的大猫。我就是那头在你睡觉时为你赶跑豺狼的狮子。我就是那头吓得马儿们在最后一程路重新铆足了力狂奔，使你得以及时见到伦恩国王的狮子。我还是那头你并不记得的狮子，那时你还是个小婴儿，躺在一条小船上奄奄一息，是我推着小船，令它漂上了岸，岸边正好坐着一个夜不能寐的渔夫，将你收留。"

"那是你抓伤了阿拉维斯吗？"

"是我。"

"为什么要抓伤她呢？"

"孩子，"大嗓门说道，"我在讲的是你的身世，而不是她的。我只对人们讲他们自己的故事。"

"你是谁呢？"

"我自己，"大嗓门说道，声音浑厚而低沉，连大地也为之震动；接着又喊道，"我自己！"声音响亮、清晰、明媚；然后第三次说道，"我自己。"这一次是呢喃细语，声音轻柔到你都听不大清，可又好似来自你的四面八方，仿佛连树叶也随之沙沙作响。

沙斯塔不再担心这大嗓门会是什么吃人的野兽，也不再担心这会是什么幽灵的声音了。他突然感到一种全新的截然不同的诚惶诚恐之情。可他心里同样觉得欣喜万分。

云雾由黑漆漆变得灰蒙蒙，又由灰蒙蒙变得白茫茫。这一转变必定发生了有段时间了，可他正和那个大家伙说着话，一直未曾注意到其他的事情。现在，他周遭白茫茫的云雾变得刺眼，他的眼睛开始有些睁不开了。他听见前头什么地方，鸟儿正唱着歌。他知道黑夜终于过去了。现在，他轻轻松松就能看清马儿的鬃毛、耳朵还有脑袋。一道金光从左侧落到他们身上。一时间他还以为那是阳光呢。

他转过身来，看到一头狮子，个头比马儿还高，正走在他身旁。马儿似乎并不害怕它，要不然就是压根儿瞧不见它。原来那是狮子身上发出的金光。没人见过有什么东西比这更厉害、更迷人了。

好在沙斯塔自小一直生活在卡乐门王国偏远的南境之地，不曾听说过塔什班城里众人皆知的传说：一个可怕的纳尼亚恶魔化身为一头狮子。当然，对于阿斯兰，这头伟大的狮子，海外帝王之子，纳尼亚诸位至高王的主宰者的真正事迹，沙斯塔是一无所知。可就在他朝狮子的脸瞧了一眼后，他当即从马鞍上翻身下来，趴倒在它脚边。他什么话也说不出来，他什么也不想说，他也明白他什么也不必说。

诸位国王的主宰者向他弯下腰来。它的鬃毛垂落在沙斯塔四周，散发着奇怪而庄重的香味。它用舌头舔了舔他的额头。沙斯塔仰起脸来，同它四目相对。接着，云雾苍白的光辉连同狮子炽热的光芒一下子相互交织，化作流转的光华，而又聚成一道强光，终又烟消云散了。碧空下，沙斯塔独自一人同马儿站在芳草萋萋的山坡上。那里燕语莺啼。

# 第十二章　沙斯塔在纳尼亚

“难道这一切都是梦吗？”沙斯塔疑惑不解。但这一定不是梦，因为在他面前的草地上，他瞧见了狮子右前爪留下的深深的大脚印。是怎样的庞然大物才能留下这样的脚印，想想便令人咋舌。可还有比这脚印更叫人吃惊的事哩。只见水都已经灌满了脚印的坑底啦。不一会儿，水就漫到边上了，接着又溢了出来，汇成一条小溪缓缓流过他的身边，流过草地，流到山下去了。

沙斯塔弯下腰，喝起水来——美美地喝了许久——接着把脸浸在水里，泼水洗了洗头。水冰凉凉的，澄澈如镜，令他神清气爽。之后，他站起身来，抖了抖进到耳朵里的水，把额前湿漉漉的头发甩到后头，然后开始打量起周围的环境来。

显然，这还是大清早呢。太阳才刚刚升起，往右望去，只见太阳从山下那片遥远的森林间冉冉升起。他遥看的这片国土，于他而言是一个崭新的世界。溪谷之地翠色欲流，林木错落其间。他瞧见林间一条河流熠熠生辉，蜿蜒而过，约莫往西北方奔流而去。溪谷对岸，高山峻岭，岩石嶙峋，可这山岭倒不如他昨日见到的那般挺拔。于是他便琢磨起来，自己究竟身在何处。他转过头来，向身后望去，只见自己所站的山坡，正处在延绵的巍峨群山间。

“我明白啦，”沙斯塔自言自语道，“这便是那地处阿钦兰和纳尼亚之间的崇山峻岭。昨天，我就是在这山脉的另一头呢。我必定是在夜里穿过了山隘。我竟然误打误撞走对了路，真是太幸运了！实际上，这根本算不得运气好，全是它帮的忙。现在，我到纳尼亚境内啦。”

他转过身，为马儿卸下鞍子，脱下缰绳——“虽说你是一匹糟糕透顶的马儿。”他说道。马儿对这话不理不睬，马上啃起青草来。那马儿不大理会沙斯塔。

“我真希望我也能吃青草啊！”沙斯塔心想，“回到安瓦德可讨不着什么好，那儿定会被团团围攻。我倒不如下到山谷里去，瞧瞧能不能随便找点什么吃的填填肚子。”

于是，他便往山下走去（露水湿重，他光着脚丫子，冻得生疼），直到他来到一片树林里。只见一条小路横在树林间，沙斯塔沿着小路没走几分钟，就听见一个呼哧呼哧的声音粗声粗气地同他说起话来。

“早上好，邻居。”

沙斯塔急忙四处打量，想找到那个说话的人。不一会儿，他就瞧见一个个头矮小、浑身是刺的小黑人从树林间冒了出来。最起码，作为一个人，它这个头着实小得很，可作为一只刺猬，这个头可谓是很大了，不过，它的确就是只刺猬。

“早上好，”沙斯塔说道，“但我可不是你的什么邻居。实际上，在这地方，我是个陌生人。”

“啊？”刺猬好奇地问道。

“我从大山那里来——从阿钦兰那儿，你知道的。”

“啊，阿钦兰，”刺猬说道，“那儿离这儿可真是远得吓人。我从没去过那儿呢。”

“我想，也许，”沙斯塔说道，“应该得有人知道，此时此刻，一支野蛮的卡乐门军队正在攻打安瓦德。”

“不会吧！”刺猬答道，“嗯，让我好好想想。大家不是都说卡乐门在数百数千英里以外的世界尽头吗，和这儿隔了一大片沙漠呢。”

“它没你想的那么遥远，”沙斯塔说道，“我们难道不该做点什么，来应对此番对安瓦德的攻击吗？难道不用禀报你们的至高王吗？”

“当然要，我们总得为此做点儿什么，”刺猬说道，“不过，你也瞧见啦，我正打算躺到床上美美地睡上一天呢。哈罗，邻居！”

最后这句话是对一只淡褐色的大兔子说的，它刚刚从小路旁边的某个角落冒出脑袋来，刺猬立刻把它从沙斯塔那儿听来的话告诉了兔子。兔子也觉得这是个重磅消息，大家应该奔走相告，来做点儿什么事。

于是，消息便这样传了开来。每隔几分钟，就有别的动物加入他们，有的从头顶的树枝上蹿出来，有的从脚边的地下小屋里冒出来，这一伙人终于聚齐了，一共有五只兔子、一只松鼠、两只喜鹊、一个羊怪，还有一只老鼠。一时间大家都七嘴八舌炸开了锅，纷纷赞同刺猬的提议。事实是，当时正值至高王彼得统治凯尔帕拉维尔的黄金时代，女巫早被赶跑，寒冬也已过去，纳尼亚小树林里的居民们安居乐业，过着幸福的生活，这让它们对危险有些粗心大意了。

然而，不一会儿，小树林里又来了两个务实一点的人。一个是红色小矮人，好像叫达夫尔；另一个则是一头牡鹿，美丽动人，贵气十足，生着双水汪汪的大眼睛，背上斑斑点点，四肢纤细而优雅，看起来好像用两根手指就能将它的腿折断似的。

“狮子还活着！”小矮人一听到这消息就大声嚷嚷道，“如果真是这样的话，那我们为什么还愣在这儿瞎聊呢？敌军在围攻安瓦德！这消息必须得马上报到凯尔帕拉维尔去。必须马上召集部队。纳尼亚必须前去支援伦恩国王。”

“啊！”刺猬说道，“可你是没法儿在凯尔帕拉维尔见着至高王的。他正在北境征讨巨人呢。对了，说到巨人，邻居们，这倒让我想起了——”

“我们派谁去报信呢？”小矮人插话道，“这儿有谁跑得比我快吗？”

“我跑得够快，”牡鹿说道，“我要报什么信？有多少卡乐门人？”

“二百人马，由拉巴达什王子率领。还有——”但牡鹿已经跑掉了——两腿登时离地飞奔出去。不一会儿，它的雪白臀部就消失在树林深处了。

“真不明白它这是要跑哪儿去，”一只兔子说道，“你懂的，它是没法儿在凯尔帕拉维尔见着至高王的。”

“它会见着露西女王的，”达夫尔说道，“然后……喂！这人他怎么啦？他看起来脸色发青。唔，依我看，他是快晕过去了。也许是饿过了头。小家伙，你上一顿饭是什么时候吃的？”

“昨天早上。”沙斯塔有气无力地说道。

“那么，快跟我来，跟我来吧。”小矮人说着，立马用他粗粗的小胳膊搂住沙斯塔的腰，搀着他，“喂，邻居们，我们都该为自己感到汗颜。小伙子，你随我来。吃顿早餐！这比光说话强多啦。”

小矮人忙手忙脚地一面嘀嘀咕咕，自责不已，一面半搀半扶地支着沙斯塔，着急忙慌地将他带进树林，往山下走了一小段路。对于此时的沙斯塔而言，这段路着实有些远。他们都还没走出树林，走到光秃秃的山坡上，他的双腿就已经开始打战了。山坡上，他们看见了一栋小房子，炊烟袅袅，大门敞开。他们走到门口，达夫尔大声喊道：

“嘿，兄弟们！有位客人来吃早餐啦。”

夹杂着嗞嗞作响的烧菜声，沙斯塔登时闻到了一股令人馋涎欲滴的香味。他过去从未闻到过这么香的味道，但我希望你是闻到过的。实际上，这是培根、鸡蛋和蘑菇在锅里油炸的香味。

“当心你的脑袋，小家伙。”达夫尔话音刚落，说时迟那时快，沙斯塔的额头已经撞上了低低的门楣。“好啦，”小矮人说道，“请坐吧。对你来说，这桌子是低了点，这凳子也低了点，但这样正正好呢。这儿有粥——这儿有罐奶油——这儿还有只调羹。”

沙斯塔才喝完粥，小矮人的两个兄弟（叫作罗金和布里克尔森姆）便把培根、鸡蛋和蘑菇，还有咖啡壶、热牛奶和吐司摆上了桌。

对沙斯塔而言，这完全是一顿新奇而美味的早餐，因为这与卡乐门的食物截然不同。他甚至都不知道那一片片褐色的东西是什么，因为他之前从未见过吐司。他也不知道他们抹在吐司上黄黄软软的东西是什么，因为在卡乐门，人们几乎总是用油来代替黄油。这栋房子本身同阿什伊什那阴暗、霉臭，还散发着鱼腥味的屋子全然不同，也同塔什班城宫殿里铺着地毯的圆柱大厅截然不同。而这房子屋檐低矮，所有东西都是用木制而成，屋里有一个布谷鸟挂钟、一张红白格子桌布和一碗野花，厚板窗上还挂着小窗帘。非得用小矮人的餐杯、餐盘和刀叉用餐也是着实麻烦。

这意味着食物的量都很小，一小盘一小盘的食物摆满了一桌，这样一来，沙斯塔的餐杯和餐盘总是得不停地添。而小矮人们自己也总是不住地说："麻烦给我点黄油""再给我来杯咖啡"或者"再给我来点蘑菇"，又或者"再给我来份煎蛋好吗？"到了最后，他们终于都吃饱喝足了，三个小矮人便抽签决定谁来洗碗，罗金成了那个倒霉蛋。于是，达夫尔和布里克尔森姆便带着沙斯塔到屋外靠墙的长凳上坐下，他们伸长了腿，心满意足地长舒一口气，两个小矮人还点上了烟斗。现在，太阳暖洋洋的，露水落在了青青的草地上。的确，若是没有吹来一阵阵微风，这天儿定会十分闷热。

"现在，陌生人，"达夫尔说道，"我带你瞧瞧这片国土吧。从这儿望去，几乎整个纳尼亚南部地区都能尽收眼底，这景色，可是我们引以为傲的呢。向你的左边望去，越过邻近的小山丘，你就能瞧见西部群山啦。在你右边的那座圆圆的小山就是所谓的石桌山啦。越过山头——"

但正说着，沙斯塔的鼾声打断了他的话，沙斯塔奔波了一夜，又美美地吃了顿早餐，很快便呼呼大睡了。善解人意的小矮人们瞧他睡着了，便连忙示意彼此不要吵醒他。可实际上呢，他们又是喁喁私语，点头会意，又是站起身来，蹑手蹑脚地走开，忙活了好一番，要不是沙斯塔累得够呛的话，肯定会被他们吵醒的。

他美美地睡了几乎一整天，到了晚餐时分才醒来。屋子里的床对他来说都太小了，但他们在地板上为他铺了一张柔软舒适的石楠床。于是，他整晚既没有翻来覆去地睡不着，也没有做噩梦。第二天一早，他们刚用过早餐，便听见屋外传来了一阵尖锐刺耳而又激动人心的声音。

“是号角声！”小矮人们齐声说道，说着他们和沙斯塔都跑到了屋外去。

喇叭声又响了起来，对沙斯塔来说，这是一种新的声音，它既不像塔什班城的号角声那样洪亮庄严，又不像伦恩国王的狩猎号角声那样欢快愉悦，而是清晰、尖锐且气势十足。这声音从树林里传到东边来，很快便又传来了混在其中嘚嘚的马蹄声。过了一会儿，先锋部队便跃入眼帘了。

走在最前头的是珀里丹勋爵，只见他骑着一匹栗色马，举着一面纳尼亚国旗——底色为青色，上面印着一头红狮。沙斯塔马上就认出了他。接着，三人并驾齐驱而来，两个人骑着战马，一个人骑着小马驹。身骑战马的两个人分别是爱德蒙国王和一位金发女郎，只见她笑容满面，头戴头盔，身穿锁子甲，肩上挎着一把弓，身侧的箭筒里装满了箭。“是露西女王。”达夫尔小声地说道。骑在小马驹上的是科林。大部队紧随其后：士兵们有的骑普通的马儿，有的骑能言马（在紧要关头，像纳尼亚战争时期，能言马是不会介意被人骑的）、半人马、张牙舞爪的恶熊、会说人话的巨犬，最后还有六名巨人。这些纳尼亚巨人心地善良，不过尽管沙斯塔心里明白这些巨人们是站在正义的一方，一开始他还是不敢看他们。有些事情是要花很多时间才能习惯的呢。

国王和女王来到小屋前，小矮人们朝他们深深鞠了一躬。爱德蒙国王喊道：

“喂，朋友们！是时候停下来歇歇脚，吃点东西啦！”话音刚落，大家便碌碌匆匆，纷纷下马，解开干粮袋，边吃边聊了起来。这时，科林向沙斯塔跑来，拉着他的双手，大声喊道：

“天啊！你在这里！这么说你这一路都平安过来啦？我真高

兴。现在，我们可有的玩了。我们真是太走运啦。我们昨天早上刚刚在凯尔帕拉维尔进港，结果头个遇见我们的就是牡鹿谢尔维，它捎来了敌人要进攻安瓦德的消息。你不觉得——”

“殿下的朋友是谁？”刚刚翻身下马的爱德蒙国王问道。

“陛下您没有看出来吗？”科林答道，“他就是我的翻版呀，您在塔什班城还把他错认成了我呢。”

“是呀，他简直就是你的翻版，”露西女王惊呼道，“就像是一对双胞胎。这真是太不可思议了。”

“尊敬的陛下，”沙斯塔对爱德蒙说道，“我不是奸细，真的不是。我阴错阳差地听到了你们的计划。但我没想过要将这些计划泄露给您的敌人们。”

“我现在知道你不是奸细了，好孩子。”爱德蒙国王说着，把手放到了沙斯塔的头上，“但是，要是你不想被人认成奸细的话，下次就不要去听不该你听的话了。不过，这次倒是一帆风顺。”

之后，他们又忙得热火朝天了，人来人往，议论纷纷。没过几分钟，沙斯塔都瞧不见科林、爱德蒙和露西了。不过，像科林那种男孩子，人们保准很快就能听到他的动静。果然没过多久，沙斯塔就听到爱德蒙国王大声喊道：

“以狮子的鬃毛为证，王子你做得太过分了。殿下要一直这么不长进下去吗？我们整支军队合在一起都没你让人分心！我宁愿统帅一个团的大黄蜂都不愿统帅你。”

沙斯塔挤过人群，好不容易才看到了爱德蒙，他看上去的确是火冒三丈，科林却是瞧着有些不好意思的样子，还有一个陌生的小矮人正坐在地上扮着鬼脸。显然，两个羊怪才刚刚帮这小矮人脱下盔甲。

“要是我随身带着药酒的话，”露西女王说道，“我马上就能为他疗伤。可至高王三令五申叫我别随随便便把药酒带到战场上去，要留着以备不时之需。”

事情是这样的。原来科林刚同沙斯塔说过话，一个小矮人就拽住了他的胳膊肘。军队里的人都唤这小矮人作“刺儿头”。

“你这是做什么，刺儿头？”科林问道。

“尊敬的殿下，”刺儿头把他拉到一边，说道，“今天我们就要穿过关口，直奔您父王的城堡了。也许天黑前我们就要投身战斗中了。”

“我知道，”科林说道，“那可真是个大场面！”

“不管它是不是大场面，”刺儿头说道，“爱德蒙国王可是严令禁止殿下您参战的，我奉命看着您。国王允许您在一旁观战，殿下年纪尚小，这待遇已经够破例了。”

“噢，真是胡说八道！”科林破口大骂道，“我当然要去打仗。我为什么不能去呢？露西女王都率领弓箭手一起打仗去了呢。”

“女王行事有分寸，自然能随心所欲，”刺儿头说道，“但您得由我看管。要么，您必须以王子的名义郑重承诺，您的小马驹需得走在我的马儿身边——连半个马脖子也不能超过——直到我准许殿下您离开为止；要么——这是陛下亲口说的——我们俩就必须像两个囚犯似的把手腕绑在一起走。”

“你要是敢绑我，我就打得你倒地不起。”科林说道。

“我倒要看看殿下您打不打得倒我。”小矮人说道。

这番话就足以惹恼像科林这样的男孩子了，他登时便火力全开和小矮人扭打在一起了。这本来是一场势均力敌的较量，因为虽然科林手臂更长、个头更高，但小矮人更年长，也更强壮。然而，这场较量却没能较出个高下（这简直是在陡坡上打的最糟糕的一次架了），因为刺儿头十分倒霉地踩在了一块松动的石头上，摔趴在地上，接着当他试着要站起来时，又发现自己扭伤了脚踝。脚踝扭伤疼得厉害，他至少两个星期都没法儿走路或骑马了。

“殿下，看看你都做了些什么，”爱德蒙国王说道，“战争一触即发，你却让我们折损了一名英勇的战士。”

“我能替他出征，陛下。”科林说道。

“哼，”爱德蒙说道，“没有人会质疑你的勇气。但你就是个只会在战场上尽给自己人添乱的孩子。”

就在这当口，国王被请去处理其他事务了。而科林呢，规规矩矩地给小矮人道了歉，便急匆匆跑到沙斯塔身边，偷偷摸摸地说道：

“快点儿。眼下正好有一匹备用的小马儿，还有一套小矮人的盔甲。趁没人注意，你赶紧把它穿上吧。”

“为什么要穿上呀？”沙斯塔问道。

“哎呀，当然是为了你和我能去打仗啊！难道你不想去打仗吗？”

“噢——啊，是的，当然想去啊。”沙斯塔说道。但他其实压根儿没想过要去打仗，他开始觉得脊梁骨麻麻的，不自在得很。

“那就对啦，”科林说道，“把这个套到脑袋上。再系好剑带。但是，我们必须得骑马跟在队伍的最末端附近，像小老鼠一样一声不吭地跟着。一旦战斗打响了，大家就会忙得无暇顾及我们啦。”

# 第十三章　安瓦德之战

到了十一点左右，整个部队重新上路，他们一路向西奔驰，大山就在他们的左边。科林和沙斯塔骑马跟在队伍最后头，巨人们就在他们前头走着。露西、爱德蒙和珀里丹都疲于安排作战计划，虽然露西倒是提过一次：“可是我们的傻帽殿下哪儿去了？”可爱德蒙只回答说：“没混在先头部队里，就算是个好消息了。别管他啦。”

沙斯塔和科林说了自己一路上的重重冒险，并解释道，他的所有骑术都是从　匹马儿那儿学来的，所以他的确不懂得该如何使用缰绳。科林便教他如何使用，还将他们从塔什班城秘密出航的经过统统告诉了他。

“那么苏珊女王在哪里呢？”

“她在凯尔帕拉维尔，”科林说道，“你知道的，她和露西可不一样，露西像个大男人一样勇敢，再怎么说也像个小男子汉。苏珊女王呢，更像一位普普通通地长大成人的大家闺秀。虽然她是一个优秀的弓箭手，可她并不会去骑马打仗。”

他们脚下的山路越走越窄，右手边的山坡也越来越陡了。最后，他们只得排成一列纵队，沿着悬崖边行进。沙斯塔胆战心惊地想到，原来他昨晚在毫不知情的情况下，也是这样走过来的。“不过，当然啦，”他心中想到，“我可是十分安全的。这就是为什么狮子一直走在我的左边的缘故呀。原来它是一直走在我和悬崖之间啊。”

山路向左延伸，南边对着悬崖，路的两侧树木葱葱茏茏，他们沿着陡峭的山路一路向上攀登，终于来到了关口。倘若关口地势开阔，站在山顶上，山下美景定能一览无余，可如今置身于森森林木中，你可就什么也瞧不见啦——只能偶尔看见树梢上露出几块巨型石峰，还有一两只鹰盘旋在高高的蓝天上。

“它们嗅到了战争的气味，”科林指着那些鹰说道，“它们知道我们在为它们准备一顿大餐呢。”

沙斯塔一点儿也不喜欢这样的玩笑话。

他们穿过关口，往下走了好一段路，来到了一片开阔些的空地上。从这里望去，沙斯塔能瞧见整个阿钦兰就在他脚下徐徐展开，瓦蓝瓦蓝而又朦朦胧胧，他甚至还觉着自己瞧见了阿钦兰以外若隐若现的大沙漠呢。然而，太阳大概再过两个钟头左右就要下山了，此时阳光正好直射他的眼睛，让他没法儿看清眼前的景色。

军队在这儿驻扎下来，拉开一条战线，有许许多多事情要重新整顿。沙斯塔先前从未注意到有整整一队会说人话、凶神恶煞的野兽，它们大多数都是猫科动物（有花豹、黑豹诸如此类），一面嘶吼咆哮，一面吧嗒吧嗒大步走到左边的阵地上。巨人们奉命行进到右边的阵地，动身之前，他们都把一直背在身后的东西取下来，在地上坐了一会儿。接着，沙斯塔便看见，原来巨人们一直背在身后的就是他们眼下正往脚上套的一双双靴子：靴子粗硬、沉重，鞋底钉着尖钉，穿至膝盖。然后，巨人们便抡起大棒扛在肩上，走向他们的战场。弓箭手们随露西女王一道调到了阵地后方，起先你能瞧见他们弯弓拉箭，接着便能听见他们试拉弓弦的拨弦声。无论你看向哪儿，随处可见人人都忙着收紧束腰，戴上头盔，拔剑出鞘，并把披风扔到地上。这当口儿乎没有人再说笑了，气氛凝重而肃穆。“现在我可不能当逃兵了——现在我真的不能当逃兵了。”沙斯塔心想。接着，远处传来了喧嚣嘈杂的响声。人声喧闹，沸反盈天，交织着不断发出的砰砰声。

“是攻城锤，”科林小声说道，“他们在攻城门。”

现在，连科林都严肃了起来。

“为什么爱德蒙国王不出兵进攻呢？”他说道，“我受不了就这样干等着。再说，这天儿也忒冷了。”

沙斯塔点了点头。但愿他瞧上去没露怯。

喇叭声终于吹响了！现在大部队出发——马儿驰骋，旗帜在风中飘扬。他们翻上低低的山岭，脚下的整片景色登时都豁然开朗起来；眼前是一座多塔楼的小城堡，城门正对着他们。糟糕的是，城堡前没有护城河，当然城门已经关上了，吊闸也放下了。他们能望见城墙上的守卫士兵，小得像一个个小白点。只见城下，五十名卡乐门士兵翻身下马，正不断地摇荡大树干撞击城门。但形势很快就发生变化。拉巴达什的主力军一直整装待发，准备攻城门。但现在，他们看到纳尼亚部队从山上杀了下来。毫无疑问，那些卡乐门士兵都训练有素。沙斯塔觉得好像才费了一秒钟的工夫，一整排的敌军便都重新翻身上马，调转马头，同他们正面迎战，挥着刀剑杀过来。

现在，两军都策马奔腾开来。两军间的距离每时每刻都在缩短。愈来愈快，愈来愈快。现在，刀剑都已出鞘，盾牌都已高举至鼻尖，战前祷告也已完成，个个都咬紧了牙关。沙斯塔惶惶不安。但突然他的脑子里冒出了这样的想法：“要是这次你畏缩不前，那么你这辈子每次打仗都会畏畏缩缩了。此时不搏，更待何时。”

但是，真到了最后两军交战时，他对战场上发生的状况几乎一无所知。场面混乱得吓人，呐喊声震耳欲聋。他的剑干脆一开始就被打得脱了手，他的缰绳也不知怎么的缠成了一团。接着，他发现自己正滑下马来。一枝长矛径直刺向他，他弯腰闪避时一不小心从马背上滚了下来，左膝盖狠狠地撞在了别人的盔甲上，紧接着——不过，试图站在沙斯塔的角度来描述这场战斗是徒劳无功的。总的来说，他对打仗知之甚少，甚至都不清楚自己在其中所扮演的角色。要想知道战场上究竟发生了什么，最好的办法就是让我带你到几英里外南征隐士的家里去，他正坐在树荫底下，全神贯注地盯着平静的池水，身旁坐着布里、赫温还有阿拉维斯。

当隐士想知道在他隐居的绿墙之外，世界正上演些什么的时候，他就会望向这个池子。池水就宛如一面镜子，在某些特定时间里，从那里他能看见，比塔什班城还往南的城市街道上正发生的事情，或是什么船只在遥远的七群岛驶入红港，又或是什么强盗或野兽将火烛荒地和泰马尔之间的西部大森林搅得翻天覆地。这一整天，他几乎就没有离开过水池，就算吃饭喝水也寸步不离，因为他知道阿钦兰将有大事发生。阿拉维斯和马儿们也都目不转睛地盯着池水。他们看得出这是一汪神奇的池水：倒映在池中的不是绿树蓝天，而是池水深处飘来荡去的云形彩块。可是，他们什么也看不清。隐士看得分明，会时不时地将他所见到的景象告诉他们。就在沙斯塔要骑马开启首战的前一刻，隐士便开口这样说道：

“我看到有一只——两只——三只鹰在风暴中心盘旋。其中有一只年岁最老的鹰。若不是战事一触即发，它是不会飞出来的。我瞧见它在空中来回盘旋，时而俯瞰安瓦德，时而俯瞰暴风雨山后头的东方国土。啊——现在，我可瞧见拉巴达什领着他的手下们成日里在倒腾些什么了。他们砍倒一棵大树锯成树干，眼下正扛着树干从树林里走出来，要将这树干用作攻城锤。昨夜的攻城失败了，他们从中吸取了些教训。要是他机灵点，就应该派手下去造云梯。可是，造云梯要费许多工夫，而他已经等得不耐烦了。真是聪明反被聪明误。在第一次攻城失败时，他就应该即刻策马驰回塔什班城，因为他全盘计划的制胜关键，就是靠速度和出其不意。现在，他们将攻城锤部署到位。伦恩国王的部队正往城墙下拼命射箭。五个卡乐门士兵倒下了。但是不会有太多士兵倒下，因为他们头上都有盾牌挡着。拉巴达什现在正发号施令。随他一道的是最受他信赖的王公大臣和来自东部各省、暴戾恣睢的泰坎们。我能看到他们的模样。有来自托尔蒙特城堡的科拉丁、阿兹鲁、奇拉马什、歪嘴巴伊尔加默思，还有一个高个头的红胡子泰坎——”

“我的天哪，那是我的老东家安拉丁！”布里叫道。

“嘘——嘘——嘘。”阿拉维斯说道。

现在，攻城锤已经开始撞击城门了。要是我能亲耳听见的话，便能听见这攻城锤响声雷动！一锤又一锤，任何城门都经不住这样一直撞击。但是等一下！暴风雨山的山头附近不知什么东西吓坏了鸟儿。成群的鸟儿飞了出来。再等一下……我还是看不清……啊！现在我看到了！东边的高山上，整个山脊乌压压的满是骑兵。要是军旗能在风中展开就好啦。不管他们是何方神圣，他们现在已经越过山脊了。啊哈！现在我瞧见那军旗啦。纳尼亚，是纳尼亚！是红狮军旗！他们现在铆足马力，冲锋下山了。我看见爱德蒙国王了。断后的弓箭手中还有一个女人。啊！——”

“那是什么？”赫温问道，大气都不敢出。

“左面部队中，所有的猫科猛兽都冲了出来。”

“猫科猛兽？”阿拉维斯问道。

“巨大的猫科动物，诸如豹子之类。”隐士不耐烦地说道，“我明白了，我明白了。猫科猛兽是要围成一圈，去攻击那些没有骑兵在背的马儿。这招真妙。卡乐门的马儿已经怕得抓狂啦。现在，猫科野兽又杀进马儿中间。但是拉巴达什重新排兵布阵了，一百骑兵翻身坐上马鞍。他们策马同纳尼亚人交战。眼下，两军间仅仅只相距一百码。只有五十码了。我看见爱德蒙国王了，还看见珀里丹勋爵了。纳尼亚军队中有两个小孩子。国王怎么可以让他们参战呢？只隔十码了——两军交战了。纳尼亚右面的部队中，巨人们的战斗力惊人……但是，有个巨人倒下了……我想他是被射中了眼睛。战场中心将士混战成一团。左面的战况我倒瞧得更清楚些。又是那两个男孩。我的天哪！一个是科林王子。另一个男孩和他简直是一个模子刻出来的。那是你们的小沙斯塔。科林像个大男子汉一样在战斗。他杀了一个卡乐门人。现在，我能瞧见一点儿战场中心的战况了。拉巴达什和爱德蒙几乎就要短兵相接了，不过，一拥而上的士兵又将他们冲开了——”

“那沙斯塔怎么样了？”阿拉维斯问道。

“噢，那个傻瓜！”隐士唏嘘道，“真是个可怜又勇敢的小傻瓜。他对打仗这码事根本一无所知。他压根儿就不晓得去使用他的盾牌。他的身体两侧全都暴露在盾牌外头。他一点儿也不知道怎么使用他的剑。噢，现在，他终于想起来用剑了。他疯狂地挥舞着剑……几乎都要把他自己的小马驹的脑袋给砍下来啦，要是他不小心点儿，一会儿准会砍到小马驹头上的。现在，他的剑被打得脱了手。把这孩子送上战场简直就是谋杀；他都活不过五分钟。你个傻瓜，弯腰啊——噢，他摔下马了。”

“他被杀死了吗？”阿拉维斯他们三个屏住呼吸问道。

“这我怎么会知道呢？”隐士说道，“猫科猛兽的任务已经完成。现在，没有骑手的马儿非死即逃：这下，卡乐门军里的那些骑手们就无路可退了。猛兽们又转身冲进主战场。它们一跃扑向正用攻城锤攻城的士兵。攻城锤掉到地上啦。噢，真是太棒了！太棒了！城门从里面打开了，定是先锋部队要突围了。三人率先出来。伦恩国王走在中间，达尔和达兰两兄弟在他两侧站定。紧随其后的是特兰、沙尔和科尔、科临两兄弟。现在，他们出来了十个——二十个——差不多三十个士兵。他们步步紧逼，卡乐门军节节败退。爱德蒙国王奋勇杀敌，所向披靡。他刚刚砍下科拉丁的脑袋。许多卡乐门士兵都纷纷丢盔弃甲，落荒而逃，躲进树林里。余下的残军腹背受敌。巨人们从右侧逼近——猫科猛兽从左侧包围——伦恩国王从后方包抄。眼下，卡乐门军缩成一小团，背对背应敌。布里，你的那位泰坎倒下了。伦恩国王正同阿兹鲁交手；国王看上去要打赢了——国王仍占上风——国王赢了。阿兹鲁倒下了。爱德蒙国王也倒下了——不，他重新站了起来！他同拉巴达什兵戎相见了。他们就在城堡的大门口交战。好几个卡乐门士兵都投降了。达兰杀了伊尔加默思。我看不见拉巴达什是什么下场。我想他是死了，他倒在城墙上，可我不确定。奇拉马什和爱德蒙国王仍在厮杀，不过，其他地方的战斗都已经结束了。

奇拉马什投降了。战争结束了。卡乐门军一败涂地。”

沙斯塔摔下马的时候，认定自己肯定要没命了。然而，即便就是在战场上，马儿们也远没你想的那么会踩踏人。战战兢兢地过了约莫十分钟，沙斯塔突然发现，周围没有马儿在乱踩脚了，也没有战事正酣时发出的打斗声（不过战场上七七八八的喧嚷声仍旧吵个不停）。他坐了起来，瞪大眼睛环顾四周。即便他对打仗这事儿知之甚少，他也能很快明白过来，阿钦兰人和纳尼亚人已经赢得了胜利。他所能看到的活着的卡乐门人都沦为了俘虏，城堡大门敞开，伦恩国王和爱德蒙国王越过攻城锤相互握手，王公大臣们和将士们围成一圈，惊魂未定而又激动万分，欢欣鼓舞地交谈着。接着，突然间，大伙儿便一块儿哄然大笑起来。

沙斯塔爬起身来，觉得浑身都不利索了，他朝着哄笑声跑去，想看看大家都在笑些什么。眼前的景象着实教他大开眼界。只见倒霉的拉巴达什被悬挂在城堡的墙上。他的双脚离地面约莫两英尺，正发疯似的乱踢着。他穿的锁子甲不知怎么地被高高地钩住了，上半身的衣甲绷得紧紧的，都挡住他半张脸啦。实际上，他看起来就像是被人硬生生地塞进一件尺码太小的衬衫一样。据后来大伙儿考证（毫无疑问，这故事定是被大家翻来覆去讲了许多天），事情的经过是这样的：战斗刚打响那会儿，一个巨人用他的长钉靴踩了拉巴达什一脚，可是没有成功。之所以说没有成功是因为这一脚巨人没能如愿以偿地踩扁拉巴达什，不过这一脚倒也不是全然白费功夫，因为靴子上的长钉刺破了锁子甲，这就好像我们可能将一件普通的衬衫撕破一样。于是，当拉巴达什同爱德蒙在城门口交手时，他背后的锁子甲上正好就破了一个窟窿。当爱德蒙步步紧逼，他节节后退贴近城墙时，他跃上高台，高站在台上，手中的兵刃雨点般地朝爱德蒙袭来。然而，接着他又发现他所站的这个位置高于众人，这反而让他成了纳尼亚弓箭手的众矢之的，于是，他又重新跳了下来。他本打算要眼观六路，耳听八方——毫无疑问，他的确这样观察了一会儿——他郑重其事且气势汹汹地跳下高台，口中高呼道："雷霆万钧的塔什神从天而降了。"但他不得不朝旁边跳去，因为前头人群挤成一团，他压根儿没地方落脚。紧接着，如你所愿，简单来说，就是他背后锁子甲的破窟窿正好被墙上的一个铁钩钩住了。（很多年以前，这个套着环的铁钩曾是用来拴马的。）拉巴达什就被吊在那儿，就像是一件洗好的衣服，挂在那儿等着晾干呢。大家都在嘲笑他哩。

"放我下来，爱德蒙，"拉巴达什大吼大叫道，"放我下来，像个国王一样和我来场男人间的战斗；要是你胆小怕事，不敢同我决一死战，就立刻杀了我吧。"

"我当然敢。"爱德蒙开口说道，但伦恩国王打断了他的话。

"陛下，请容我插句话，"伦恩国王对爱德蒙说道，"您不该这么做。"接着，他转身对拉巴达什说道："王子殿下，倘若你是在周前发出战书，我敢担保，在爱德蒙国王的国土内，上至至高王，下至会说人话的小老鼠，谁也不会回绝这挑战。然而，你却在我们两国交好的情况下，连一封战书都不修，就公然进攻我们的安瓦德城堡，这足以表明你并非是个正人君子，而是个卑鄙小人，就只配受刽子手的鞭刑，不配同任何荣誉之士过招。来人，拿下他，把他绑起来带进城去，待我们捷报公布后再做打算。"

魁梧的士兵夺下拉巴达什手中的剑，将他押进城堡，拉巴达什又是大喊大叫，又是威胁咒骂，甚至号啕大哭。因为就算他受得了严刑拷打，他也受不了被人看笑话。他在塔什班城一向高高在上惯了。

就在这时，科林跑到沙斯塔身边，拽着他的手，拉着他走到伦恩国王跟前。“爸爸，他在这儿，他在这儿。”科林大声喊道。

“啊，你最终还是来到这儿了，”国王粗声粗气地说道，“居然还参战了，一点儿也不听话。真是个不教人省心的孩子！像你这样年纪的小孩，就适合玩玩木棍，而不是舞剑弄枪的。哈哈！”不过大家包括科林在内都看得出来，国王对沙斯塔很是引以为豪。

“陛下，若您乐意，就别再责备他了，”达兰勋爵说道，“要是王子殿下都没能继承您的轩昂气宇的话，他也就不可能是您的儿子了。若是他不这样做，陛下您只怕会更伤心呢。”

“好吧，好吧，”国王嘟囔道，“我们这次就饶过他一回。现在——”

随之而来的事情让沙斯塔大为吃惊，这丝毫不逊于他平生所遇的任何事情。他发现伦恩国王突然给了他一个紧紧的熊抱，并亲吻了他的双颊。接着，国王又放下他，说道：“孩子们，你们就一起站在这儿，让宫里的人都来好好看看你们。抬起头来。现在，先生们，瞧瞧他们俩。谁还有什么疑问吗？”

沙斯塔还是不明白：为什么人人都盯着他和科林直瞧？大家都在欢呼些什么呢？

# 第十四章　布里如何变成一匹聪明的马儿

现在我们必须得回头说说阿拉维斯和两匹马儿了。隐士边看着池水，边告诉他们沙斯塔并没有死，甚至都没受什么重伤，因为他瞧见沙斯塔站了起来，还受到了伦恩国王的热烈欢迎。可是，他只能看却不能听，因而他无从得知别人正在说什么，一旦战斗结束，人们谈起话来，就没必要再往池水里瞧了。

第二天早上，隐士还在屋里待着，他们三个就商量起了下一步该怎么做。

“这样的日子我已经过得够久了，”赫温说道，“隐士对我们很好，我的确十分感激他。但是，我现在成天吃个不停，还一点儿运动也不做，都快胖得像一匹宠物马了。让我们继续直奔纳尼亚吧。”

“噢，今天不行，女士，”布里说道，“我可不喜欢做事慌慌张张的。再等几天吧，你觉得呢？”

“我们必须先去见沙斯塔，和他好好道个别——并且——并且给他道个歉。”阿拉维斯说道。

“说得没错！”布里兴致勃勃地应和道，“这正是我想说的。”

“噢，当然啰，”赫温说道，“我想他就在安瓦德。我们自然应该去见见他，和他道个别。再说，我们去纳尼亚的路上也要经过安瓦德。我们何不马上就出发呢？毕竟，我想我们大家都想去纳尼亚不是吗？”

“我想是的。”阿拉维斯说。她开始琢磨起等自己到了纳尼亚，到底会做些什么呢，她想着想着便觉得有些落寞。

“这是当然，这是当然，”布里连忙说道，“但我们也没必要匆匆忙忙的啊，如果你明白我的心意的话。”

“不，我不明白你什么意思，”赫温说道，“你为什么不想出发呢？”

“额——额——额，布鲁——呼，”布里喃喃道，“嗯，女士，你不明白吗——这是一个很重要的时刻——回到我们自己的祖国——正式步入社交场合——上流社会——给人留下一个好印象是至关重要的——嗯，但我们瞧着还不大像自己本来的模样，不是吗？”

赫温突然哈哈大笑起来，“是因为你的尾巴吧，布里！我现在可算都明白啦。你是想等你的尾巴重新长出来吧！不过，我们甚至都不知道纳尼亚的马儿是不是还留着长尾巴哩。说真的，布里，你太爱慕虚荣啦，简直和塔什班城的那位泰克希娜一般无二。”

“你真傻，布里。”阿拉维斯说道。

“狮子的鬃毛为证，我才不是泰克希娜那样的人呢。”布里愤愤不平地说道，“我只不过是对自己和马儿同伴们，揣着一种恰如其分的尊重罢了，仅此而已。”

“布里，”阿拉维斯说道，她对布里的断尾巴不太感兴趣，“我一直想问你一些事。你为什么发誓的时候总说‘狮子为证’和‘狮子的鬃毛为证’呢？我还以为你讨厌狮子呢。”

“我的确讨厌狮子，”布里答道，“不过，当我说到狮子的时候，我当然指的是阿斯兰，纳尼亚伟大的救世主，是它赶走了女巫和严冬。所有的纳尼亚人都以阿斯兰为誓。”

“但它不是一头狮子吗？”

“不，不，当然不是。”布里大为吃惊地连连否认。

“在塔什班城，所有同它有关的故事都说它是头狮子呢，”阿拉维斯答道，“再说，如果它不是头狮子，你又为什么称它为狮子呢？”

“你还小，这确实很难理解，”布里说道，“我离开纳尼亚的时候，也只是一匹小马驹，所以这事我自己也不大明白。”

（布里说这番话时正背对着绿色的围墙，阿拉维斯和赫温则面对着它。布里半闭着眼睛，正神气十足地侃侃而谈；所以，它没注意到赫温和阿拉维斯神色大变。她们张大了嘴巴，瞪大眼睛直瞧，但这也是情有可原的；因为就在布里说着话时，她们瞧见一头巨大的狮子从围墙外头跳了进来，稳稳地站定在墙头上；比起她们所见过的其他狮子，这狮子也不过是毛色更鲜黄了些，体形更庞大了些，模样更英俊了些，瞧着更吓人些而已。狮子随即跳下墙头，从背后慢慢靠近布里。它走路悄无声息。赫温和阿拉维斯也吓得大气都不敢出了，就像被冻住了似的。）

“毫无疑问，”布里继续说道，“当人们称它为狮子时，人们只是觉得它像狮子一般强壮或者（当然，对我们的敌人而言）像狮子一般凶猛，或者诸如此类的意味。阿拉维斯，就算是像你这样的小女孩，也必须明白，要是你以为它是一头真正的狮子，那笑话可就闹大啦。那可真真切切是失敬于人呢。要是它真是一头狮子的话，它就同我们其他马儿一样，得是兽类的一员啦。这怎么可能呢！（说到这儿，布里哈哈大笑起来。）要是它是头狮子，它就得长着四只爪子，一条尾巴，还得有胡子呢！……哎哟喂，噢噢，嗬——嗬！救命啊！”

就在布里说到“胡子”两个字的时候，阿斯兰的一根胡子竟然真的撩拨到了它的耳朵。布里如离弦的箭一般，飞也似的跑到了围墙的另一头，接着转过身来；围墙太高了，它跳不出去，没法儿逃得更远了。阿拉维斯和赫温都吓得连连后退。一时间，大家都紧张得不敢说话。

接着，尽管赫温浑身颤抖，却发出了一小声奇怪的嘶鸣，小跑着来到狮子身边。

“拜托了，”赫温说道，“你长得真美丽。如果你想吃掉我的话，你就吃吧。我宁愿早点儿被你吃掉，也不愿去给他人填肚子。”

“我亲爱的女儿啊，”阿斯兰说着吻了吻它翕动的柔软的鼻子，“我知道你不久就会来到我的身边。欢乐必将归于你。”

说完，它抬起头来，声音更加洪亮。

“听着，布里，”它说道，“你这可怜、骄傲又受惊的马儿，过来点。再过来点，我的孩子。别害怕，别害怕。摸摸我，闻闻我。这是我的爪子，这是我的尾巴，这些是我的胡子。我是一头真正的野兽。”

“你是阿斯兰，”布里战战兢兢地说道，“我真是个傻瓜。”

“在年轻的时候就明白这些事，对马儿来说，是件幸事。对人来说，也是如此。过来点，阿拉维斯，我的孩子。你瞧！我的爪子柔软得像天鹅绒。这次你定不会被抓伤的。”

“先生，什么这次？”阿拉维斯说道。

“之前是我抓伤了你，”阿斯兰说道，“我就是你一路上遇到的那头狮子。你可知道我为什么要抓伤你吗？”

“我不知道，先生。”

“你背上的抓痕，每一道伤痕，每一次疼痛，每一滴血，都一一对应着你继母的女仆背上的鞭痕，因为你给她下了蒙汗药，连累她受罚。你也该尝尝这挨打的滋味。”

“您说得对，先生。请问——”

“但问无妨，亲爱的。”阿斯兰说道。

“我的所作所为还给她带去其他什么伤害吗？”

“孩子，”狮子说道，“我在讲的是你自己的故事，而不是她的故事。无论对着谁，我都只讲述他们自己的故事。”然后，它晃了晃脑袋，说话声更加明快了。

“小家伙们，开心点儿，”它说道，“我们很快就会再见面的。但在此之前，你们还会迎来一位访客。”接着，它一步跳上了墙头，消失在他们视线中了。

说来也奇怪，阿斯兰走了以后，他们都没有要和彼此谈论它的意思。大家都慢慢走开，在安静的草地上各自找个地方，独自一人在那儿来回踱步，陷入沉思。

大约半小时后，隐士唤两匹马儿到屋子后面去吃点他为它们准备的美餐，而阿拉维斯仍在边走边想着，这时门外传来一阵刺耳的喇叭声，吓了她一大跳。

“谁在门外？”阿拉维斯问道。

“阿钦兰的科奥殿下。”门外的声音说道。

阿拉维斯拔下门闩，把门打开，往后稍稍退了几步，让陌生的人们进屋。

两个手持战戟的士兵率先进屋，在门口两侧站岗。随后进来的是一名传令官，还有一名号手。

“阿钦兰的科奥殿下要面见阿拉维斯小姐。”传令官说道。然后，他和号手便退到一边，垂头而立，士兵敬礼，接着，王子走了进来。所有随从都退了出去，并将身后的大门关上。

王子鞠了一躬，要说这是个王子的鞠躬礼那也未免太笨手笨脚了些。阿拉维斯照卡乐门礼仪行了个屈膝礼（这可同我们的礼仪大不相同），当然啦，她的回礼优雅得体，因为她学过该怎么行礼。然后，她抬起头来，想瞧瞧这位王子究竟是何方神圣。

只见眼前不过是个乳臭未干的小毛孩。他没戴帽子，一条薄薄的金带束起一头金发，金带细若金属丝。他身着麻纱白葛布制成的束腰短外衣，如同手绢儿一般光洁细密，透出内里鲜红的上衣。他的左手缠着绷带，正按在珐琅剑柄上。

阿拉维斯又看了眼他的脸，然后说道："天哪！你是沙斯塔！"

沙斯塔顿时涨得满脸通红，飞快地开口解释道："你听我说，阿拉维斯。我希望你千万不要以为我打扮成这副模样（还带着号手和其他随从），是为了向你炫耀，或是为了显示我的与众不同，又或是为了哗众取宠之类的。我倒是宁愿穿着我的旧衣服来呢，可是旧衣服已经被烧掉了，而且我的父亲说——"

"你的父亲？"阿拉维斯疑惑不解。

"显而易见，伦恩国王就是我的父亲，"沙斯塔说道，"我早就该猜到的。科林和我长得那么像。你瞧，我们俩是双胞胎呢。对啦，现在我不叫沙斯塔了，我叫科奥。"

"科奥这名字听起来比沙斯塔好听。"阿拉维斯说。

"在阿钦兰，兄弟们就是这样取名的，"沙斯塔（或者现在我们该叫他科奥王子了）说道，"就像达尔和达兰两兄弟，科尔和科临两兄弟，诸如此类的。"

"沙斯塔——我是说科奥，"阿拉维斯说道，"不，你先别说话。

有件事我必须马上说。我为我先前的愚蠢感到万分抱歉。在我知道你是王子之前，我就改变了对你的看法，老实说，在你跑回来同狮子搏斗时，我就对你刮目相看了。”

“那头狮子，它并不是真的想杀了你。”科奥说道。

“我知道，”阿拉维斯点头说道。一时间，两人都安静下来，神色凝重，都看出彼此知道阿斯兰的存在。

突然，阿拉维斯想起来科奥的手还缠着绷带。“哎呀！”她大声叫道，“我居然忘记了！你参与作战了呢。这是你受的伤吗？”

“只是擦伤了一小点，”科奥说道，他第一次用这种派头十足的语气回话。但过了一会儿，他就哈哈大笑起来，说道，“要是你知道真相的话，其实这压根儿都算不上受伤。我只不过是手指擦破了点皮，随便哪个笨手笨脚的傻瓜，就算没上过战场，都难免会受点伤的。”

“但你还是上了战场，”阿拉维斯说道，“这一定是十分了不起的经历。”

“打仗压根儿不像我原先想的那样。”科奥说道。

“但是沙斯——我是说，科奥——你都还没告诉我，你和伦恩国王是怎么一回事呢，还有他又是怎么得知你的身世的呢。”

“好啦，让我们坐下来好好说，”科奥说道，“因为这是一个很长的故事呢。我得插一句，父王他是个不折不扣的大好人。哪怕他不是一位国王，得知他就是我的父亲，我也一样会很高兴的。尽管接下来我得上课，还有各种可怕的事情在等着我。不过，你想知道的是事情的来龙去脉。话说科林和我本是孪生兄弟。在我们俩出生一个星期后，他们便带着我们去到纳尼亚一位睿智的老半人马家中，显然是为了去蒙受祝福之类的。却说这个半人马其实是个预言家，许多半人马都会未卜先知呢。你大概还没见过半人马吧？昨天有几个半人马也参战了。它们不愧是响当当的大人物，不过我得承认，和它们在一块儿我还是有些不自在。我说，阿拉维斯，在这些北方国家，我们还有一大堆事要去适应呢。”

“没错，是有许多这样的事呢，”阿拉维斯说道，“但你倒是快继续说下去呀。”

“话说，这半人马一瞧见我和科林，就看着我说道，有朝一日，这孩子将会救阿钦兰于前所未有的危险之中。听到这话，我的父王和母后自然是满心欢喜。但是，在场有一个人却并不高兴。这是个叫巴尔勋爵的家伙，他曾是父亲手下的大法官。显然他犯了什么事——贪污腐败，徇私舞弊之类的——这段故事我也弄不明白——于是，父亲只得罢去他的职位。不过，父亲没对他施加别的处罚，还准许他继续留在阿钦兰。但他一定是坏到骨子里了，因为后来经查证，他曾经受过蒂斯罗克的收买，向塔什班城提供了许多秘密情报。于是，他一听到将来我会救阿钦兰于生死存亡之中，便下定决心要除掉我。却说，他成功地绑架了我（我不知道具体是怎么绑架的），然后沿着旋箭河往海岸策马狂奔。一切都准备就绪了，他的随从已经在那儿为他备好了一艘船，他将我带上船，便驾着船出海去了。父亲听到风声，虽然并不是很及时，但还是竭尽全力地去追赶他。等父亲赶到海岸的时候，巴尔勋爵已经出海了，但好在还没驶出视线之外。接着，父亲赶在二十分钟之内就搭上了他的一艘战舰。

“这定是一场惊心动魄的追逐战。他们整整追了巴尔的大帆船六天六夜，终于在第七天时，同他正面交战。这是一场伟大的海战（昨天晚上，我听了许多关于这场海战的故事），从早上十点钟一直打到了日沉西山。我们的人终于占领了那艘船。可我却不在船上。巴尔勋爵本人也在这场战斗中被杀身亡。但据巴尔的一个手下说，那天一大早，就在巴尔发觉自己一定会被追上的时候，他便把我交给了他手下的一位武士，放下帆船上的一条小船，把我们俩人都送走了。后来，就再也没有人见到过那条小船了。不过，当然啦，那条小船后来被阿斯兰给推上阿什伊什所住的那片海滩，好让阿什伊什捡到我（看来阿斯兰就是所有故事的幕后主人呢）。我真想知道那位武士尊姓大名，正是他不惜自己挨饿受冻，也要护我周全。”

“我猜阿斯兰一定会说，这一段就是别人的故事了。”

“我都快忘了这一点了。”科奥说道。

“我想知道，那预言是如何成真的？”阿拉维斯说道，“而你又是怎么救阿钦兰于生死存亡之中呢？”

“额，”科奥十分尴尬地说，“他们好像觉得我已经拯救了阿钦兰了。”

阿拉维斯连连拍手叫好道：“哎呀，这是当然啦！我真傻。你真是令人敬佩！那时，拉巴达什率领二百人马已经渡过了旋箭河，而你却尚未成功通风报信，那个时候阿钦兰确实是危在旦夕啊。你难道不为自己感到自豪吗？”

“我觉得我有些受宠若惊了。”科奥说。

“那么现在你就要一直待在安瓦德了。”阿拉维斯若有所思地说道。

“啊！”科奥说道，“我差点儿忘了我是要来干什么的啦。父王希望你能来与我们同住。他说自从母后去世后，王宫里（不知道为什么，他们都管它叫王宫）就再也没有住过夫人小姐了。来吧，阿拉维斯。你会喜欢父王——还有科林的。他们和我不一样，他们都是受过良好的教育的。这一点你无须担心——”

“噢，你可别再这么说了，”阿拉维斯说道，“不然，我可真生气了。我当然愿意去啦。”

“那我们现在就去瞧瞧马儿们吧。”科奥说道。

布里同科奥见面相谈甚欢，虽然布里依旧有些郁郁寡欢，但它还是同意即刻动身前往安瓦德。它和赫温则在次日经由安瓦德进入纳尼亚境内。他们都依依不舍地同隐士告别，答应不久后定会再来拜访他。大约正午时分，他们就上路了。马儿们以为阿拉维斯和科奥会选择骑马前进，然而科奥解释说，不管是在纳尼亚还是阿钦兰，除非是在战场上，人人都必须全力以赴，上阵杀敌，不然谁都不会想着要骑能言马代步的。

这番话再次提醒了可怜的布里，它对纳尼亚的风俗习惯着实知之甚少，这可能会铸成大错呢。所以，当赫温沉浸在美梦中，闲庭漫步一路前行的时候，布里却是每迈出一步都愈发地心神不宁且局促不安了。

“振作点儿，布里，”科奥说道，“我的处境可比你惨得多啦。你都不必去上课。我还得学习读书、写字、纹章、舞蹈、历史和音乐呢，而你却能在纳尼亚的小山坡上，跑跑步，打打滚儿，玩个痛快呢。”

“可这就是问题所在呀，”布里咕哝道，“能言马们会打滚儿吗？要是它们不打滚儿呢？我可是受不了不打滚儿。赫温，你觉得呢？”

“不管怎么说，我反正是要打滚儿的，”赫温说道，“依我看，它们压根儿才不会在乎你打不打滚儿呢。”

“我们快到城堡了吗？”布里问科奥。

“转过下一个路口就到了。”王子答道。

“那么，”布里说道，“现在我要好好打个滚儿啦，也许这是我最后一次打滚儿了。等我一分钟就好。”

过了五分钟，布里才重新爬起来，大口大口地喘着粗气，浑身沾满了小根的凤尾草。

“现在，我准备好了，”布里唉声叹气地说道，“继续带路吧，科奥王子，向着纳尼亚和北境。”

然而，布里瞧上去却不像是一个长久流落他乡，要回到家乡，重获自由的俘虏，倒是像一匹前去赴死的马儿哩。

# 第十五章　可笑的拉巴达什

转过下一个路口，他们便出了树林，穿过绿油油的草地，安瓦德的城堡便近在眼前了。只见城堡背面屹立着一座林木繁茂的高山，阻挡了北风的侵袭。城堡古色古香，由暖红、褐色的石头砌成。

他们还没走到城门口，伦恩国王就已经出城来迎接他们了。他同阿拉维斯心目中的国王形象大相径庭，衣着朴素到不能再朴素了；因为他方才带着猎人们在养狗场转了一圈回来，才刚刚歇息片刻，洗了洗他摸了猎犬的手。然而，当他牵起阿拉维斯的手，向她鞠躬致意时，言行举止庄严大方，就足以体现出他的帝王风范了。

“小姐，”国王开口道，“我们衷心地欢迎你的到来。倘若我的爱妻尚在人世的话，定会将你照顾得更加周到，但如今我是力不从心了。对你所遭遇的种种不幸，我深表遗憾。被令尊赶出家门，想必也让你伤心不已吧。我的儿子科奥同我说起过你们这一路上的险象环生和你的种种英勇事迹。”

“那些英勇事迹都是科奥所做的，陛下，”阿拉维斯说道，“对啦，他还冲到一头狮子面前来救我呢。”

“嗯？那是怎么回事？”伦恩国王喜形于色，说道，“这段故事我倒没听他说过呢。”

于是，阿拉维斯便同国王讲起了这段故事。而科奥呢，原先是很想让别人知道这故事的，只是不好意思自己亲口说出来；他以为自己能听得津津有味，可是，他边听阿拉维斯讲，边觉得自己着实有够愚蠢的。可是他的父亲却对此津津乐道得很，接连好几个星期都一直同人讲起这事，弄得科奥倒情愿这事儿从头到尾都没发生过。

接着，国王转身对着赫温和布里，对待它们就和对待阿拉维斯一样客气，问了它们许多问题，诸如它们家里都有谁啦，被俘之前它们住在纳尼亚的哪里啦。马儿们答得结结巴巴的，因为它们还没习惯人们平等地同它们说话呢——这当然说的是大人们啦。同阿拉维斯和科奥这样的小孩子说话，它们倒不扭扭捏捏的。

不久，露西女王从城堡里走了出来，来到他们身边。伦恩国王对阿拉维斯说道："亲爱的，这是我们家的一位好朋友，她已经将你的房间收拾妥当了，这事交给她安排，一定比我办得更合你的心意。"

"你想来看看房间吗？"露西亲了亲阿拉维斯说道。她们一见如故，不一会儿就结伴离开，边走边聊起了阿拉维斯的卧室和梳妆室，聊起要给阿拉维斯置办行头，还有姑娘们在这样的场合总免不了要聊起的诸如此类的事情。

他们在阳台上用过午餐（吃的是冷盘鸟、冷盘野味派、红酒、面包和乳酪）。饭后，伦恩国王眉头紧锁，叹了口气，说道："唉！我的朋友们，我的朋友们，我们手上还有那个讨厌鬼拉巴达什，得想个什么法子处置了他才好。"

阿拉维斯和露西分别坐在国王的左右两边。爱德蒙国王坐在桌子的一端，达兰勋爵则坐在他的对面。达尔、珀里丹、科奥、科林都和国王坐在同一边。

“陛下您完全有权砍下他的脑袋，”珀里丹说道，“他骤然发动突袭，这行为同行刺没什么两样。”

“这话诚然千真万确，”爱德蒙说道，“但就算是个奸细也可能会改过自新。这样的人，我就认识一个。”他显得十分郑重其事。

“杀了拉巴达什就无异于是要挑起与蒂斯罗克间的战争。”达兰说道。

“蒂斯罗克不足为惧，”伦恩国王说道，“他胜在兵多将广，但这也注定他永远无法率领全军，横穿大沙漠。但我并非冷血之人，也无意于大开杀戒（就算杀的是奸细）。若是在战场上将他喉咙割断，我倒是问心无愧，可若是战后再将他处死，这又是另一回事了。”

“依我看，”露西说道，“陛下您不妨再考验他一次。先让他立下庄严的承诺，说日后为人处世必定会光明磊落，而后再放了他。也许他会信守诺言的。”

“妹妹，你倒不如相信大猩猩有天会变老实呢，”爱德蒙说道，“狮子为证，倘若他再违背诺言，那么到那时，无论我们哪一个人都可以干净利落地砍下他的脑袋。”

“那就试试看吧，”国王说完，接着又吩咐一位随从道，“传令带犯人上来。”

拉巴达什被带了上来，手脚都被铁链拴着。看着他狼狈的模样，任谁都会以为他是在臭烘烘的地牢里，没吃没喝地被关了一整夜；但实际上呢，关他的房间可舒适得很呢，为他准备的晚餐也十分美味可口。可是他气急败坏，一口晚餐都不吃，一整晚又是捶胸顿足，又是大吼大叫，又是骂骂咧咧的，自然瞧上去精神不振了。

“无须多说，殿下也心知肚明，”伦恩国王开口道，“依照国家法律和审慎政策的种种条例，我们完全有权砍下你的脑袋，这同任何人都有权杀死与其不共戴天的仇人是一个道理。然而，念及你年纪尚轻，管教不力，以致少条失教且倨傲无礼，凡此种种，无一不是你在奴隶制的暴君国家染上的恶习。我们有意放了你，保你平安无事地回家，条件是：第一点——”

“你这该死的野蛮的狗东西！”拉巴达什气急败坏地破口大骂道，“你以为我会照你的条件做吗？呸！你大讲特讲什么仁义礼智，听得我晕头转向。哼！对一个带着镣铐的人说这番话倒是轻巧。解开这些该死的链子，把剑给我，到时候，我倒要看看你们谁敢与我争锋。”

这下，几乎所有王公贵族都气得跳起脚来，科林大声嚷嚷道：

“父王！我能揍他一顿吗？您就准了吧。”

“国王陛下，还有诸位爱卿！冷静点！”伦恩国王说道，“难不成我们一点教养都没有，任凭随便一个混账的奚落辱骂就让我们暴跳如雷了吗？科林，你给我坐下，要不你就离席退下。殿下，我命令你重新听一次我们开出的条件。”

“我才不要听你们这些外邦人和巫师开的条件呢，”拉巴达什说道，“谅你们谁也不敢碰我一根头发。你们加诸在我身上的种种侮辱，我必将教纳尼亚和阿钦兰血债血偿。蒂斯罗克将会发动可怕的复仇，就算是在当下也是如此。要是杀了我，北方各地将饱受烈火焚烧、蹂躏践踏之苦，并将记入传说，自此震慑世人长达千年。当心！当心！当心！雷霆万钧的塔什神从天而降！”

“雷霆万钧的塔什神有在半路上被钩子钩住过吗？”科林问道。

“你真不像话，科林，”国王说道，“永远不要嘲笑别人，除非他比你强大；面对强者，那就随你的便。”

“拉巴达什，你可真傻。”露西叹道。

接着，科奥正纳闷为什么在座的所有人都站了起来，一动不动地站着。当然啦，他自己也站了起来。紧接着，他便恍然大悟了。原来是阿斯兰现身了，虽然没人瞧见它进来。狮子体形庞大，在拉巴达什和声讨者间徐徐地踱来踱去，吓了拉巴达什一大跳。

“拉巴达什，”阿斯兰说道，“听仔细了。你就要大祸临头了，但你仍有机会免遭厄运。忘掉你的骄傲（你有什么好骄傲呢？），忘掉你的愤怒（有谁对不起你了吗？），欣然接受这些仁慈的国王对你的怜悯和恩惠吧。”

这时，拉巴达什眼珠一转，张大嘴巴，龇牙咧嘴状似鲨鱼，发出骇人且阴森的狞笑，上下摆动着耳朵（要是不嫌麻烦的话，这把戏谁都能学会）。在卡乐门，这套把戏他屡试不爽。他一扮出这些鬼脸，连最勇敢的人都会惊得直哆嗦，一般人被吓得倒地不起，而胆小的人常常都怕得晕过去了。可拉巴达什没有意识到的是，那是因为，吓唬那些心里明白你只要一下令便能将他们当即活活煮死的人是轻而易举的。而扮鬼脸在阿钦兰人看来一点儿也不吓人。实际上，露西还以为拉巴达什是要犯病了呢。

“魔鬼！魔鬼！魔鬼！”王子尖叫起来，“我知道你。你是纳尼亚邪恶的大魔王。你是众神的死敌。可恶的幽灵，你知道我是谁吗！我是不屈不挠、不可抗拒的塔什神的后裔。我以塔什神之名诅咒你。蝎子形的雷电将雨点般地落到你头上。纳尼亚的巍巍群山将化为尘土……”

“当心点，拉巴达什，”阿斯兰幽幽地说道，“现在厄运逼得更近了，就在门口，它已经拔下门闩了。”

“就让天崩地裂吧！”拉巴达什歇斯底里地尖叫道，“让血雨腥风、熊熊烈火将这世界毁灭吧！不得到那狗娘养的，不拽着那外邦女王的头发把她拖进我的宫殿，我就誓不罢休——”

“时辰已到。”阿斯兰说道。拉巴达什看见大家都哈哈大笑起来，心里害怕极了。

他们忍不住大笑起来。拉巴达什的耳朵不住地摇来摇去的，“时辰已到。”阿斯兰话音刚落，那对耳朵便开始起变化了。耳朵越变越长，越变越尖，很快耳朵上又长出了灰毛。就在大家都在琢磨这耳朵好像似曾相识的时候，拉巴达什的脸也开始变形了。他的脸越变越长，额头越变越厚，眼睛越变越大，鼻子塌进脸里去（或者说，整张脸都肿得和鼻子一样高了），脸上长满了毛。接着，他的手臂也越变越长，都垂到跟前，落到地上了。不过现在，那可不算是手了，而是蹄子啦。他站在那儿，四肢朝地，身上的衣服也不见了，所有人都笑得更欢了（他们忍不住要哈哈大笑），因为如今拉巴达什分明就是一头驴子啦。糟糕的是，拉巴达什的声音变化得比他的身子稍稍慢了一拍，于是，在他意识到自己身上所发生的变化时，便大喊大叫道：

“啊，不要，我不要变成驴子！求您了！就算是一匹马也好——就算——一匹马——伊嗬——噢嗬，伊嗬——噢嗬。”话音未落，就变成驴叫声啦。

“听着，拉巴达什，”阿斯兰说道，“天道公正，慈悲为怀。你不会一辈子都是驴子。”

听到这话，驴子自然急忙扭过耳朵，凑上前去听，这模样十分滑稽，逗得大家捧腹大笑。大家都拼命想忍住不笑，可是实在是憋不住。

“既然你已诉诸于塔什神，”阿斯兰说道，“那么，你也将在塔什神的神殿里得到救赎。今年的秋日盛宴，你必须站到塔什班城塔什神的祭台前，在所有塔什班人的目睹下，你将褪去驴身，让所有人知道你就是拉巴达什王子。但是，倘若你胆敢在活着的时候，走出塔什班城神庙方圆十英里以外的地方，你就会立刻变回你现在的模样。第二次再变成驴子，你就永远也变不回去了。”

一时间大家都安静了下来，过了一会儿，又全都沸腾起来，你看看我，我看看你，好像刚从睡梦中醒来似的。阿斯兰已经离开了。可是，一道金光映在空中，照在青青的草地上，他们心中欢欣雀跃，种种迹象都令他们深信不疑，阿斯兰的出现绝非梦境。况且，不管怎么说，他们面前分明就有一头驴子嘛。

伦恩国王最是宅心仁厚，眼见他的敌人落到这般追悔莫及的境地，他的满腔怒火早都统统抛之脑后了。

“殿下，”国王说道，“事情走到这般极端的境地，我着实深表歉意。但殿下你亲眼所见，这一切并非我们所为。当然，我们乐意为殿下你备好船只，送你回到塔什班城，以便你照阿斯兰所说——呃——得以痊愈。在殿下你当前状况允许的条件下，你的方方面面都将得到最舒心的照料：最好的牲畜船——最新鲜的胡萝卜和野蓟菜——”

不过，那震耳欲聋的一声驴叫和那对准卫兵狠命的一踹，都明明白白地表明了，这些好心的提议，人家可并不待见呢。

说到这儿，为了不让拉巴达什再出现在这故事中，我索性还是把他的故事讲完为好。他（或者说是它）被用船按时遣返回塔什班城，并在秋日盛宴上被带进了塔什神的神庙，得以重新恢复人身。不过，当然啦，整整四五千人都亲眼看见了他从驴子变成了人，这下这桩丑事怎么可能瞒得住呢。老蒂斯罗克死后，拉巴达什便继任他成为新一任的蒂斯罗克。拉巴达什成了卡乐门有史以来最最安分守己的蒂斯罗克。这是因为，他压根儿不敢走出塔什班城方圆十英里以外的地方，这样一来，他就没法儿御驾亲征了；况且，他也不想损害自己的威名，让自己手下的泰坎们在战场上名声大噪，因为蒂斯罗克们都是这样被推下台的。虽然他的动机很是自私，不过这倒使卡乐门周边小国的日子过得舒坦多了。他的子民可从没忘记过他从前是一头驴子哩。在他统治期间，当着他的面，人们称他为“和平使者拉巴达什”；可是，在他死后，在背地里，人们却称他为“可笑的拉巴达什”。而且，要是你去翻翻写得好的《卡乐门史》(可以去当地的图书馆里找找)，你就会发现介绍他生平的目录下头就写着“可笑的拉巴达什”呢。直到今天，在卡乐门的学校，要是你干了什么大蠢事，十有八九你就会被人取笑作“拉巴达什第二”呢。

与此同时，安瓦德城里人人都欢欣鼓舞，拉巴达什已被遣送回国，真正的纵情狂欢就此拉开序幕。那天晚上，城堡前的草坪上举行了一场盛大的宴会，张灯结彩，灯火通明，与月光交相辉映。推杯换盏间，人们讲着故事，说着俏皮话，国王的御用诗人带着两个小提琴手步入圈子中间，于是，四下便安静下来。阿拉维斯和科奥都做好会百无聊赖的准备了，因为他们只曾见识过卡乐门式的诗歌，不过现在他们就会领略到真正的诗歌该是什么样的了。小提琴拨出的第一个音符，便如石破天惊般直击他们的心灵，诗人吟唱起传世佳作——古老的民谣《正直的欧尔文》，娓娓唱诵他是如何同巨人皮尔作战，将巨人变作石头(而这便是皮尔峰的由来——这巨人长着两个脑袋呢)，还赢得莉恩小姐做他的新娘。一曲唱毕，他们倒还想再听一遍呢。虽然布里不会唱歌，可也讲起了扎林德雷之战的故事。而露西呢，则又讲起了衣橱的故事，讲起了她和爱德蒙国王、苏珊女王及至高王彼得第一次来到纳尼亚的故事。虽然除了阿拉维斯和科奥，这故事他们大家都听过许多遍了，可他们依旧听得津津有味呢。

不一会儿，伦恩国王便说道，这话他早晚总是要说的："小家伙们，你们该上床睡觉了。""明天，科奥，"他又说道，"你得随我一道去视察各个城堡，查查城堡的守卫情况，并记下它们的优势和薄弱环节。因为我去世后，就要由你来守卫城堡了。"

"但那时科林不就是国王了吗，父王。"科奥说道。

"不，孩子，"伦恩国王说道，"你是我的继承人。你将继承我的王位。"

"可我不想继承王位啊，"科奥说道，"我宁可——"

"这不是你或是我想不想的问题，这是法律明文规定的。"

"但如果我们是双胞胎，我们肯定是一样大呀。"

"话虽如此，"国王笑盈盈地说道，"可一定有一个先生出来呀。你比科林足足早出生了二十分钟呢。况且你也比他强上一些，但愿如此吧，虽然那点优势也没什么了不起的。"说完，他瞧向科林，冲他眨了眨眼睛。

"可是，父王，您就不能选个您中意的人继任下一任国王吗？"

"不能。国王要受法律约束，因为正是法律规定他成为国王。国王无权摘下王冠，如同哨兵无权擅自离岗一般。"

"我的天哪，"科奥嚷嚷道，"我一点儿也不想当国王。科林——我真是感到万分抱歉。我做梦也没有想到我的出现，竟会把你拉下属于你的王位。"

“太好啦！太好啦！”科林叫出声，“我不用当国王啦。我不用当国王啦。我可以一直当个王子了。当王子就能玩个痛快啦。”

“你弟弟一门心思就扑在玩上了，可是科奥呀，”伦恩国王说道，“其实当国王更意味着，你要在每一次殊死搏斗中身先士卒，在每次孤注一掷的撤退中从容断后；当饥荒来袭（收成不好的年头总是时不时地要闹饥荒），你更要衣冠整齐，对着粗茶淡饭也要谈笑风生，笑得比你的任何国民都大声。”

到两个男孩上楼去睡觉的时候，科奥又问科林，这件事是不是没有转圜的余地了。科林回应道：

“要是你多说一个字，我就——我就把你打倒在地上。”

要是故事的结局是，从此以后，兄弟俩就再也没有过什么意见不合了，自然再好不过了，不过我只怕事情并非如此。事实上呢，他们和其他兄弟一样，时不时就要斗斗嘴，打打架，每次他们俩打架（要是真打起来的话），结果总是科奥被打倒在地。他们俩长大以后，都双双成为武士，虽说科奥上阵杀敌时更为骁勇善战，可要说当个拳击手，不管是科奥还是北境列国的各个英雄豪杰，都没法儿同科林相提并论。他便因此被誉为“霹雳拳击手科林”，他曾赤手空拳打败暴风雨山的那头“堕落的熊”，立下赫赫威名。其实那头熊原先是会说话的，可后来又自甘堕落，当起野熊了。于是，冬日里的一天，山上银装素裹，科林沿着纳尼亚一侧，爬上暴风雨山，摸进野熊的老窝，出拳狠狠打了那熊三十三个回合，都没人帮着数呢。打到最后，熊的眼睛肿得都看不见东西了，从此改邪归正了。

阿拉维斯和科奥也时常拌嘴（只怕他们还动过手呢），但他们总是又握手言和。过了几年，他们都长大了，还总爱这样斗斗嘴，然后又转头和好，于是他们索性便结了婚，这样拌起嘴来还更方便些。伦恩国王去世后，他们成了阿钦兰深受爱戴的国王和王后。他们的儿子就是阿钦兰历任国王中最鼎鼎有名的拉姆大帝。布里和赫温在纳尼亚过着幸福快乐的生活，一直活到了一大把年纪呢。它们并未结为夫妻，而是各自成家立业。每隔几个月，它们总要单独或结伴奔驰过关口，来安瓦德探望它们的老朋友。

| 书号 | 书名 | 定价 | 作者 |
|---|---|---|---|
| 9787544745048 | 哈姆雷特 | 22.00 | （英国）威廉·莎士比亚 |
| 9787544744560 | 奥赛罗 | 20.00 | （英国）威廉·莎士比亚 |
| 9787544744829 | 李尔王 | 22.80 | （英国）威廉·莎士比亚 |
| 9787544744812 | 麦克白 | 19.80 | （英国）威廉·莎士比亚 |
| 9787544745055 | 威尼斯商人 | 19.80 | （英国）威廉·莎士比亚 |
| 9787544745895 | 无事生非 | 20.00 | （英国）威廉·莎士比亚 |
| 9787544711104 | 仲夏夜之梦 | 22.80 | （英国）威廉·莎士比亚 |
| 9787544731386 | 第十二夜 | 21.80 | （英国）威廉·莎士比亚 |
| 9787544746618 | 罗密欧与朱丽叶 | 22.80 | （英国）威廉·莎士比亚 |
| 9787544726207 | 鲁滨孙漂流记 | 38.80 | （英国）丹尼尔·笛福 |
| 9787544726092 | 双城记 | 48.80 | （英国）查尔斯·狄更斯 |
| 9787544724661 | 雾都孤儿 | 49.80 | （英国）查尔斯·狄更斯 |
| 9787544723473 | 呼啸山庄 | 36.80 | （英国）艾米莉·勃朗特 |
| 9787544727655 | 简·爱 | 39.80 | （英国）夏洛蒂·勃朗特 |
| 9787544723220 | 傲慢与偏见 | 39.80 | （英国）简·奥斯汀 |
| 9787544738668 | 理智与情感 | 49.80 | （英国）简·奥斯汀 |
| 9787544752909 | 劝导 | 38.80 | （英国）简·奥斯汀 |
| 9787544755207 | 诺桑觉寺 | 34.80 | （英国）简·奥斯汀 |
| 9787544736114 | 夜莺与玫瑰 | 20.00 | （英国）奥斯卡·王尔德 |
| 9787544724852 | 道林·格雷的画像 | 32.80 | （英国）奥斯卡·王尔德 |
| 9787544754194 | 莎乐美 | 22.00 | （英国）奥斯卡·王尔德 |
| 9787544720748 | 动物庄园 | 18.00 | （英国）乔治·奥威尔 |
| 9787544720021 | 一九八四 | 29.80 | （英国）乔治·奥威尔 |
| 9787544713115 | 巴黎伦敦落魄记 | 29.80 | （英国）乔治·奥威尔 |
| 9787544750226 | 上来透口气 | 34.80 | （英国）乔治·奥威尔 |
| 9787544744799 | 恋爱中的女人 | 56.00 | （英国）D. H. 劳伦斯 |
| 9787544724081 | 儿子与情人 | 49.80 | （英国）D. H. 劳伦斯 |
| 9787544754682 | 美丽新世界 | 32.80 | （英国）奥尔德斯·赫胥黎 |

| 书号 | 书名 | 定价 | 作者 |
| --- | --- | --- | --- |
| 9787544756983 | 伍尔夫读书随笔 | 26.80 | （英国）弗吉尼亚·伍尔夫 |
| 9787544731812 | 培根论说文集 | 28.00 | （英国）弗朗西斯·培根 |
| 9787544755269 | 曼殊斐尔小说集 | 18.80 | （英国）曼殊菲尔 |
| 9787544726115 | 格列佛游记 | 39.00 | （英国）乔纳森·斯威夫特 |
| 9787544750455 | 小人物日记 | 20.00 | （英国）乔治·格罗史密斯，威登·格罗史密斯 |
| 9787544759250 | 像爱丽丝的小镇 | 45.00 | （英国）内维尔·舒特 |
| 9787544725125 | 勃朗宁夫人十四行诗 | 19.80 | （英国）伊丽莎白·勃朗宁 |
| 9787544720267 | 泰戈尔诗选 | 20.00 | （印度）泰戈尔 |
| 9787544723657 | 马克·吐温中短篇小说选 | 38.80 | （美国）马克·吐温 |
| 9787544750660 | 汤姆·索亚历险记 | 34.80 | （美国）马克·吐温 |
| 9787544751087 | 哈克贝利·费恩历险记 | 38.80 | （美国）马克·吐温 |
| 9787544723213 | 欧·亨利中短篇小说选 | 36.80 | （美国）欧·亨利 |
| 9787544723107 | 野性的呼唤 | 18.00 | （美国）杰克·伦敦 |
| 9787544726122 | 海狼 | 39.00 | （美国）杰克·伦敦 |
| 9787544726436 | 了不起的盖茨比 | 26.80 | （美国）F. S. 菲茨杰拉德 |
| 9787544722568 | 红字 | 28.80 | （美国）纳撒尼尔·霍桑 |
| 9787544738859 | 老人与海 | 22.00 | （美国）欧内斯特·海明威 |
| 9787544733915 | 太阳照常升起 | 29.80 | （美国）欧内斯特·海明威 |
| 9787544733380 | 永别了，武器 | 32.80 | （美国）欧内斯特·海明威 |
| 9787544726627 | 爱伦·坡短篇小说选 | 37.80 | （美国）爱伦·坡 |
| 9787544723206 | 嘉莉妹妹 | 42.80 | （美国）西奥多·德莱塞 |
| 9787544724654 | 都柏林人 | 34.80 | （爱尔兰）詹姆斯·乔伊斯 |
| 9787544759717 | 一个青年艺术家的画像 | 36.80 | （爱尔兰）詹姆斯·乔伊斯 |
| 9787544745857 | 一个陌生女人的来信 | 38.00 | （奥地利）斯蒂芬·茨威格 |
| 9787544758659 | 少年维特的烦恼 | 26.80 | （德国）歌德 |
| 9787544720236 | 契诃夫中短篇小说选 | 29.80 | （俄罗斯）安东·契诃夫 |
| 9787544728409 | 克雷洛夫寓言选 | 22.80 | （俄罗斯）克雷洛夫 |
| 9787544760195 | 父与子 | 38.80 | （俄罗斯）屠格涅夫 |
| 9787544746441 | 猎人笔记 | 46.00 | （俄罗斯）屠格涅夫 |

| 书号 | 书名 | 定价 | 作者 |
| --- | --- | --- | --- |
| 9787544723015 | 白夜 | 28.80 | （俄罗斯）陀思妥耶夫斯基 |
| 9787544727761 | 红与黑 | 49.80 | （法国）司汤达 |
| 9787544723725 | 茶花女 | 29.80 | （法国）小仲马 |
| 9787544725156 | 莫泊桑中短篇小说选 | 36.80 | （法国）居伊·德·莫泊桑 |
| 9787544730129 | 最后一课——都德短篇小说选 | 23.80 | （法国）阿尔封斯·都德 |
| 9787544748254 | 窄门 | 21.80 | （法国）安德烈·纪德 |
| 9787544748223 | 田园交响曲 | 20.00 | （法国）安德烈·纪德 |
| 9787544748230 | 背德者 | 21.80 | （法国）安德烈·纪德 |
| 9787544722360 | 包法利夫人 | 36.80 | （法国）古斯塔夫·福楼拜 |
| 9787544720243 | 沉思录 | 26.80 | （古罗马）马可·奥勒留 |
| 9787544726429 | 里柯克幽默小品选 | 38.80 | （加拿大）斯蒂芬·里柯克 |
| 9787544752916 | 先知·沙与沫 | 29.80 | （黎巴嫩）纪伯伦 |
| 9787544758680 | 泪与笑 | 32.80 | （黎巴嫩）纪伯伦 |
| 9787544738392 | 走出非洲 | 38.80 | （丹麦）凯伦·布里克森 |
| 9787544743075 | 老残游记 | 32.80 | （清）刘鹗 |
| 9787544741439 | 浮生六记 | 25.00 | （清）沈复 |
| 9787544721028 | 假如给我三天光明 | 25.00 | （美国）海伦·凯勒 |
| 9787544720274 | 爱的教育 | 29.80 | （意大利）亚米契斯 |
| 9787544717793 | 安徒生童话 | 29.80 | （丹麦）安徒生 |
| 9787544723589 | 小王子 | 19.80 | （法国）圣埃克苏佩里 |
| 9787544761475 | 丛林故事 | 45.00 | （英国）吉卜林 |
| 9787544722827 | 原来如此 | 18.00 | （英国）吉卜林 |
| 9787544723794 | 爱丽丝漫游奇境记 | 28.80 | （英国）刘易斯·卡罗尔 |
| 9787544752923 | 彼得·潘 | 26.80 | （英国）J. M. 巴里 |
| 9787544757973 | 鹅妈妈的故事 | 22.80 | （法国）沙尔·贝洛 |
| 9787544728164 | 小妇人 | 48.80 | （美国）L. M. 奥尔科特 |
| 9787544752626 | 绿山墙的安妮 | 38.00 | （加拿大）L. M. 蒙哥马利 |
| 9787544754910 | 小公主 | 28.80 | （美国）弗朗西斯·伯内特 |
| 9787544755184 | 秘密花园 | 36.80 | （美国）弗朗西斯·伯内特 |
| 9787544753821 | 黑骏马 | 32.80 | （英国）安娜·塞维尔 |

| 书号 | 书名 | 定价 | 作者 |
| --- | --- | --- | --- |
| 9787544753838 | 怪医杜立德 | 22.80 | (美国) 休·洛夫廷 |
| 9787544757720 | 小熊维尼 | 34.80 | (英国) A. A. 米尔恩 |
| 9787544751919 | 小鹿斑比 | 26.80 | (奥地利) F. 萨尔腾 |
| 9787544754217 | 柳林风声 | 29.80 | (英国) 肯尼斯·格雷厄姆 |
| 9787544754200 | 奥兹国历险记 | 26.80 | (美国) 莱曼·弗兰克·鲍姆 |
| 9787544754859 | 化身博士 | 19.80 | (英国) 罗伯特·史蒂文森 |
| 9787544725071 | 金银岛 | 28.80 | (英国) 罗伯特·史蒂文森 |
| 9787544727174 | 八十天环游地球 | 32.80 | (法国) 儒勒·凡尔纳 |
| 9787544733069 | 海底两万里 | 46.80 | (法国) 儒勒·凡尔纳 |
| 9787544734233 | 神秘岛 | 46.80 | (法国) 儒勒·凡尔纳 |
| 9787544754187 | 地心游记 | 36.80 | (法国) 儒勒·凡尔纳 |
| 9787544733649 | 时间机器 | 18.80 | (英国) H. G. 威尔斯 |
| 9787544757430 | 失落的世界 | 35.80 | (英国) 阿瑟·柯南·道尔 |
| 9787544755658 | 007经典原著系列：金手指 | 36.80 | (英国) 伊恩·弗莱明 |
| 9787544733922 | 消失的地平线 | 25.00 | (英国) 詹姆斯·希尔顿 |
| 9787544723305 | 社会契约论 | 18.80 | (法国) 让－雅克·卢梭 |
| 9787544723299 | 忏悔录 | 25.80 | (法国) 让－雅克·卢梭 |
| 9787544757751 | 论人类不平等的起源和基础 | 22.80 | (法国) 让－雅克·卢梭 |
| 9787544725002 | 君主论 | 16.80 | (意大利) 马基雅弗利 |
| 9787544735414 | 富兰克林自传 | 32.00 | (美国) 本杰明·富兰克林 |
| 9787544720212 | 人性的弱点 | 29.80 | (美国) 戴尔·卡耐基 |
| 9787544721011 | 人性的优点 | 32.80 | (美国) 戴尔·卡耐基 |
| 9787544720250 | 致加西亚的信 | 16.00 | (美国) 埃尔伯特·哈伯德 |
| 9787544757102 | 我们时代的神经症人格 | 29.80 | (美国) 卡伦·霍妮 |
| 9787544754149 | 我们内心的冲突 | 28.80 | (美国) 卡伦·霍妮 |
| 9787544731348 | 菊与刀 | 26.00 | (美国) 露丝·本尼迪克特 |
| 9787544732239 | 中国人的气质 | 26.80 | (美国) 明恩溥 |
| 9787544757393 | 月亮与六便士 | 39.80 | (英国) 萨默塞特·毛姆 |
| 9787544754446 | 木偶奇遇记 | 26.80 | (意大利) 卡洛·科洛迪 |

| 书号 | 书名 | 定价 | 作者 |
| --- | --- | --- | --- |
| 9787544771238 | 面纱 | 49.80 | （英国）萨默塞特·毛姆 |
| 9787544765367 | 刀锋 | 45.00 | （英国）萨默塞特·毛姆 |
| 9787544769501 | 生活的真相<br>——毛姆短篇小说选 | 46.80 | （英国）萨默塞特·毛姆 |
| 9787544765138 | 黑暗的心 | 24.80 | （英国）约瑟夫·康拉德 |
| 9787544767590 | 墙上的斑点<br>——伍尔夫短篇小说选 | 36.80 | （英国）弗吉尼亚·伍尔夫 |
| 9787544763943 | 弗兰肯斯坦 | 34.80 | （英国）玛丽·雪莱 |
| 9787544762700 | 居里夫人的故事 | 33.00 | （英国）埃列娜·多丽 |
| 9787544771511 | 彼得兔的故事 | 38.00 | （英国）毕翠克丝·波特 |
| 9787544762441 | 物种起源 | 49.80 | （英国）达尔文 |
| 9787544764735 | 列那狐 | 26.80 | （英国）威廉·卡克斯顿 |
| 9787544766395 | 狮子、女巫和魔衣柜 | 24.80 | （英国）C. S. 刘易斯 |
| 9787544770996 | 凯斯宾王子 | 36.80 | （英国）C. S. 刘易斯 |
| 9787544771412 | 坎特维尔的幽灵<br>——奥斯卡·王尔德短篇小说选 | 36.80 | （英国）奥斯卡·王尔德 |
| 9787544770569 | 莎士比亚十四行诗集 | 34.80 | （英国）威廉·莎士比亚 |
| 9787544767286 | 摩尔·弗兰德斯 | 42.80 | （英国）丹尼尔·笛福 |
| 9787544765350 | 马丁·伊登 | 49.00 | （美国）杰克·伦敦 |
| 9787544770774 | 热爱生命<br>——杰克·伦敦短篇小说选 | 39.80 | （美国）杰克·伦敦 |
| 9787544766593 | 睡谷的传说<br>——欧文奇幻短篇小说选 | 25.80 | （美国）华盛顿·欧文 |
| 9787544764520 | 牧师的黑面纱<br>——霍桑短篇小说集 | 33.80 | （美国）纳撒尼尔·霍桑 |
| 9787544763868 | 乞力马扎罗的雪<br>——海明威短篇小说选 | 49.80 | （美国）欧内斯特·海明威 |
| 9787544765497 | 西尔维娅·普拉斯诗集 | 32.80 | （美国）西尔维娅·普拉斯 |
| 9787544769402 | 波兰吹号手 | 36.80 | （美国）埃里克·凯利 |
| 9787544768078 | 波莉安娜 | 35.80 | （美国）埃莉诺·波特 |

| 书号 | 书名 | 定价 | 作者 |
| --- | --- | --- | --- |
| 9787544766685 | 彩虹鸽 | 26.80 | （美国）达恩·葛帕·默克奇 |
| 9787544762755 | 小勋爵 | 29.80 | （美国）弗朗西丝·伯内特 |
| 9787544765015 | 如何享受人生，享受工作 | 29.80 | （美国）戴尔·卡耐基 |
| 9787544756655 | 股票大作手回忆录 | 38.00 | （美国）埃德温·勒菲弗 |
| 9787544772327 | 伤心咖啡馆之歌 | 36.80 | （美国）卡森·麦卡勒斯 |
| 9787544768054 | 公主的月亮<br>——詹姆斯·瑟伯童话集 | 29.80 | （美国）詹姆斯·瑟伯 |
| 9787544762656 | 吉檀迦利 | 24.80 | （印度）泰戈尔 |
| 9787544763103 | 园丁集 | 28.00 | （印度）泰戈尔 |
| 9787544765763 | 泰戈尔回忆录 | 32.80 | （印度）泰戈尔 |
| 9787544767231 | 格林童话 | 35.00 | （德国）雅各布·格林<br>威廉·格林 |
| 9787544763974 | 阴谋与爱情 | 26.80 | （德国）弗里德里希·席勒 |
| 9787544772662 | 豪夫童话 | 59.80 | （德国）威廉·豪夫 |
| 9787544765695 | 涡堤孩 | 22.00 | （德国）莫特·福凯 |
| 9787544769198 | 高老头 | 42.80 | （法国）巴尔扎克 |
| 9787544763837 | 昆虫记 | 35.80 | （法国）让－亨利·法布尔 |
| 9787544766807 | 死魂灵 | 42.80 | （俄国）尼古莱·果戈里 |
| 9787544770750 | 老屋子 | 36.80 | （丹麦）卡尔·爱华尔德 |
| 9787544763875 | 小约翰 | 28.80 | （荷兰）F. 望·蔼覃 |
| 9787544765701 | 伊索寓言 | 29.80 | （古希腊）伊索 |
| 9787544772075 | 青鸟 | 32.80 | （比利时）梅特林克 |

图书在版编目（CIP）数据

能言马与男孩：汉英对照 /（英）C.S.刘易斯（Clive Staples Lewis）著；薛丹艳译. —南京：译林出版社，2018.7

（双语译林. 壹力文库）

The Horse and His Boy

ISBN 978-7-5447-7331-7

I.①能… II.①C… ②薛… III.①英语－汉语－对照读物 ②儿童小说－长篇小说－英国－现代 IV. ①H319.4: I

中国版本图书馆 CIP 数据核字（2018）第 075593 号

能言马与男孩 ［英国］C.S.刘易斯 / 著 薛丹艳 / 译

责任编辑 王振华
特约编辑 张艳华
装帧设计 灵动视线
校 对 刘文硕
责任印制 贺 伟

出版发行 译林出版社
地 址 南京市湖南路 1 号 A 楼
邮 箱 yilin@yilin.com
网 址 www.yilin.com
市场热线 010-85376701
排 版 灵动视线
印 刷 三河市华润印刷有限公司
开 本 640 毫米 ×960 毫米 1/16
印 张 10.5
版 次 2018 年 7 月第 1 版 2018 年 7 月第 1 次印刷
书 号 ISBN 978-7-5447-7331-7
定 价 39.80 元

# THE HORSE AND HIS BOY

C. S. Lewis

# CONTENTS

## Chapter I

## HOW SHASTA SET OUT ON HIS TRAVELS

This is the story of an adventure that happened in Narnia and Calormen and the lands between, in the Golden Age when Peter was High King in Narnia and his brother and his two sisters were King and Queens under him.

In those days, far south in Calormen on a little creek of the sea, there lived a poor fisherman called Arsheesh, and with him there lived a boy who called him Father. The boy's name was Shasta. On most days Arsheesh went out in his boat to fish in the morning, and in the afternoon he harnessed his donkey to a cart and loaded the cart with fish and went a mile or so southward to the village to sell it. If it had sold well he would come home in a moderately good temper and say nothing to Shasta, but if it had sold badly he would find fault with him and perhaps beat him. There was always something to find fault with for Shasta had plenty of work to do, mending and washing the nets, cooking the supper, and cleaning the cottage in which they both lived.

Shasta was not at all interested in anything that lay south of his home because he had once or twice been to the village with Arsheesh and he knew that there was nothing very interesting there. In the village he only met other men who were just like his father—men with long, dirty robes, and wooden shoes turned up at the toe, and turbans on their heads, and beards, talking to one another very slowly about things that sounded dull. But he was very interested in everything that lay to the North because no one ever went that way and he was never allowed to go there himself. When he was sitting out of doors mending the nets, and all alone, he would often look eagerly to the North. One could see nothing but a grassy slope running up to a level ridge and beyond that the sky with perhaps a few birds in it.

Sometimes if Arsheesh was there Shasta would say, "O my Father, what is there beyond that hill?" And then if the fisherman was in a bad temper he would box Shasta's ears and tell him to attend to his work. Or if he was in a peaceable mood he would say, "O my son, do not allow your mind to be distracted by idle questions. For one of the poets has said, 'Application to business is the root of prosperity, but those who ask questions that do not concern them are steering the ship of folly towards the rock of indigence.'"

Shasta thought that beyond the hill there must be some delightful secret which his father wished to hide from him. In reality, however, the fisherman talked like this because he didn't know what lay to the North. Neither did he care. He had a very practical mind.

One day there came from the South a stranger who was unlike any man that Shasta had seen before. He rode upon a strong dappled horse with flowing mane and tail and his stirrups and bridle were inlaid with silver. The spike of a helmet projected from the middle of his silken turban and he wore a shirt of chain mail. By his side hung a curving scimitar, a round shield studded with bosses of brass hung at his back, and his right hand grasped a lance. His face was dark, but this did not surprise Shasta because all the people of Calormen are like that; what did surprise him was the man's beard which was dyed crimson, and curled and gleaming with scented oil. But Arsheesh knew by the gold ring on the stranger's bare arm that he was a Tarkaan or great lord, and he bowed kneeling before him till his beard touched the earth and made signs to Shasta to kneel also.

The stranger demanded hospitality for the night which of course the fisherman dared not refuse. All the best they had was set before the Tarkaan for supper (and he didn't think much of it) and Shasta, as always happened when the fisherman had company, was given a hunk of bread and turned out of the cottage. On these occasions he usually slept with the donkey in its little thatched stable. But it was much too early to go to sleep yet, and Shasta, who had never learned that it is wrong to listen behind doors, sat down with his ear to a crack in the wooden wall of the cottage to hear what the grown-ups were talking about. And this is what he heard.

"And now, O my host," said the Tarkaan, "I have a mind to buy that boy of yours."

"O my master," replied the fisherman (and Shasta knew by the wheedling tone the greedy look that was probably coming into his face as he said it), "what price could induce your servant, poor though he is, to sell into slavery his only child and his own flesh? Has not one of the poets said, 'Natural affection is stronger than soup and offspring more precious than carbuncles?'"

"It is even so," replied the guest drily. "But another poet has likewise said, 'He who attempts to deceive the judicious is already baring his own back for the scourge.' Do not load your aged mouth with falsehoods. This boy is manifestly no son of yours, for your cheek is as dark as mine but the boy is fair and white like the accursed but beautiful barbarians who inhabit the remote North."

"How well it was said," answered the fisherman, "that Swords can be kept off with shields but the Eye of Wisdom pierces through every defence! Know then, O my formidable guest, that because of my extreme poverty I have never married and have no child. But in that same year in which the Tisroc (may he live forever) began his august and beneficent reign, on a night when the moon was at her full, it pleased the gods to deprive me of my sleep. Therefore I arose from my bed in this hovel and went forth to the beach to refresh myself with looking upon the water and the moon and breathing the cool air. And presently I heard a noise as of oars coming to me across the water and then, as it were, a weak cry. And shortly after, the tide brought to the land a little boat in which there was nothing but a man lean with extreme hunger and thirst who seemed to have died but a few moments before (for he was still warm), and an empty water-skin, and a child, still living. 'Doubtless,' said I, 'these unfortunates have escaped from the wreck of a great ship, but by the admirable designs of the gods, the elder has starved himself to keep the child alive and has perished in sight of land.' Accordingly, remembering how the gods never fail to reward those who befriend the destitute, and being moved by compassion (for your servant is a man of tender heart)—"

"Leave out all these idle words in your own praise," interrupted the Tarkaan. "It is enough to know that you took the child—and have had ten times the worth of his daily bread out of him in labour, as anyone can see. And now tell me at once what price you put on him, for I am wearied with your loquacity."

"You yourself have wisely said," answered Arsheesh, "that the boy's labour has been to me of inestimable value. This must be taken into account in fixing the price. For if I sell the boy I must undoubtedly either buy or hire another to do his work."

"I'll give you fifteen crescents for him," said the Tarkaan.

"Fifteen!" cried Arsheesh in a voice that was something between a whine and a scream. "Fifteen! For the prop of my old age and the delight of my eyes! Do not mock my grey beard, Tarkaan though you be. My price is seventy."

At this point Shasta got up and tiptoed away. He had heard all he wanted, for he had often listened when men were bargaining in the village and knew how it was done. He was quite certain that Arsheesh would sell him in the end for something much more than fifteen crescents and much less than seventy, but that he and the Tarkaan would take hours in getting to an agreement.

You must not imagine that Shasta felt at all as you and I would feel if we had just overheard our parents talking about selling us for slaves. For one thing, his life was already little better than slavery; for all he knew, the lordly stranger on the great horse might be kinder to him than Arsheesh. For another, the story about his own discovery in the boat had filled him with excitement and with a sense of relief. He had often been uneasy because, try as he might, he had never been able to love the fisherman, and he knew that a boy ought to love his father. And now, apparently, he was no relation to Arsheesh at all. That took a great weight off his mind. "Why, I might be anyone!" he thought. "I might be the son of a Tarkaan myself—or the son of the Tisroc (may he live forever)—or of a god!"

He was standing out in the grassy place before the cottage while he thought these things. Twilight was coming on apace and a star or two was already out, but the remains of the sunset could still be seen in the west. Not far away the stranger's horse, loosely tied to an iron ring in the wall of the donkey's stable, was grazing. Shasta strolled over to it and patted its neck. It went on tearing up the grass and took no notice of him.

Then another thought came into Shasta's mind. "I wonder what sort of a man that Tarkaan is," he said out loud. "It would be splendid if he was kind. Some of the slaves in a great lord's house have next to nothing to do. They wear lovely clothes and eat meat every day. Perhaps he'd take me to the wars and I'd save his life in a battle and then he'd set me free and adopt me as his son and give me a palace and a chariot and a suit of armour. But then he might be a horrid, cruel man. He might send me to work on the fields in chains. I wish I knew. How can I know? I bet this horse knows, if only he could tell me."

The horse had lifted its head. Shasta stroked its smooth-as-satin nose and said, "I wish *you* could talk, old fellow."

And then for a second he thought he was dreaming, for quite distinctly, though in a low voice, the Horse said, "But I can."

Shasta stared into its great eyes and his own grew almost as big, with astonishment.

"How ever did *you* learn to talk?" he asked.

"Hush! Not so loud," replied the Horse. "Where I come from,

nearly all the animals talk."

"Where ever is that?" asked Shasta.

"Narnia," answered the Horse. "The happy land of Narnia—Narnia of the heathery mountains and the thymy downs, Narnia of the many rivers, the plashing glens, the mossy caverns and the deep forests ringing with the hammers of the Dwarfs. Oh the sweet air of Narnia! An hour's life there is better than a thousand years in Calormen." It ended with a whinny that sounded very like a sigh.

"How did you get here?" said Shasta.

"Kidnapped," said the Horse. "Or stolen, or captured—whichever you like to call it. I was only a foal at the time. My mother warned me not to range the Southern slopes, into Archenland and beyond, but I wouldn't heed her. And by the Lion's Mane I have paid for my folly. All these years I have been a slave to humans, hiding my true nature and pretending to be dumb and witless like *their* horses."

"Why didn't you tell them who you were?"

"Not such a fool, that's why. If they'd once found out I could talk they would have made a show of me at fairs and guarded me more carefully than ever. My last chance of escape would have been gone."

"And why—" began Shasta, but the Horse interrupted him.

"Now look," it said, "we mustn't waste time on idle questions. You want to know about my master the Tarkaan Anradin. Well, he's bad. Not too bad to me, for a war horse costs too much to be treated very badly. But you'd better be lying dead tonight than go to be a human slave in his house tomorrow."

"Then I'd better run away," said Shasta, turning very pale.

"Yes, you had," said the Horse. "But why not run away with me?"

"Are you going to run away too?" said Shasta.

"Yes, if you'll come with me," answered the Horse. "This is the chance for both of us. You see if I run away without a rider, everyone who sees me will say 'Stray horse' and be after me as quick as he can. With a rider I've a chance to get through. That's where you can help me. On the other hand, you can't get very far on those two silly legs of yours (what absurd legs humans have!) without being overtaken. But on me you can outdistance any other horse in this country. That's where I can help you. By the way, I suppose you know how to ride?"

"Oh yes, of course," said Shasta. "At least, I've ridden the donkey."

"Ridden the *what*?" retorted the Horse with extreme contempt. (At least, that is what he meant. Actually it came out in a sort of neigh—"Ridden the wha-ha-ha-ha-ha." Talking horses always become more horsey in accent when they are angry.)

"In other words," it continued, "you *can't* ride. That's a drawback. I'll have to teach you as we go along. If you can't ride, can you fall?"

"I suppose anyone can fall," said Shasta.

"I mean can you fall and get up again without crying and mount again and fall again and yet not be afraid of falling?"

"I—I'll try," said Shasta.

"Poor little beast," said the Horse in a gentler tone. "I forget you're only a foal. We'll make a fine rider of you in time. And now—we mustn't start until those two in the hut are asleep. Meantime we can make our plans. My Tarkaan is on his way North to the great city, to Tashbaan itself and the court of the Tisroc—"

"I say," put in Shasta in rather a shocked voice, "oughtn't you to say 'May he live forever?'"

"Why?" asked the Horse. "I'm a free Narnian. And why should I talk slaves' and fools' talk? I don't want him to live forever, and I know that he's not going to live forever whether I want him to or not. And I can see you're from the free North too. No more of this Southern jargon between you and me! And now, back to our plans. As I said, my human was on his way North to Tashbaan."

"Does that mean we'd better go to the South?"

"I think not," said the Horse. "You see, he thinks I'm dumb and witless like his other horses. Now if I really were, the moment I got loose I'd go back home to my stable and paddock; back to his palace which is two days' journey South. That's where he'll look for me. He'd never dream of my going on North on my own. And anyway he will probably think that someone in the last village who saw him ride through has followed us to here and stolen me."

"Oh hurrah!" said Shasta. "Then we'll go North. I've been longing to go to the North all my life."

"Of course you have," said the Horse. "That's because of the blood that's in you. I'm sure you're true Northern stock. But not too loud. I should think they'd be asleep soon now."

"I'd better creep back and see," suggested Shasta.

"That's a good idea," said the Horse. "But take care you're not caught."

It was a good deal darker now and very silent except for the sound of the waves on the beach, which Shasta hardly noticed because he had been hearing it day and night as long as he could remember. The cottage, as he approached it, showed no light. When he listened at the front there was no noise. When he went round to the only window, he could hear, after a second or two, the familiar noise of the old fisherman's squeaky snore. It was funny to think that if all went well he would never hear it again. Holding his breath and feeling a little bit sorry, but much less sorry than he was glad, Shasta glided away over the grass and went to the donkey's stable, groped along to a place he knew where the key was hidden, opened the door and found the Horse's saddle and bridle which had been locked up there for the night. He bent forward and kissed the donkey's nose. "I'm sorry we can't take *you*," he said.

"There you are at last," said the Horse when he got back to it. "I was beginning to wonder what had become of you."

"I was getting your things out of the stable," replied Shasta.

"And now, can you tell me how to put them on?"

For the next few minutes Shasta was at work, very cautiously to avoid jingling, while the Horse said things like, "Get that girth a bit tighter," or "You'll find a buckle lower down," or "You'll need to shorten those stirrups a good bit." When all was finished it said:

"Now; we've got to have reins for the look of the thing, but you won't be using them. Tie them to the saddle-bow: very slack so that I can do what I like with my head. And remember—you are not to touch them."

"What are they for, then?" asked Shasta.

"Ordinarily they are for directing me," replied the Horse. "But as I intend to do all the directing on this journey, you'll please keep your hands to yourself. And there's another thing. I'm not going to have you grabbing my mane."

"But, I say," pleaded Shasta. "If I'm not to hold on by the reins or by your mane, what *am* I to hold on by?"

"You hold on with your knees," said the Horse. "That's the secret of good riding. Grip my body between your knees as hard as you like; sit straight up, straight as a poker; keep your elbows in. And by the way, what did you do with the spurs?"

"Put them on my heels, of course," said Shasta. "I do know that much."

"Then you can take them off and put them in the saddle-bag. We may be able to sell them when we get to Tashbaan. Ready? And now I think you can get up."

"Ooh! You're a dreadful height," gasped Shasta after his first, and unsuccessful attempt.

"I'm a horse, that's all," was the reply. "Anyone would think I was a haystack from the way you're trying to climb up me! There, that's better. Now sit *up* and remember what I told you about your knees. Funny to think of me who has led cavalry charges and won races having a potato-sack like you in the saddle! However, off we go." It chuckled, not unkindly.

And it certainly began their night journey with great caution. First of all it went just south of the fisherman's cottage to the little river which there ran into the sea, and took care to leave in the mud some very plain hoof-marks pointing South. But as soon as they were in the middle of the ford it turned upstream and waded till they were about a hundred yards further inland than the cottage. Then it selected a nice gravelly bit of bank which would take no footprints and came out on the Northern side. Then, still at a walking pace, it went Northward till the cottage, the one tree, the donkey's stable, and the creek—everything, in fact, that Shasta had ever known—had sunk out of sight in the grey summer-night darkness. They had been going uphill and now were at the top of the ridge—that ridge which had always been the boundary of Shasta's known world. He could not see what was ahead except that it was all open and grassy. It looked endless; wild and lonely and free.

"I say!" observed the Horse. "What a place for a gallop, eh?"

"Oh don't let's," said Shasta. "Not yet. I don't know how to—please, Horse. I don't know your name."

"Breehy-hinny-brinny-hoohy-hah," said the Horse.

"I'll never be able to say that," said Shasta. "Can I call you Bree?"

"Well, if it's the best you can do, I suppose you must," said the Horse. "And what shall I call you?"

"I'm called Shasta."

"H'm," said Bree. "Well now, there's a name that's *really* hard to pronounce. But now about this gallop. It's a good deal easier than trotting if you only knew, because you don't have to rise and fall. Grip with your knees and keep your eyes straight ahead between my ears. Don't look at the ground. If you think you're going to fall just grip harder and sit up straighter. Ready? Now: for Narnia and the North."

## Chapter II

## A WAYSIDE ADVENTURE

It was nearly noon on the following day when Shasta was wakened by something warm and soft moving over his face. He opened his eyes and found himself staring into the long face of a horse; its nose and lips were almost touching his. He remembered the exciting events of the previous night and sat up. But as he did so he groaned.

"Ow, Bree," he gasped. "I'm so sore. All over. I can hardly move."

"Good morning, small one," said Bree. "I was afraid you might feel a bit stiff. It can't be the falls. You didn't have more than a dozen or so, and it was all lovely, soft springy turf that must have been almost a pleasure to fall on. And the only one that might have been nasty was broken by that gorse bush. No: it's the riding itself that comes hard at first. What about breakfast? I've had mine."

"Oh bother breakfast. Bother everything," said Shasta. "I tell you I can't move." But the horse nuzzled at him with its nose and pawed him gently with a hoof till he had to get up. And then he looked about him and saw where they were. Behind them lay a little copse. Before them the turf, dotted with white flowers sloped down to the brow of a cliff. Far below them, so that the sound of the breaking waves was very faint, lay the sea. Shasta had never seen it from such a height and never seen so much of it before, nor dreamed how many colours it had. On either hand the coast stretched away, headland after headland, and at the points you could see the white foam running up the rocks but making no noise because it was so far off. There were gulls flying overhead and the heat shivered on the ground; it was a blazing day. But what Shasta chiefly noticed was the air. He couldn't think what was missing, until at last he realised that there was no smell of fish in it. For of course, neither in the cottage nor among the nets, had he ever been away from that smell in his life. And this new air was so delicious, and all his old life seemed so far away, that he forgot for a moment about his bruises and his aching muscles and said:

"I say, Bree, didn't you say something about breakfast?"

"Yes, I did," answered Bree. "I think you'll find something in the saddle-bags. They're over there on that tree where you hung them up last night—or early this morning, rather."

They investigated the saddle-bags and the results were cheering—a meat pasty, only slightly stale, a lump of dried figs and another lump of green cheese, a little flask of wine, and some money; about forty crescents in all, which was more than Shasta had ever seen.

While Shasta sat down—painfully and cautiously—with his back against a tree and started on the pasty, Bree had a few more mouthfuls of grass to keep him company.

"Won't it be stealing to use the money?" asked Shasta.

"Oh," said the Horse, looking up with its mouth full of grass, "I never thought of that. A free horse and a talking horse mustn't steal, of course. But I think it's all right. We're prisoners and captives in enemy country. That money is booty, spoil. Besides, how are we to get any food for you without it? I suppose, like all humans, you won't eat natural food like grass and oats."

"I can't."

"Ever tried?"

"Yes, I have. I can't get it down at all. You couldn't either if you were me."

"You're rum little creatures, you humans," remarked Bree.

When Shasta had finished his breakfast (which was by far the nicest he had ever eaten), Bree said, "I think I'll have a nice roll before we put on that saddle again." And he proceeded to do so. "That's good. That's very good," he said, rubbing his back on the turf and waving all four legs in the air. "You ought to have one too, Shasta," he snorted. "It's most refreshing."

But Shasta burst out laughing and said, "You do look funny when you're on your back!"

"I look nothing of the sort," said Bree. But then suddenly he rolled round on his side, raised his head and looked hard at Shasta, blowing a little.

"Does it really look funny?" he asked in an anxious voice.

"Yes, it does," replied Shasta. "But what does it matter?"

"You don't think, do you," said Bree, "that it might be a thing *talking* horses never do—a silly, clownish trick I've learned from the dumb ones? It would be dreadful to find, when I get back to Narnia, that I've picked up a lot of low, bad habits. What do you think, Shasta? Honestly, now. Don't spare my feelings. Should you think the real, free horses—the talking kind—do roll?"

"How should I know? Anyway I don't think I should bother about it if I were you. We've got to get there first. Do you know the way?"

"I know my way to Tashbaan. After that comes the desert. Oh, we'll manage the desert somehow, never fear. Why, we'll be in sight of the Northern mountains then. Think of it! To Narnia and the North! Nothing will stop us then. But I'd be glad to be past Tashbaan. You and I are safer away from cities."

"Can't we avoid it?"

"Not without going a long way inland, and that would take us into cultivated land and main roads; and I wouldn't know the way. No, we'll just have to creep along the coast. Up here on the downs we'll meet nothing but sheep and rabbits and gulls and a few shepherds. And by the way, what about starting?"

Shasta's legs ached terribly as he saddled Bree and climbed into the saddle, but the Horse was kindly to him and went at a soft pace all afternoon. When evening twilight came they dropped by steep tracks into a valley and found a village. Before they got into it Shasta dismounted and entered it on foot to buy a loaf and some onions and radishes. The Horse trotted round by the fields in the dusk and met Shasta at the far side. This became their regular plan every second night.

These were great days for Shasta, and every day better than the last as his muscles hardened and he fell less often. Even at the end of his training Bree still said he sat like a bag of flour in the saddle. "And even if it was safe, young 'un, I'd be ashamed to be seen with you on the main road." But in spite of his rude words Bree was a patient teacher. No one can teach riding so well as a horse. Shasta learned to trot, to canter, to jump, and to keep his seat even when Bree pulled up suddenly or swung unexpectedly to the left or the right—which, as Bree told him, was a thing you might have to do at any moment in a battle. And then of course Shasta begged to be told of the battles and wars in which Bree had carried the Tarkaan. And Bree would tell of forced marches and the fording of swift rivers, of charges and of fierce fights between cavalry and cavalry, when the war horses fought as well as the men, being all fierce stallions, trained to bite and kick, and to rear at the right moment so that the horse's weight as well as the rider's would come down on an enemy's crest in the stroke of sword or battleaxe. But Bree did not want to talk about the wars as often as Shasta wanted to hear about them. "Don't speak of them, youngster," he would say. "They were only the Tisroc's wars and I fought in them as a slave and a dumb beast. Give me the Narnian wars where I shall fight as a free Horse among my own people! Those will be wars worth talking about. Narnia and the North! Bra-ha-ha! Broo Hoo!"

Shasta soon learned, when he heard Bree talking like that, to prepare for a gallop.

After they had travelled on for weeks and weeks past more bays and headlands and rivers and villages than Shasta could remember, there came a moonlit night when they started their journey at evening, having slept during the day. They had left the downs behind them and were crossing a wide plain with a forest about half a mile away on their left. The sea, hidden by low sand-hills, was about the same distance on their right. They had jogged along for about an hour, sometimes trotting and sometimes walking, when Bree suddenly stopped.

"What's up?" said Shasta.

"S-s-ssh!" said Bree, craning his neck round and twitching his ears. "Did you hear something? Listen."

"It sounds like another horse—between us and the wood," said Shasta after he had listened for about a minute.

"It *is* another horse," said Bree. "And that's what I don't like."

"Isn't it probably just a farmer riding home late?" said Shasta with a yawn.

"Don't tell me!" said Bree. "*That's* not a farmer's riding. Nor a farmer's horse either. Can't you tell by the sound? That's quality, that horse is. And it's being ridden by a real horseman. I tell you what it is, Shasta. There's a Tarkaan under the edge of that wood. Not on his war horse—it's too light for that. On a fine blood mare, I should say."

"Well it's stopped now, whatever it is," said Shasta.

"You're right," said Bree. "And why should he stop just when we do? Shasta, my boy, I do believe there's someone shadowing us at last."

"What shall we do?" said Shasta in a lower whisper than before. "Do you think he can see us as well as hear us?"

"Not in this light so long as we stay quite still," answered Bree. "But look! There's a cloud coming up. I'll wait till that gets over the moon. Then we'll get off to our right as quietly as we can, down to the shore. We can hide among the sandhills if the worst comes to the worst."

They waited till the cloud covered the moon and then, first at a walking pace and afterwards at a gentle trot, made for the shore.

The cloud was bigger and thicker than it had looked at first and soon the night grew very dark. Just as Shasta was saying to himself "We must be nearly at those sandhills by now," his heart leaped into his mouth because an appalling noise had suddenly risen up out of the darkness ahead; a long snarling roar, melancholy and utterly savage. Instantly Bree swerved round and began galloping inland again as fast as he could gallop.

"What is it?" gasped Shasta.

"Lions!" said Bree, without checking his pace or turning his head.

After that there was nothing but sheer galloping for some time. At last they splashed across a wide, shallow stream and Bree came to a stop on the far side. Shasta noticed that he was trembling and sweating all over.

"That water may have thrown the brute off our scent," panted Bree when he had partly got his breath again. "We can walk for a bit now."

As they walked Bree said, "Shasta, I'm ashamed of myself. I'm just as frightened as a common, dumb Calormene horse. I am really. I don't feel like a Talking Horse at all. I don't mind swords and lances and arrows but I can't bear—those creatures. I think I'll trot for a bit."

About a minute later, however, he broke into a gallop again, and no wonder. For the roar broke out again, this time on their left from the direction of the forest.

"Two of them," moaned Bree.

When they had galloped for several minutes without any further noise from the lions Shasta said, "I say! That other horse is galloping beside us now. Only a stone's throw away."

"All the b-better," panted Bree. "Tarkaan on it—will have a

sword—protect us all."

"But Bree!" said Shasta. "We might just as well be killed by lions as caught. Or *I* might. They'll hang me for horse-stealing." He was feeling less frightened of lions than Bree because he had never met a lion; Bree had.

Bree only snorted in answer but he did sheer away to his right. Oddly enough the other horse seemed also to be sheering away to the left, so that in a few seconds the space between them had widened a good deal. But as soon as it did so there came two more lions' roars, immediately after one another, one on the right and the other on the left, and the horses began drawing nearer together. So, apparently, did the lions. The roaring of the brutes on each side was horribly close and they seemed to be keeping up with the galloping horses quite easily. Then the cloud rolled away. The moonlight, astonishingly bright, showed up everything almost as if it were broad day. The two horses and the two riders were galloping neck to neck and knee to knee just as if they were in a race. Indeed Bree said (afterward) that a finer race had never been seen in Calormen.

Shasta now gave himself up for lost and began to wonder whether lions killed you quickly or played with you as a cat plays with a mouse and how much it would hurt. At the same time (one sometimes does this at the most frightful moments) he noticed everything. He saw that the other rider was a very small, slender person, mail-clad (the moon shone on the mail) and riding magnificently. He had no beard.

Something flat and shining was spread out before them. Before Shasta had time even to guess what it was there was a great splash and he found his mouth half full of salt water. The shining thing had been a long inlet of the sea. Both horses were swimming and the water was up to Shasta's knees. There was an angry roaring behind them and looking back Shasta saw a great, shaggy, and terrible shape crouched on the water's edge; but only one. "We must have shaken off the other lion," he thought.

The lion apparently did not think its prey worth a wetting; at any rate it made no attempt to take the water in pursuit. The two horses, side by side, were now well out into the middle of the creek and the opposite shore could be clearly seen. The Tarkaan had not yet spoken a word. "But he will," thought Shasta. "As soon as we have landed. What am I to say? I must begin thinking out a story."

Then, suddenly, two voices spoke at his side.

"Oh, I *am* so tired," said the one. "Hold your tongue, Hwin, and don't be a fool," said the other.

"I'm dreaming," thought Shasta. "I could have sworn that other horse spoke."

Soon the horses were no longer swimming but walking and soon with a great sound of water running off their sides and tails and with a great crunching of pebbles under eight hoofs, they came out on the further beach of the inlet. The Tarkaan, to Shasta's surprise, showed no wish to ask questions. He did not even look at Shasta but seemed anxious to urge his horse straight on. Bree, however, at once shouldered himself in the other horse's way.

"Broo-hoo-hah!" he snorted. "Steady there! I *heard* you, I did. There's no good pretending, Ma'am. *I* heard you. You're a Talking Horse, a Narnian horse just like me."

"What's it got to do with you if she is?" said the strange rider fiercely, laying hand on sword-hilt. But the voice in which the words were spoken had already told Shasta something.

"Why, it's only a girl!" he exclaimed.

"And what business is it of yours if I am *only* a girl?" snapped the stranger. "You're only a boy: a rude, common little boy—a slave probably, who's stolen his master's horse."

"That's all *you* know," said Shasta.

"He's not a thief, little Tarkheena," said Bree. "At least, if there's been any stealing, you might just as well say I stole *him*. And as for its not being my business, you wouldn't expect me to pass a lady of my own race in this strange country without speaking to her?

It's only natural I should."

"I think it's very natural too," said the mare.

"I wish you'd held your tongue, Hwin," said the girl. "Look at the trouble you've got us into."

"I don't know about trouble," said Shasta. "You can clear off as soon as you like. We shan't keep you."

"No, you shan't," said the girl.

"What quarrelsome creatures these humans are," said Bree to the mare. "They're as bad as mules. Let's try to talk a little sense. I take it, ma'am, your story is the same as mine? Captured in early youth—years of slavery among the Calormenes?"

"Too true, sir," said the mare with a melancholy whinny.

"And now, perhaps—escape?"

"Tell him to mind his own business, Hwin," said the girl.

"No, I won't, Aravis," said the mare, putting her ears back. "This is my escape just as much as yours. And I'm sure a noble war horse like this is not going to betray us. We are trying to escape, to get to Narnia."

"And so, of course, are we," said Bree. "Of course you guessed that at once. A little boy in rags riding (or trying to ride) a war horse at dead of night couldn't mean anything but an escape of some sort. And, if I may say so, a high-born Tarkheena riding alone at night—dressed up in her brother's armour—and very anxious for everyone to mind their own business and ask her no questions—well, if that's not fishy, call me a cob!"

"All right then," said Aravis. "You've guessed it. Hwin and I are running away. We are trying to get to Narnia. And now, what about it?"

"Why, in that case, what is to prevent us all going together?" said Bree. "I trust, Madam Hwin, you will accept such assistance and protection as I may be able to give you on the journey?"

"Why do you keep on talking to my horse instead of to me?" asked the girl.

"Excuse me, Tarkheena," said Bree (with just the slightest backward tilt of his ears), "but that's Calormene talk. We're free Narnians, Hwin and I, and I suppose, if you're running away to Narnia, you want to be one too. In that case Hwin isn't your horse any longer. One might just as well say you're *her* human."

The girl opened her mouth to speak and then stopped. Obviously she had not quite seen it in that light before.

"Still," she said after a moment's pause, "I don't know that there's so much point in all going together. Aren't we more likely to be noticed?"

"Less," said Bree; and the mare said, "Oh do let's. I should feel much more comfortable. We're not even certain of the way. I'm sure a great charger like this knows far more than we do."

"Oh come on, Bree," said Shasta, "and let them go their own way. Can't you see they don't want us?"

"We do," said Hwin.

"Look here," said the girl. "I don't mind going with *you*, Mr. War Horse, but what about this boy? How do I know he's not a spy?"

"Why don't you say at once that you think I'm not good enough for you?" said Shasta.

"Be quiet, Shasta," said Bree. "The Tarkheena's question is quite reasonable. I'll vouch for the boy, Tarkheena. He's been true to me and a good friend. And he's certainly either a Narnian or an Archenlander."

"All right, then. Let's go together." But she didn't say anything to Shasta and it was obvious that she wanted Bree, not him.

"Splendid!" said Bree. "And now that we've got the water between us and those dreadful animals, what about you two humans taking off our saddles and our all having a rest and hearing one another's stories."

Both the children unsaddled their horses and the horses had a little grass and Aravis produced rather nice things to eat from her saddlebag. But Shasta sulked and said No thanks, and that he wasn't hungry. And he tried to put on what he thought very grand and stiff manners, but as a fisherman's hut is not usually a good place for learning grand manners, the result was dreadful. And he half knew that it wasn't a success and then became sulkier and more awkward than ever. Meanwhile the two horses were getting on splendidly. They remembered the very same places in Narnia—"the grasslands up above Beaversdam" and found that they were some sort of second cousins once removed. This made things more and more uncomfortable for the humans until at last Bree said, "And now, Tarkheena, tell us your story. And don't hurry it—I'm feeling comfortable now."

Aravis immediately began, sitting quite still and using a rather different tone and style from her usual one. For in Calormen, story-telling (whether the stories are true or made up) is a thing you're taught, just as English boys and girls are taught essay-writing. The difference is that people want to hear the stories, whereas I never heard of anyone who wanted to read the essays.

## Chapter III
## AT THE GATES OF TASHBAAN

"My name," said the girl at once, "is Aravis Tarkheena and I am the only daughter of Kidrash Tarkaan, the son of Rishti Tarkaan, the son of Kidrash Tarkaan, the son of Ilsombreh Tisroc, the son of Ardeeb Tisroc who was descended in a right line from the god Tash. My father is lord of the province of Calavar and is one who has the right of standing on his feet in his shoes before the face of the Tisroc himself (may he live forever). My mother (on whom be the peace of the gods) is dead and my father has married another wife. One of my brothers has fallen in battle against the rebels in the far west and the other is a child. Now it came to pass that my father's wife, my stepmother, hated me and the sun appeared dark in her eyes as long as I lived in my father's house. And so she persuaded my father to promise me in marriage to Ahoshta Tarkaan. Now this Ahoshta is of base birth, though in these latter years he has won the favour of the Tisroc (may he live forever) by flattery and evil counsels, and is now made a Tarkaan and lord of many cities and is likely to be chosen as the Grand Vizier when the present Grand Vizier dies. Moreover he is at least sixty years old and has a hump on his back and his face resembles that of an ape. Nevertheless my father, because of the wealth and power of this Ahoshta, and being persuaded by his wife, sent messengers offering me in marriage, and the offer was favourably accepted and Ahoshta sent word that he would marry me this very year at the time of high summer.

"When this news was brought to me the sun appeared dark in

my eyes and I laid myself on my bed and wept for a day. But on the second day I rose up and washed my face and caused my mare Hwin to be saddled and took with me a sharp dagger which my brother had carried in the western wars and rode out alone. And when my father's house was out of sight and I was come to a green open place in a certain wood where there were no dwellings of men, I dismounted from Hwin my mare and took out the dagger. Then I parted my clothes where I thought the readiest way lay to my heart and I prayed to all the gods that as soon as I was dead I might find myself with my brother. After that I shut my eyes and my teeth and prepared to drive the dagger into my heart. But before I had done so, this mare spoke with the voice of one of the daughters of men and said, 'O my mistress, do not by any means destroy yourself, for if you live you may yet have good fortune but all the dead are dead alike.'"

"I didn't say it half so well as that," muttered the mare.

"Hush, Ma'am, hush," said Bree, who was thoroughly enjoying the story. "She's telling it in the grand Calormene manner and no story-teller in a Tisroc's court could do it better. Pray go on, Tarkheena."

"When I heard the language of men uttered by my mare," continued Aravis, "I said to myself, the fear of death has disordered my reason and subjected me to delusions. And I became full of shame for none of my lineage ought to fear death more than the biting of a gnat. Therefore I addressed myself a second time to the stabbing, but Hwin came near to me and put her head in between me and the dagger and discoursed to me most excellent reasons and rebuked me as a mother rebukes her daughter. And now my wonder was so great that I forgot about killing myself and about Ahoshta and said, 'O my mare, how have you learned to speak like one of the daughters of men?' And Hwin told me what is known to all this company, that in Narnia there are beasts that talk, and how she herself was stolen from thence when she was a little foal.

She told me also of the woods and waters of Narnia and the castles and the great ships, till I said, 'In the name of Tash and Azaroth and Zardeenah, Lady of the Night, I have a great wish to be in that country of Narnia.' 'O my mistress,' answered the mare, 'if you were in Narnia you would be happy, for in that land no maiden is forced to marry against her will.'

"And when we had talked together for a great time hope returned to me and I rejoiced that I had not killed myself. Moreover it was agreed between Hwin and me that we should steal ourselves away together and we planned it in this fashion. We returned to my father's house and I put on my gayest clothes and sang and danced before my father and pretended to for delighted with the marriage which he had prepared be me. Also I said to him, 'O my father and O the delight of my eyes, give me your licence and permission to go with one of my maidens alone for three days into the woods to do secret sacrifices to Zardeenah, Lady of the Night and of Maidens, as is proper and customary for damsels when they must bid farewell to the service of Zardeenah and prepare themselves for marriage.' And he answered, 'O my daughter and O the delight of my eyes, so shall it be.'

"But when I came out from the presence of my father I went immediately to the oldest of his slaves, his secretary, who had dandled me on his knees when I was a baby and loved me more than the air and the light. And I swore him to be secret and begged him to write a certain letter for me. And he wept and implored me to change my resolution but in the end he said, 'To hear is to obey,' and did all my will. And I sealed the letter and hid it in my bosom."

"But what was in the letter?" asked Shasta.

"Be quiet, youngster," said Bree. "You're spoiling the story. She'll tell us all about the letter in the right place. Go on, Tarkheena."

"Then I called the maid who was to go with me to the woods and perform the rites of Zardeenah and told her to wake me very early in the morning. And I became merry with her and gave her wine to drink; but I had mixed such things in her cup that I knew she must sleep for a night and a day. As soon as the household of my father had committed themselves to sleep I arose and put on an armour of my brother's which I always kept in my chamber in his memory. I put into my girdle all the money I had and certain choice jewels and provided myself also with food, and saddled the mare with my own hands and rode away in the second watch of the night. I directed my course not to the woods where my father supposed that I would go but north and east to Tashbaan.

"Now for three days and more I knew that my father would not seek me, being deceived by the words I had said to him. And on the fourth day we arrived at the city of Azim Balda. Now Azim Balda stands at the meeting of many roads and from it the posts of the Tisroc (may he live forever) ride on swift horses to every part of the empire: and it is one of the rights and privileges of the greater Tarkaans to send messages by them. I therefore went to the Chief of the Messengers in the House of Imperial Posts in Azim Balda and said, 'O dispatcher of messages, here is a letter from my uncle Ahoshta Tarkaan to Kidrash Tarkaan lord of Calavar. Take now these five crescents and cause it to be sent to him.' And the Chief of the Messengers said, 'To hear is to obey.'

"This letter was feigned to be written by Ahoshta and this was the signification of the writing: 'Ahoshta Tarkaan to Kidrash Tarkaan, salutation and peace. In the name of Tash the irresistible, the inexorable. Be it known to you that as I made my journey towards your house to perform the contract of marriage between me and your daughter Aravis Tarkheena, it pleased fortune and the gods that I fell in with her in the forest when she had ended the rites and sacrifices of Zardeenah according to the custom of maidens. And when I learned who she was, being delighted with her beauty and discretion, I became inflamed with love and it appeared to me that the sun would be dark to me if I did not marry her at once.

Accordingly I prepared the necessary sacrifices and married your daughter the same hour that I met her and have returned with her to my own house. And we both pray and charge you to come hither as speedily as you may that we may be delighted with your face and speech; and also that you may bring with you the dowry of my wife, which, by reason of my great charges and expenses, I require without delay. And because thou and I are as brothers I assure myself that you will not be angered by the haste of my marriage which is wholly occasioned by the great love I bear your daughter. And I commit you to the care of all the gods.'

"As soon as I had done this I rode on in all haste from Azim Balda, fearing no pursuit and expecting that my father, having received such a letter, would send messages to Ahoshta or go to him himself, and that before the matter was discovered I should be beyond Tashbaan. And that is the pith of my story until this very night when I was chased by lions and met you at the swimming of the salt water."

"And what happened to the girl—the one you drugged?" asked Shasta.

"Doubtless she was beaten for sleeping late," said Aravis coolly. "But she was a tool and spy of my stepmother's. I am very glad they should beat her."

"I say, that was hardly fair," said Shasta.

"I did not do any of these things for the sake of pleasing *you*," said Aravis.

"And there's another thing I don't understand about that story," said Shasta. "You're not grown up, I don't believe you're any older than I am. I don't believe you're as old. How could you be getting married at your age?"

Aravis said nothing, but Bree at once said, "Shasta, don't display your ignorance. They're always married at that age in the great Tarkaan families."

Shasta turned very red (though it was hardly light enough

for the others to see this) and felt snubbed. Aravis asked Bree for his story. Bree told it, and Shasta thought that he put in a great deal more than he needed about the falls and the bad riding. Bree obviously thought it very funny, but Aravis did not laugh. When Bree had finished they all went to sleep.

Next day all four of them, two horses and two humans, continued their journey together. Shasta thought it had been much pleasanter when he and Bree were on their own. For now it was Bree and Aravis who did nearly all the talking. Bree had lived a long time in Calormen and had always been among Tarkaans and Tarkaans' horses, and so of course he knew a great many of the same people and places that Aravis knew. She would always be saying things like "But if you were at the fight of Zulindreh you would have seen my cousin Alimash," and Bree would answer, "Oh, yes, Alimash, he was only captain of the chariots, you know. I don't quite hold with chariots or the kind of horses who draw chariots. That's not real cavalry. But he is a worthy nobleman. He filled my nosebag with sugar after the taking of Teebeth." Or else Bree would say, "I was down at the lake of Mezreel that summer," and Aravis would say, "Oh, Mezreel! I had a friend there, Lasaraleen Tarkheena. What a delightful place it is. Those gardens, and the Valley of the Thousand Perfumes!" Bree was not in the least trying to leave Shasta out of things, though Shasta sometimes nearly thought he was. People who know a lot of the same things can hardly help talking about them, and if you're there you can hardly help feeling that you're out of it.

Hwin the mare was rather shy before a great war horse like Bree and said very little. And Aravis never spoke to Shasta at all if she could help it.

Soon, however, they had more important things to think of. They were getting near Tashbaan. There were more, and larger, villages, and more people on the roads. They now did nearly all their travelling by night and hid as best they could during the day. And at every halt they argued and argued about what they were to do when they reached Tashbaan. Everyone had been putting off this difficulty, but now it could be put off no longer. During these discussions Aravis became a little, a very little, less unfriendly to Shasta; one usually gets on better with people when one is making plans than when one is talking about nothing in particular.

Bree said the first thing now to do was to fix a place where they would all promise to meet on the far side of Tashbaan even if, by any ill luck, they got separated in passing the city. He said the best place would be the Tombs of the Ancient Kings on the very edge of the desert. "Things like great stone beehives," he said, "you can't possibly miss them. And the best of it is that none of the Calormenes will go near them because they think the place is haunted by ghouls and are afraid of it." Aravis asked if it wasn't really haunted by ghouls. But Bree said he was a free Narnian horse and didn't believe in these Calormene tales. And then Shasta said he wasn't a Calormene either and didn't care a straw about these old stories of ghouls. This wasn't quite true. But it rather impressed Aravis (though at the moment it annoyed her too) and of course she said she didn't mind any number of ghouls either. So it was settled that the Tombs should be their assembly place on the other side of Tashbaan, and everyone felt they were getting on very well till Hwin humbly pointed out that the real problem was not where they should go when they had got through Tashbaan but how they were to get through it.

"We'll settle that tomorrow, Ma'am," said Bree. "Time for a little sleep now."

But it wasn't easy to settle. Aravis's first suggestion was that they should swim across the river below the city during the night and not go into Tashbaan at all. But Bree had two reasons against this. One was that the river-mouth was very wide and it would be far too long a swim for Hwin to do, especially with a rider on her back. (He thought it would be too long for himself too, but he said much less about that.) The other was that it would be full of shipping and of course anyone on the deck of a ship who saw two horses swimming past would be almost certain to be inquisitive.

Shasta thought they should go up the river above Tashbaan and cross it where it was narrower. But Bree explained that there were gardens and pleasure houses on both banks of the river for miles and that there would be Tarkaans and Tarkheenas living in them and riding about the roads and having water parties on the river. In fact it would be the most likely place in the world for meeting someone who would recognise Aravis or even himself.

"We'll have to have a disguise," said Shasta.

Hwin said it looked to her as if the safest thing was to go right through the city itself from gate to gate because one was less likely to be noticed in the crowd. But she approved of the idea of disguise as well. She said, "Both the humans will have to dress in rags and look like peasants or slaves. And all Aravis's armour and our saddles and things must be made into bundles and put on our backs, and the children must pretend to drive us and people will think we're only pack-horses."

"My dear Hwin!" said Aravis rather scornfully. "As if anyone could mistake Bree for anything but a war horse however you disguised him!"

"I should think not, indeed," said Bree, snorting and letting his ears go ever so little back.

"I know it's not a *very* good plan," said Hwin. "But I think it's our only chance. And we haven't been groomed for ages and we're not looking quite ourselves (at least, I'm sure I'm not). I do think if we get well plastered with mud and go along with our heads down as if we're tired and lazy—and don't lift our hooves hardly at all—we might not be noticed. And our tails ought to be cut shorter: not neatly, you know, but all ragged."

"My dear Madam," said Bree. "Have you pictured to yourself how very disagreeable it would be to arrive in Narnia in *that* condition?"

"Well," said Hwin humbly (she was a very sensible mare), "the main thing is to get there."

Though nobody much liked it, it was Hwin's plan which had to be adopted in the end. It was a troublesome one and involved a certain amount of what Shasta called stealing, and Bree called "raiding". One farm lost a few sacks that evening and another lost a coil of rope the next: but some tattered old boy's clothes for Aravis to wear had to be fairly bought and paid for in a village. Shasta returned with them in triumph just as evening was closing in. The others were waiting for him among the trees at the foot of a low range of wooded hills which lay right across their path. Everyone was feeling excited because this was the last hill; when they reached the ridge at the top they would be looking down on Tashbaan. "I do wish we were safely past it," muttered Shasta to Hwin. "Oh I do, I do," said Hwin fervently.

That night they wound their way through the woods up to the ridge by a woodcutter's track. And when they came out of the woods at the top they could see thousands of lights in the valley down below them. Shasta had had no notion of what a great city would be like and it frightened him. They had their supper and the children got some sleep. But the horses woke them very early in the morning.

The stars were still out and the grass was terribly cold and wet, but daybreak was just beginning, far to their right across the sea. Aravis went a few steps away into the wood and came back looking odd in her new, ragged clothes and carrying her real ones in a bundle. These, and her armour and shield and scimitar and the two saddles and the rest of the horses' fine furnishings were put into the sacks. Bree and Hwin had already got themselves as dirty and bedraggled as they could and it only remained to shorten their tails. As the only tool for doing this was Aravis's scimitar, one of the packs had to be undone again in order to get it out. It was a longish job and rather hurt the horses.

"My word!" said Bree, "if I wasn't a Talking Horse what a lovely kick in the face I could give you! I thought you were going to cut it, not pull it out. That's what it feels like."

But in spite of semi-darkness and cold fingers all was done in the end, the big packs bound on the horses, the rope halters (which they were now wearing instead of bridles and reins) in the children's hands, and the journey began.

"Remember," said Bree. "Keep together if we possibly can. If not, meet at the Tombs of the Ancient Kings, and whoever gets there first must wait for the others."

"And remember," said Shasta. "Don't you two horses forget yourselves and start *talking*, whatever happens."

## Chapter IV
## SHASTA FALLS IN WITH THE NARNIANS

At first Shasta could see nothing in the valley below him but a sea of mist with a few domes and pinnacles rising from it; but as the light increased and the mist cleared away he saw more and more. A broad river divided itself into two streams and on the island between them stood the city of Tashbaan, one of the wonders of the world. Round the very edge of the island, so that the water lapped against the stone, ran high walls strengthened with so many towers that he soon gave up trying to count them. Inside the walls the island rose in a hill and every bit of that hill, up to the Tisroc's palace and the great temple of Tash at the top, was completely covered with buildings—terrace above terrace, street above street, zigzag roads or huge flights of steps bordered with orange trees and lemon trees, roof-gardens, balconies, deep archways, pillared colonnades, spires, battlements, minarets, pinnacles. And when at last the sun rose out of the sea and the great silver-plated dome of the temple flashed back its light, he was almost dazzled.

"Get on, Shasta," Bree kept saying.

The river banks on each side of the valley were such a mass of gardens that they looked at first like forest, until you got closer and saw the white walls of innumerable houses peeping out from beneath the trees. Soon after that, Shasta noticed a delicious smell of flowers and fruit. About fifteen minutes later they were down among them, plodding on a level road with white walls on each side and trees bending over the walls.

"I say," said Shasta in an awed voice. "This is a wonderful place!"

"I daresay," said Bree. "But I wish we were safely through it and out at the other side. Narnia and the North!"

At that moment a low, throbbing noise began which gradually swelled louder and louder till the whole valley seemed to be swaying with it. It was a musical noise, but so strong and solemn as to be a little frightening.

"That's the horns blowing for the city gates to be open," said Bree. "We shall be there in a minute. Now, Aravis, do droop your shoulders a bit and step heavier and try to look less like a princess. Try to imagine you've been kicked and cuffed and called names all your life."

"If it comes to that," said Aravis, "what about you drooping your head a bit more and arching your neck a bit less and trying to look less like a war horse?"

"Hush," said Bree. "Here we are."

And they were. They had come to the river's edge and the road ahead of them ran along a many-arched bridge. The water danced brightly in the early sunlight; away to their right nearer the river's mouth, they caught a glimpse of ships' masts. Several other travellers were before them on the bridge, mostly peasants driving laden donkeys and mules or carrying baskets on their heads. The children and the horses joined the crowd.

"Is anything wrong?" whispered Shasta to Aravis, who had an odd look on her face.

"Oh it's all very well for *you*," whispered Aravis rather savagely. "What do *you* care about Tashbaan? But I ought to be riding in on a litter with soldiers before me and slaves behind, and perhaps going to a great feast in the Tisroc's palace (may he live forever)—not sneaking in like this. It's different for you."

Shasta thought all this very silly.

At the far end of the bridge the walls of the city towered high above them and the brazen gates stood open in the gateway which was really wide but looked narrow because it was so very high. Half a dozen soldiers, leaning on their spears, stood on each side. Aravis couldn't help thinking, "They'd all jump to attention and salute me if they knew whose daughter I am." But the others were only thinking of how they'd get through and hoping the soldiers would not ask any questions. Fortunately they did not. But one of them picked a carrot out of a peasant's basket and threw it at Shasta with a rough laugh, saying:

"Hey! Horse-boy! You'll catch it if your master finds you've been using his saddle-horse for pack work."

This frightened him badly for of course it showed that no one who knew anything about horses would mistake Bree for anything but a charger.

"It's my master's orders, so there!" said Shasta. But it would have been better if he had held his tongue for the soldier gave him a box on the side of his face that nearly knocked him down and said, "Take that, you young filth, to teach you how to talk to freemen." But they all slunk into the city without being stopped. Shasta cried only a very little; he was used to hard knocks.

Inside the gates Tashbaan did not at first seem so splendid as it had looked from a distance. The first street was narrow and there were hardly any windows in the walls on each side. It was much more crowded than Shasta had expected: crowded partly by the peasants (on their way to market) who had come in with them, but also with water sellers, sweetmeat sellers, porters, soldiers, beggars, ragged children, hens, stray dogs, and bare-footed slaves. What you would chiefly have noticed if you had been there was the smells, which came from unwashed people, unwashed dogs, scent, garlic, onions, and the piles of refuse which lay everywhere.

Shasta was pretending to lead but it was really Bree, who knew the way and kept guiding him by little nudges with his nose. They soon turned to the left and began going up a steep hill. It was much fresher and pleasanter, for the road was bordered by trees and there were houses only on the right side; on the other they looked out over the roofs of houses in the lower town and could see some way up the river. Then they went round a hairpin bend to their right and continued rising. They were zigzagging up to the centre of Tashbaan. Soon they came to finer streets. Great statues of the gods and heroes of Calormen—who are mostly impressive rather than agreeable to look at—rose on shining pedestals. Palm trees and pillared arcades cast shadows over the burning pavements. And through the arched gateways of many a palace Shasta caught sight of green branches, cool fountains, and smooth lawns. It must be nice inside, he thought.

At every turn Shasta hoped they were getting out of the crowd, but they never did. This made their progress very slow, and every now and then they had to stop altogether. This usually happened because a loud voice shouted out "Way, way way, for the Tarkaan," or "for the Tarkheena," or "for the fifteenth Vizier," or "for the Ambassador," and everyone in the crowd would crush back against the walls; and above their heads Shasta would sometimes see the great lord or lady for whom all the fuss was being made, lolling upon a litter which four or even six gigantic slaves carried on their bare shoulders. For in Tashbaan there is only one traffic regulation, which is that everyone who is less important has to get out of the way for everyone who is more important; unless you want a cut from a whip or a punch from the butt end of a spear.

It was in a splendid street very near the top of the city (the Tisroc's palace was the only thing above it) that the most disastrous of these stoppages occurred.

"Way! Way! Way!" came the voice. "Way for the White Barbarian King, the guest of the Tisroc (may he live forever)! Way for the Narnian lords."

Shasta tried to get out of the way and to make Bree go back. But no horse, not even a talking horse from Narnia, backs easily. And a woman with a very edgy basket in her hands, who was just behind Shasta, pushed the basket hard against his shoulders, and said, "Now then! Who are you shoving!" And then someone else jostled him from the side and in the confusion of the moment he lost hold of Bree. And then the whole crowd behind him became so stiffened and packed tight that he couldn't move at all. So he found himself, unintentionally, in the first row and had a fine sight of the party that was coming down the street.

It was quite unlike any other party they had seen that day. The crier who went before it shouting "Way, way!" was the only Calormene in it. And there was no litter; everyone was on foot. There were about half a dozen men and Shasta had never seen anyone like them before. For one thing, they were all as fair-skinned as himself, and most of them had fair hair. And they were not dressed like men of Calormen. Most of them had legs bare to the knee. Their tunics were of fine, bright, hardy colours—woodland green, or gay yellow, or fresh blue. Instead of turbans they wore steel or silver caps, some of them set with jewels, and one with little wings on each side of it. A few were bare-headed. The swords at their sides were long and straight, not curved like Calormene scimitars. And instead of being grave and mysterious like most Calormenes, they walked with a swing and let their arms and shoulders go free, and chatted and laughed. One was whistling. You could see that they were ready to be friends with anyone who was friendly and didn't give a fig for anyone who wasn't. Shasta thought he had never seen anything so lovely in his life.

But there was no time to enjoy it for at once a really dreadful thing happened. The leader of the fair-headed men suddenly pointed at Shasta, cried out, "There he is! There's our runaway!" and seized him by the shoulder. Next moment he gave Shasta a smack—not a cruel one to make you cry but a sharp one to let you know you are in disgrace—and added, shaking:

"Shame on you, my lord! Fie for shame! Queen Susan's eyes are red with weeping because of you. What! Truant for a whole night! Where have you been?"

Shasta would have darted under Bree's body and tried to make himself scarce in the crowd if he had had the least chance; but the fair-haired men were all round him by now and he was held firm.

Of course his first impulse was to say that he was only poor Arsheesh the fisherman's son and that the foreign lord must have mistaken him for someone else. But then, the very last thing he wanted to do in that crowded place was to start explaining who he was and what he was doing. If he started on that, he would soon be asked where he had got his horse from, and who Aravis was—and then, good-bye to any chance of getting through Tashbaan. His next impulse was to look at Bree for help. But Bree had no intention of letting all that crowd know that he could talk, and stood looking just as stupid as a horse can. As for Aravis, Shasta did not even dare to look at her for fear of drawing attention. And there was no time to think, for the leader of the Narnians said at once:

"Take one of his little lordship's hands, Peridan, of your courtesy and I'll take the other. And now, on. Our royal sister's mind will be greatly eased when she sees our young scapegrace safe in our lodging."

And so, before they were half way through Tashbaan, all their plans were ruined, and without even a chance to say good-bye to the others Shasta found himself being marched off among strangers and quite unable to guess what might be going to happen next. The Narnian King—for Shasta began to see by the way the rest spoke to him that he must be a king—kept on asking him questions; where he had been, how he had got out, what he had done with his clothes, and didn't he know that he had been very naughty. Only the king called it "naught" instead of naughty.

And Shasta said nothing in answer, because he couldn't think of anything to say that would not be dangerous.

"What! All mum?" asked the king. "I must plainly tell you, prince, that this hangdog silence becomes one of your blood even less than the scape itself. To run away might pass for a boy's frolic with some spirit in it. But the king's son of Archenland should avouch his deed: not hang his head like a Calormene slave."

This was very unpleasant, for Shasta felt all the time that this young king was the very nicest kind of grown-up and would have liked to make a good impression on him.

The strangers led him—held tightly by both hands—along a narrow street and down a flight of shallow stairs and then up another to a wide doorway in a white wall with two tall, dark cypress trees, one on each side of it. Once through the arch, Shasta found himself in a courtyard which was also a garden. A marble basin of clear water in the centre was kept continually rippling by the fountain that fell into it. Orange trees grew round it out of smooth grass, and the four white walls which surrounded the lawn were covered with climbing roses. The noise and dust and crowding of the streets seemed suddenly far away. He was led rapidly across the garden and then into a dark doorway. The crier remained outside. After that they took him along a corridor, where the stone floor felt beautifully cool to his hot feet, and up some stairs. A moment later he found himself blinking in the light of a big, airy room with wide open windows, all looking North so that no sun came in. There was a carpet on the floor more wonderfully coloured than anything he had ever seen and his feet sank down into it as if he were treading in thick moss. All round the walls there were low sofas with rich cushions on them, and the room seemed to be full of people; very queer people some of them, thought Shasta. But he had no time to think of that before the most beautiful lady he had ever seen rose from her place and threw her arms round him and kissed him, saying:

"Oh Corin, Corin, how could you? And thou and I such close friends ever since thy mother died. And what should I have said to thy royal father if I came home without thee? Would have been a cause almost of war between Archenland and Narnia which are friends time out of mind. It was naught, playmate, very naught of thee to use us so."

"Apparently," thought Shasta to himself, "I'm being mistaken for a prince of Archenland, wherever that is. And these must be the Narnians. I wonder where the real Corin is?" But these thoughts did not help him to say anything out loud.

"Where hast been, Corin?" said the lady, her hands still on Shasta's shoulders.

"I—I don't know," stammered Shasta.

"There it is, Susan," said the King. "I could get no tale out of him, true or false."

"Your Majesties! Queen Susan! King Edmund!" said a voice: and when Shasta turned to look at the speaker he nearly jumped out of his skin with surprise. For this was one of those queer people whom he had noticed out of the corner of his eye when he first came into the room. He was about the same height as Shasta himself. From the waist upwards he was like a man, but his legs were hairy like a goat's, and shaped like a goat's and he had goat's hooves and a tail. His skin was rather red and he had curly hair and a short pointed beard and two little horns. He was in fact a Faun, which is a creature Shasta had never seen a picture of or even heard of. And if you've read a book called *The Lion, the Witch, and the Wardrobe,* you may like to know that this was the very same Faun, Tumnus by name, whom Queen Susan's sister Lucy had met on the very first day when she found her way into Narnia. But he was a good deal older now for by this time Peter and Susan and Edmund and Lucy had been Kings and Queens of Narnia for several years.

"Your Majesties," he was saying, "His little Highness has had a touch of the sun. Look at him! He is dazed. He does not know where he is."

Then of course everyone stopped scolding Shasta and asking him questions and he was made much of and laid on a sofa and cushions were put under his head and he was given iced sherbet in a golden cup to drink and told to keep very quiet.

Nothing like this had ever happened to Shasta in his life before. He had never even imagined lying on anything so comfortable as that sofa or drinking anything so delicious as that sherbet. He was still wondering what had happened to the others and how on earth he was going to escape and meet them at the Tombs, and what would happen when the real Corin turned up again. But none of these worries seemed so pressing now that he was comfortable. And perhaps, later on, there would be nice things to eat!

Meanwhile the people in that cool, airy room were very interesting. Besides the Faun there were two Dwarfs (a kind of creature he had never seen before) and a very large Raven. The rest were all humans; grown-ups, but young, and all of them, both men and women, had nicer faces and voices than most Calormenes. And soon Shasta found himself taking an interest in the conversation. "Now, Madam," the King was saying to Queen Susan (the lady who had kissed Shasta). "What think you? We have been in this city fully three weeks. Have you yet settled in your mind whether you will marry this dark-faced lover of yours, this Prince Rabadash, or no?"

The lady shook her head. "No, brother," she said, "not for all the jewels in Tashbaan." ("Hullo!" thought Shasta. "Although they're king and queen, they're brother and sister, not married to one another.")

"Truly, sister," said the King, "I should have loved you the less if you had taken him. And I tell you that at the first coming of the Tisroc's ambassadors into Narnia to treat of this marriage, and later when the Prince was our guest at Cair Paravel, it was a wonder to me that ever you could find it in your heart to show him so much favour."

"That was my folly, Edmund," said Queen Susan, "of which I cry you mercy. Yet when he was with us in Narnia, truly this Prince bore himself in another fashion than he does now in Tashbaan. For I take you all to witness what marvellous feats he did in that great tournament and hastilude which our brother the High King made for him, and how meekly and courteously he consorted with us the space of seven days. But here, in his own city, he has shown another face."

"Ah!" croaked the Raven. "It is an old saying: see the bear in his own den before you judge of his conditions."

"That's very true, Sallowpad," said one of the Dwarfs. "And another is, Come, live with me and you'll know me."

"Yes," said the King. "We have now seen him for what he is: that is, a most proud, bloody, luxurious, cruel and self-pleasing tyrant."

"Then in the name of Aslan," said Susan, "let us leave Tashbaan this very day."

"There's the rub, sister," said Edmund. "For now I must open to you all that has been growing in my mind these last two days and more. Peridan, of your courtesy look to the door and see that there is no spy upon us. All well? So. For now we must be secret."

Everyone had begun to look very serious. Queen Susan jumped up and ran to her brother. "Oh, Edmund," she cried. "What is it? There is something dreadful in your face."

## Chapter V
## PRINCE CORIN

"My dear sister and very good Lady," said King Edmund, "you must now show your courage. For I tell you plainly we are in no small danger."

"What is it, Edmund?" asked the Queen.

"It is this," said Edmund. "I do not think we shall find it easy to leave Tashbaan. While the Prince had hope that you would take him, we were honoured guests. But by the Lion's Mane, I think that as soon as he has your flat denial we shall be no better than prisoners."

One of the Dwarfs gave a low whistle.

"I warned your Majesties, I warned you," said Sallowpad the Raven. "Easily in but not easily out, as the lobster said in the lobster pot!"

"I have been with the Prince this morning," continued Edmund. "He is little used (more's the pity) to having his will crossed. And he is very chafed at your long delays and doubtful answers. This morning he pressed very hard to know your mind. I put it aside—meaning at the same time to diminish his hopes—with some light common jests about women's fancies, and hinted that his suit was likely to be cold. He grew angry and dangerous. There was a sort of threatening, though still veiled under a show of courtesy, in every word he spoke."

"Yes," said Tumnus. "And when I supped with the Grand Vizier last night, it was the same. He asked me how I liked Tashbaan. And I (for I could not tell him I hated every stone of it and I would not lie) told him that now, when high summer was coming on, my heart turned to the cool woods and dewy slopes of Narnia. He gave a smile that meant no good and said, 'There is nothing to hinder you from dancing there again, little goatfoot; *always provided you leave us in exchange a bride for our prince*.'"

"Do you mean he would make me his wife by force?" exclaimed Susan.

"That's my fear, Susan," said Edmund. "Wife: or slave, which is worse."

"But how can he? Does the Tisroc think our brother the High King would suffer such an outrage?"

"Sire," said Peridan to the King. "They would not be so mad. Do they think there are no swords and spears in Narnia?"

"Alas," said Edmund. "My guess is that the Tisroc has very small fear of Narnia. We are a little land. And little lands on the borders of a great empire were always hateful to the lords of the great empire. He longs to blot them out, gobble them up. When first he suffered the Prince to come to Cair Paravel as your lover, sister, it may be that he was only seeking an occasion against us. Most likely he hopes to make one mouthful of Narnia and Archenland both."

"Let him try," said the second Dwarf. "At sea we are as big as he is. And if he assaults us by land, he has the desert to cross."

"True, friend," said Edmund. "But is the desert a sure defence? What does Sallowpad say?"

"I know that desert well," said the Raven. "For I have flown above it far and wide in my younger days" (you may be sure that Shasta pricked up his ears at this point). "And this is certain; that if the Tisroc goes by the great oasis he can never lead a great army across it into Archenland. For though they could reach the oasis by the end of their first day's march, yet the springs there would be too little for the thirst of all those soldiers and their beasts. But there is another way."

Shasta listened more attentively still.

"He that would find that way," said the Raven, "must start from the Tombs of the Ancient Kings and ride northwest so that the double peak of Mount Pire is always straight ahead of him. And so, in a day's riding or a little more, he shall come to the head of a stony valley, which is so narrow that a man might be within a furlong of it a thousand times and never know that it was there. And looking down this valley he will see neither grass nor water nor anything else good. But if he rides on down it he will come to a river and can ride by that water all the way into Archenland."

"And do the Calormenes know of this Western way?" asked the Queen.

"Friends, friends," said Edmund, "what is the use of all this discourse? We are not asking whether Narnia or Calormen would win if war arose between them. We are asking how to save the honour of the Queen and our own lives out of this devilish city. For though my brother, Peter the High King, defeated the Tisroc a dozen times over, yet long before that day our throats would be cut and the Queen's grace would be the wife, or more likely, the slave, of this prince."

"We have our weapons, King," said the first Dwarf. "And this is a reasonably defensible house."

"As to that," said the King, "I do not doubt that every one of us would sell our lives dearly in the gate and they would not come at the Queen but over our dead bodies. Yet we should be merely rats fighting in a trap when all's said."

"Very true," croaked the Raven. "These last stands in a house make good stories, but nothing ever came of them. After their first few repulses the enemy always set the house on fire."

"I am the cause of all this," said Susan, bursting into tears. "Oh, if only I had never left Cair Paravel. Our last happy day was before those ambassadors came from Calormen. The Moles were planting an orchard for us... oh... oh." And she buried her face in her hands and sobbed.

"Courage, Su, courage," said Edmund. "Remember—but what is the matter with *you*, Master Tumnus?" For the Faun was holding both his horns with his hands as if he were trying to keep his head on by them and writhing to and fro as if he had a pain in his inside.

"Don't speak to me, don't speak to me," said Tumnus. "I'm thinking. I'm thinking so that I can hardly breathe. Wait, wait, do wait."

There was a moment's puzzled silence and then the Faun looked up, drew a long breath, mopped its forehead and said:

"The only difficulty is how to get down to our ship—with some stores, too—without being seen and stopped."

"Yes," said a Dwarf drily. "Just as the beggar's only difficulty about riding is that he has no horse."

"Wait, wait," said Mr. Tumnus impatiently. "All we need is some pretext for going down to our ship today and taking stuff on board."

"Yes," said King Edmund doubtfully.

"Well, then," said the Faun, "how would it be if your Majesties bade the Prince to a great banquet to be held on board our own galleon, the *Splendour Hyaline*, tomorrow night? And let the message be worded as graciously as the Queen can contrive without pledging her honour: so as to give the Prince a hope that she is weakening."

"This is very good counsel, Sire," croaked the Raven.

"And then," continued Tumnus excitedly, "everyone will expect us to be going down to the ship all day, making preparations for our guests. And let some of us go to the bazaars and spend every minim we have at the fruiterers and the sweetmeat sellers and the wine merchants, just as we would if we were really giving a feast. And let us order magicians and jugglers and dancing girls and flute players, all to be on board tomorrow night."

"I see, I see," said King Edmund, rubbing his hands.

"And then," said Tumnus, "we'll all be on board tonight. And as soon as it is quite dark—"

"Up sails and out oars—!" said the King.

"And so to sea," cried Tumnus, leaping up and beginning to dance.

"And our nose Northward," said the first Dwarf.

"Running for home! Hurrah for Narnia and the North!" said the other.

"And the Prince waking next morning and finding his birds flown!" said Peridan, clapping his hands.

"Oh Master Tumnus, dear Master Tumnus," said the Queen, catching his hands and swinging with him as he danced. "You have saved us all."

"The Prince will chase us," said another lord, whose name Shasta had not heard.

"That's the least of my fears," said Edmund. "I have seen all the shipping in the river and there's no tall ship of war nor swift galley there. I wish he may chase us! For the *Splendour Hyaline* could sink anything he has to send after her—if we were overtaken at all."

"Sire," said the Raven. "You shall hear no better plot than the Faun's though we sat in council for seven days. And now, as we birds say, nests before eggs. Which is as much as to say, let us all take our food and then at once be about our business."

Everyone arose at this and the doors were opened and the lords and the creatures stood aside for the King and Queen to go out first. Shasta wondered what he ought to do, but Mr. Tumnus said, "Lie there, your Highness, and I will bring you up a little feast to yourself in a few moments. There is no need for you to move until we are all ready to embark." Shasta laid his head down again on the pillows and soon he was alone in the room.

"This is perfectly dreadful," thought Shasta. It never came into his head to tell these Narnians the whole truth and ask for their help. Having been brought up by a hard, closefisted man like Arsheesh, he had a fixed habit of never telling grown-ups anything if he could help it: he thought they would always spoil or stop whatever you were trying to do. And he thought that even if the Narnian King might be friendly to the two horses, because they were Talking Beasts of Narnia, he would hate Aravis, because she was a Calormene, and either sell her for a slave or send her back to her father. As for himself, "I simply daren't tell them I'm not Prince Corin *now*," thought Shasta. "I've heard all their plans. If they knew I wasn't one of themselves, they'd never let me out of this house alive. They'd be afraid I'd betray them to the Tisroc. They'd kill me. And if the real Corin turns up, it'll all come out, and they will!" He had, you see, no idea of how noble and free-born people behave.

"What am I to do? What am I to do?" he kept saying to himself. "What—hullo, here comes that goaty little creature again."

The Faun trotted in, half dancing, with a tray in its hands which was nearly as large as itself. This he set on an inlaid table beside Shasta's sofa, and sat down himself on the carpeted floor with his goaty legs crossed.

"Now, princeling," he said. "Make a good dinner. It will be your last meal in Tashbaan."

It was a fine meal after the Calormene fashion. I don't know whether you would have liked it or not, but Shasta did. There were lobsters, and salad, and snipe stuffed with almonds and truffles, and a complicated dish made of chicken-livers and rice and raisins and nuts, and there were cool melons and gooseberry fools and mulberry fools, and every kind of nice thing that can be made with ice. There was also a little flagon of the sort of wine that is called "white" though it is really yellow.

While Shasta was eating, the good little Faun, who thought he was still dazed with sunstroke, kept talking to him about the fine times he would have when they all got home; about his good old father King Lune of Archenland and the little castle where he lived on the southern slopes of the pass. "And don't forget," said Mr. Tumnus, "that you are promised your first suit of armour and your first war horse on your next birthday. And then your Highness will begin to learn how to tilt and joust. And in a few years, if all goes well, King Peter has promised your royal father that he himself will make you Knight at Cair Paravel. And in the meantime there will be plenty of comings and goings between Narnia and Archenland across the neck of the mountains. And of course you remember you have promised to come for a whole week to stay with me for the Summer Festival, and there'll be bonfires and all-night dances of Fauns and Dryads in the heart of the woods and, who knows?—we might see Aslan himself!"

When the meal was over the Faun told Shasta to stay quietly where he was. "And it wouldn't do you any harm to have a little sleep," he added. "I'll call you in plenty of time to get on board. And then, Home. Narnia and the North!"

Shasta had so enjoyed his dinner and all the things Tumnus had been telling him that when he was left alone his thoughts took a different turn. He only hoped now that the real Prince Corin would not turn up until it was too late and that he would be taken away to Narnia by ship. I am afraid he did not think at all of what might happen to the real Corin when he was left behind in Tashbaan. He was a little worried about Aravis and Bree waiting for him at the Tombs. But then he said to himself, "Well, how can I help it?" and, "Anyway, that Aravis thinks she's too good to go about with me, so she can jolly well go alone," and at the same time he couldn't help feeling that it would be much nicer going to Narnia by sea than toiling across the desert.

When he had thought all this he did what I expect you would have done if you had been up very early and had a long walk and a great deal of excitement and then a very good meal, and were lying on a sofa in a cool room with no noise in it except when a bee came buzzing in through the wide open windows. He fell asleep.

What woke him was a loud crash. He jumped up off the sofa, staring. He saw at once from the mere look of the room—the lights and shadows all looked different—that he must have slept for several hours. He saw also what had made the crash: a costly porcelain vase which had been standing on the window-sill lay on the floor broken into about thirty pieces. But he hardly noticed all these things. What he did notice was two hands gripping the window-sill from outside. They gripped harder and harder (getting white at the knuckles) and then up came a head and a pair of shoulders. A moment later there was a boy of Shasta's own age sitting astride of the sill with one leg hanging down inside the room.

Shasta had never seen his own face in a looking-glass. Even if he had, he might not have realised that the other boy was (at ordinary times) almost exactly like himself. At the moment this boy was not particularly like anyone for he had the finest black eye you ever saw, and a tooth missing, and his clothes (which must have been splendid ones when he put them on) were torn and dirty, and there was both blood and mud on his face.

"Who are you?" said the boy in a whisper.

"Are you Prince Corin?" said Shasta.

"Yes, of course," said the other. "But who are you?"

"I'm nobody, nobody in particular, I mean," said Shasta. "King Edmund caught me in the street and mistook me for you. I suppose we must look like one another. Can I get out the way you've got in?"

"Yes, if you're any good at climbing," said Corin. "But why are you in such a hurry? I say: we ought to be able to get some fun out of this being mistaken for one another."

"No, no," said Shasta. "We must change places at once. It'll be simply frightful if Mr. Tumnus comes back and finds us both here. I've had to pretend to be you. And you're starting tonight—secretly. And where were you all this time?"

"A boy in the street made a beastly joke about Queen Susan," said Prince Corin, "so I knocked him down. He ran howling into a house and his big brother came out. So I knocked the big brother down. Then they all followed me until we ran into three old men with spears who are called the Watch. So I fought with the Watch and they knocked me down. It was getting dark by now. Then the Watch took me along to lock me up somewhere. So I asked them if they'd like a stoup of wine and they said they didn't mind if they did. Then I took them to a wine shop and got them some and they all sat down and drank till they fell asleep. I thought it was time for me to be off so I came out quietly and then I found the first boy—the one who had started all the trouble—still hanging about. So I knocked him down again. After that I climbed up a pipe on to the roof of a house and lay quiet till it began to get light this morning. Ever since that I've been finding my way back. I say, is there anything to drink?"

"No, I drank it," said Shasta. "And now, show me how you got in. There's not a minute to lose. You'd better lie down on the sofa and pretend—but I forgot. It'll be no good with all those bruises and black eye. You'll just have to tell them the truth, once I'm safely away."

"What else did you think I'd be telling them?" asked the Prince with a rather angry look. "And who are *you*?"

"There's no time," said Shasta in a frantic whisper. "I'm a Narnian, I believe; something Northern anyway. But I've been brought up all my life in Calormen. And I'm escaping: across the desert; with a talking Horse called Bree. And now, quick! How do I get away?"

"Look," said Corin. "Drop from this window on to the roof of the verandah. But you must do it lightly, on your toes, or someone will hear you. Then along to your left and you can get up to the top of that wall if you're any good at all as a climber. Then along the wall to the corner. Drop onto the rubbish heap you will find outside, and there you are."

"Thanks," said Shasta, who was already sitting on the sill. The two boys were looking into each other's faces and suddenly found that they were friends.

"Good-bye," said Corin. "And *good* luck. I do hope you get safe away."

"Good-bye," said Shasta. "I say, you have been having some adventures!"

"Nothing to yours," said the Prince. "Now drop; lightly—I say," he added as Shasta dropped, "I hope we meet in Archenland. Go to my father King Lune and tell him you're a friend of mine. Look out! I hear someone coming."

## Chapter VI
## SHASTA AMONG THE TOMBS

Shasta ran lightly along the roof on tiptoes. It felt hot to his bare feet. He was only a few seconds scrambling up the wall at the far end and when he got to the corner he found himself looking down into a narrow, smelly street, and there was a rubbish heap against the outside of the wall just as Corin had told him. Before jumping down he took a rapid glance round him to get his bearings. Apparently he had now come over the crown of the island-hill on which Tashbaan is built. Everything sloped away before him, flat roofs below flat roofs, down to the towers and battlements of the city's Northern wall. Beyond that was the river and beyond the river a short slope covered with gardens. But beyond that again there was something he had never seen the like of—a great yellowish-grey thing, flat as a calm sea, and stretching for miles. On the far side of it were huge blue things, lumpy but with jagged edges, and some of them with white tops. "The desert! the mountains!" thought Shasta.

He jumped down onto the rubbish and began trotting along downhill as fast as he could in the narrow lane, which soon brought him into a wider street where there were more people. No one bothered to look at a little ragged boy running along on bare feet. Still, he was anxious and uneasy till he turned a corner and there saw the city gate in front of him. Here he was pressed and jostled a bit, for a good many other people were also going out; and on the bridge beyond the gate the crowd became quite a slow procession, more like a queue than a crowd. Out there, with clear running water on each side, it was deliciously fresh after the smell and heat and noise of Tashbaan.

When once Shasta had reached the far end of the bridge he found the crowd melting away; everyone seemed to be going either to the left or right along the river bank. He went straight ahead up a road that did not appear to be much used, between gardens. In a few paces he was alone, and a few more brought him to the top of the slope. There he stood and stared. It was like coming to the end of the world for all the grass stopped quite suddenly a few feet before him and the sand began: endless level sand like on a sea shore but a bit rougher because it was never wet. The mountains, which now looked further off than before, loomed ahead. Greatly to his relief he saw, about five minutes' walk away on his left, what must certainly be the Tombs, just as Bree had described them; great masses of mouldering stone shaped like gigantic beehives, but a little narrower. They looked very black and grim, for the sun was now setting right behind them.

He turned his face West and trotted towards the tombs. He could not help looking out very hard for any sign of his friends, though the setting sun shone in his face so that he could see hardly anything. "And anyway," he thought, "of course they'll be round on the far side of the farthest Tomb, not this side where anyone might see them from the city."

There were about twelve Tombs, each with a low arched doorway that opened into absolute blackness. They were dotted about in no kind of order, so that it took a long time, going round this one and going round that one, before you could be sure that you had looked round every side of every tomb. This was what Shasta had to do. There was nobody there.

It was very quiet here out on the edge of the desert; and now the sun had really set.

Suddenly from somewhere behind him there came a terrible sound. Shasta's heart gave a great jump and he had to bite his tongue to keep himself from screaming. Next moment he realised what it was: the horns of Tashbaan blowing for the closing of the gates. "Don't be a silly little coward," said Shasta to himself. "Why, it's only the same noise you heard this morning." But there is a great difference between a noise heard letting you in with your friends in the morning, and a noise heard alone at nightfall, shutting you out. And now that the gates were shut he knew there was no chance of the others joining him that evening. "Either they're shut up in Tashbaan for the night," thought Shasta, "or else they've gone on without me. It's just the sort of thing that Aravis would do. But Bree wouldn't. Oh, he wouldn't—now, would he?"

In this idea about Aravis Shasta was once more quite wrong. She was proud and could be hard enough but she was as true as steel and would never have deserted a companion, whether she liked him or not.

Now that Shasta knew he would have to spend the night alone (it was getting darker every minute) he began to like the look of the place less and less. There was something very uncomfortable about those great, silent shapes of stone. He had been trying his hardest for a long time not to think of ghouls: but he couldn't keep it up any longer.

"Ow! Ow! Help!" he shouted suddenly, for at that very moment he felt something touch his leg. I don't think anyone can be blamed for shouting if something comes up from behind and touches him; not in such a place and at such a time, when he is frightened already. Shasta at any rate was too frightened to run. Anything would be better than being chased round and round the burial places of the Ancient Kings with something he dared not look at behind him. Instead, he did what was really the most sensible thing he could do. He looked round; and his heart almost burst with relief. What had touched him was only a cat.

The light was too bad now for Shasta to see much of the cat except that it was big and very solemn. It looked as if it might have lived for long, long years among the tombs, alone. Its eyes made you think it knew secrets it would not tell.

"Puss, puss," said Shasta. "I suppose you're not a *talking* cat."

The cat stared at him harder than ever. Then it started walking away, and of course Shasta followed it. It led him right through the Tombs and out on the desert side of them. There it sat down bolt upright with its tail curled round its feet and its face set towards the desert and towards Narnia and the North, as still as if it were watching for some enemy. Shasta lay down beside it with his back against the cat and his face towards the Tombs, because if one is nervous there's nothing like having your face towards the danger and having something warm and solid at your back. The sand wouldn't have seemed very comfortable to you, but Shasta had been sleeping on the ground for weeks and hardly noticed it. Very soon he fell asleep, though even in his dreams he went on wondering what had happened to Bree and Aravis and Hwin.

He was wakened suddenly by a noise he had never heard before. "Perhaps it was only a nightmare," said Shasta to himself. At the same moment he noticed that the cat had gone from his back, and he wished it hadn't. But he lay quite still without even opening his eyes because he felt sure he would be more frightened if he sat up and looked round at the Tombs and the loneliness: just as you or I might lie still with the clothes over our heads. But then the noise came again—a harsh, piercing cry from behind him out of the desert. Then of course he had to open his eyes and sit up.

The moon was shining brightly. The Tombs—far bigger and nearer than he had thought they would be—looked grey in the moonlight. In fact, they looked horribly like huge people, draped in grey robes that covered their heads and faces. They were not at all nice things to have near you when spending a night alone in a strange place. But the noise had come from the opposite side, from the desert. Shasta had to turn his back on the Tombs (he didn't like that much) and stare out across the level sand. The wild cry rang out again.

"I hope it's not more lions," thought Shasta. It was in fact not very like the lion's roars he had heard on the night when they met Hwin and Aravis, and was really the cry of a jackal. But of course Shasta did not know this. Even if he had known, he would not have wanted very much to meet a jackal.

The cries rang out again and again. "There's more than one of them, whatever they are," thought Shasta. "And they're coming nearer."

I suppose that if he had been an entirely sensible boy he would have gone back through the Tombs nearer to the river where there were houses, and wild beasts would be less likely to come. But then there were (or he thought there were) the ghouls. To go back through the Tombs would mean going past those dark openings in the Tombs; and what might come out of them? It may have been silly, but Shasta felt he had rather risk the wild beasts. Then, as the cries came nearer and nearer, he began to change his mind.

He was just going to run for it when suddenly, between him and the desert, a huge animal bounded into view. As the moon was behind it, it looked quite black, and Shasta did not know what it was, except that it had a very big, shaggy head and went on four legs. It did not seem to have noticed Shasta, for it suddenly stopped, turned its head towards the desert and let out a roar which re-echoed through the Tombs and seemed to shake the sand under Shasta's feet. The cries of the other creatures suddenly stopped and he thought he could hear feet scampering away. Then the great beast turned to examine Shasta.

"It's a lion, I know it's a lion," thought Shasta. "I'm done. I wonder will it hurt much. I wish it was over. I wonder does anything happen to people after they're dead. O-o-oh! Here it comes!" And he shut his eyes and his teeth tight.

But instead of teeth and claws he only felt something warm lying down at his feet. And when he opened his eyes he said, "Why, it's not nearly as big as I thought! It's only half the size. No, it isn't even quarter the size. I do declare it's only the cat!! I must have dreamed all that about its being as big as a horse."

And whether he really had been dreaming or no, what was now lying at his feet, and staring him out of countenance with its big, green, unwinking eyes, was the cat; though certainly one of the largest cats he had ever seen.

"Oh Puss," gasped Shasta. "I *am* so glad to see you again. I've been having such horrible dreams." And he at once lay down again, back to back with the cat as they had been at the beginning of the night. The warmth from it spread all over him.

"I'll never do anything nasty to a cat again as long as I live," said Shasta, half to the cat and half to himself. "I did once, you know. I threw stones at a half-starved mangy old stray. Hey! Stop that." For the cat had turned round and given him a scratch. "None of that," said Shasta. "It isn't as if you could understand what I'm saying." Then he dozed off.

Next morning when he woke, the cat was gone, the sun was already up, and the sand hot. Shasta, very thirsty, sat up and rubbed his eyes. The desert was blindingly white and, though there was a murmur of noises from the city behind him, where he sat everything was perfectly still. When he looked a little left and west, so that the sun was not in his eyes, he could see the mountains on the far side of the desert, so sharp and clear that they looked only a stone's throw away. He particularly noticed one blue height that divided into two peaks at the top and decided that it must be Mount Pire. "That's our direction, judging by what the Raven said," he thought, "so I'll just make sure of it, so as not to waste any time when the others turn up." So he made a good, deep straight furrow with his foot pointing exactly to Mount Pire.

The next job, clearly, was to get something to eat and drink. Shasta trotted back through the Tombs—they looked quite ordinary now and he wondered how he could ever have been afraid of them—and down into the cultivated land by the river's side. There were a few people about but not very many, for the city gates had been open several hours and the early morning crowds had already gone in. So he had no difficulty in doing a little "raiding" (as Bree called it). It involved a climb over a garden wall and the results were three oranges, a melon, a fig or two, and a pomegranate. After that, he went down to the river bank, but not too near the bridge and had a drink. The water was so nice that he took off his hot, dirty clothes and had a dip; for of course Shasta, having lived on the shore all his life, had learned to swim almost as soon as he had learned to walk. When he came out he lay on the grass looking across the water at Tashbaan—all the splendour and strength and glory of it. But that made him remember the dangers of it too. He suddenly realised that the others might have reached the Tombs while he was bathing ("and gone on without me, as likely as not"), so he dressed in a fright and tore back at such a speed that he was all hot and thirsty when he arrived and so the good of his bathe was gone.

Like most days when you are alone and waiting for something this day seemed about a hundred hours long. He had plenty to think of, of course, but sitting alone, just thinking, is pretty slow. He thought a good deal about the Narnians and especially about Corin. He wondered what had happened when they discovered that the boy who had been lying on the sofa and hearing all their secret plans wasn't really Corin at all. It was very unpleasant to think of all those nice people imagining him a traitor.

But as the sun slowly, slowly climbed up to the top of the sky and then slowly, slowly began going downwards to the West, and no one came and nothing at all happened, he began to get more and more anxious. And of course he now realised that when they arranged to wait for one another at the Tombs no one had said anything about How Long. He couldn't wait here for the rest of his life! And soon it would be dark again, and he would have another night just like last night. A dozen different plans went through his head, all wretched ones, and at last he fixed on the worst plan of all. He decided to wait till it was dark and then go back to the river and steal as many melons as he could carry and set out for Mount Pire alone, trusting for his direction to the line he had drawn that morning in the sand. It was a crazy idea and if he had read as many books as you have about journeys over deserts he would never have dreamed of it. But Shasta had read no books at all.

But before the sun set something did happen. Shasta was sitting in the shadow of one of the Tombs when he looked up and saw two horses coming towards him. Then his heart gave a great leap, for he recognised them as Bree and Hwin. But next moment his heart went down into his toes again. There was no sign of Aravis. The horses were being led by a strange man, an armed man pretty handsomely dressed like an upper slave in a great family. Bree and Hwin were no longer got up like pack-horses, but saddled and bridled. And what could it all mean? "It's a trap," thought Shasta. "Somebody has caught Aravis and perhaps they've tortured her and she's given the whole thing away. They want me to jump out and run up and speak to Bree and then I'll be caught too! And yet if I don't, I may be losing my only chance to meet the others. Oh I do wish I knew what had happened." And he skulked behind the Tomb, looking out every few minutes, and wondering which was the least dangerous thing to do.

# Chapter VII
## ARAVIS IN TASHBAAN

What had really happened was this. When Aravis saw Shasta hurried away by the Narnians and found herself alone with two horses who (very wisely) wouldn't say a word, she never lost her head even for a moment. She grabbed Bree's halter and stood still, holding both the horses; and though her heart was beating as hard as a hammer, she did nothing to show it. As soon as the Narnian lords had passed she tried to move on again. But before she could take a step, another crier ("Bother all these people," thought Aravis) was heard shouting out, "Way, way, way! Way for the Tarkheena Lasaraleen!" and immediately, following the crier, came four armed slaves and then four bearers carrying a litter which was all a-flutter with silken curtains and all a-jingle with silver bells and which scented the whole street with perfumes and flowers. After the litter, female slaves in beautiful clothes, and then a few grooms, runners, pages, and the like. And now Aravis made her first mistake.

She knew Lasaraleen quite well—almost as if they had been at school together—because they had often stayed in the same houses and been to the same parties. And Aravis couldn't help looking up to see what Lasaraleen looked like now that she was married and a very great person indeed.

It was fatal. The eyes of the two girls met. And immediately Lasaraleen sat up in the litter and burst out at the top of her voice.

"Aravis! What on earth are you doing here? Your father—"

There was not a moment to lose. Without a second's delay

Aravis let go the horses, caught the edge of the litter, swung herself up beside Lasaraleen and whispered furiously in her ear.

"Shut up! Do you hear! Shut up. You must hide me. Tell your people—"

"But darling—" began Lasaraleen in the same loud voice. (She didn't in the least mind making people stare; in fact she rather liked it.)

"Do what I tell you or I'll never speak to you again," hissed Aravis. "Please, please be quick, Las. It's frightfully important. Tell your people to bring those two horses along. Pull all the curtains of the litter and get away somewhere where I can't be found. And do *hurry*."

"All right, darling," said Lasaraleen in her lazy voice. "Here. Two of you take the Tarkheena's horses." (This was to the slaves.) "And now home. I say, darling, do you think we really want the curtains drawn on a day like this? I mean to say—"

But Aravis had already drawn the curtains, enclosing Lasaraleen and herself in a rich and scented, but rather stuffy, kind of tent.

"I mustn't be seen," she said. "My father doesn't know I'm here. I'm running away."

"My dear, how perfectly thrilling," said Lasaraleen. "I'm dying to hear all about it. Darling, you're sitting on my dress. Do you mind? That's better. It is a new one. Do you like it? I got it at—"

"Oh, Las, do be serious," said Aravis. "Where is my father?"

"Didn't you know?" said Lasaraleen. "He's here, of course. He came to town yesterday and is asking about you everywhere. And to think of you and me being here together and his not knowing anything about it! It's the funniest thing I ever heard." And she went off into giggles. She always had been a terrible giggler, as Aravis now remembered.

"It isn't funny at all," she said. "It's dreadfully serious. Where can you hide me?"

"No difficulty at all, my dear girl," said Lasaraleen. "I'll take you home. My husband's away and no one will see you. Phew! It's not much fun with the curtains drawn. I want to see people. There's no point in having a new dress on if one's to go about shut up like this."

"I hope no one heard you when you shouted out to me like that," said Aravis.

"No, no, of course, darling," said Lasaraleen absent-mindedly. "But you haven't even told me yet what you think of the dress."

"Another thing," said Aravis. "You must tell your people to treat those two horses very respectfully. That's part of the secret. They're really Talking Horses from Narnia."

"Fancy!" said Lasaraleen. "How exciting! And oh, darling, have you seen the barbarian queen from Narnia? She's staying in Tashbaan at present. They say Prince Rabadash is madly in love with her. There have been the most wonderful parties and hunts and things all this last fortnight. I can't see that she's so very pretty myself. But some of the Narnian *men* are lovely. I was taken out on a river party the day before yesterday, and I was wearing my—"

"How shall we prevent your people telling everyone that you've got a visitor—dressed like a beggar's brat—in your house? It might so easily get round to my father."

"Now don't keep on fussing, there's a dear," said Lasaraleen. "We'll get you some proper clothes in a moment. And here we are!"

The bearers had stopped and the litter was being lowered. When the curtains had been drawn Aravis found that she was in a courtyard-garden very like the one that Shasta had been taken into a few minutes earlier in another part of the city. Lasaraleen would have gone indoors at once but Aravis reminded her in a frantic whisper to say something to the slaves about not telling anyone of their mistress's strange visitor.

"Sorry, darling, it had gone right out of my head," said Lasaraleen. "Here. All of you. And you, doorkeeper. No one is to be let out of the house today. And anyone I catch talking about this young lady will be first beaten to death and then burned alive and after that be kept on bread and water for six weeks. There."

Although Lasaraleen had said she was dying to hear Aravis's story, she showed no sign of really wanting to hear it at all. She was, in fact, much better at talking than at listening. She insisted on Aravis having a long and luxurious bath (Calormene baths are famous) and then dressing her up in the finest clothes before she would let her explain anything. The fuss she made about choosing the dresses nearly drove Aravis mad. She remembered now that Lasaraleen had always been like that, interested in clothes and parties and gossip. Aravis had always been more interested in bows and arrows and horses and dogs and swimming. You will guess that each thought the other silly. But when at last they were both seated after a meal (it was chiefly of the whipped cream and jelly and fruit and ice sort) in a beautiful pillared room (which Aravis would have liked better if Lasaraleen's spoiled pet monkey hadn't been climbing about it all the time) Lasaraleen at last asked her why she was running away from home.

When Aravis had finished telling her story, Lasaraleen said, "But darling, why *don't* you marry Ahoshta Tarkaan? Everyone's crazy about him. My husband says he is beginning to be one of the greatest men in Calormen. He has just been made Grand Vizier now old Axartha has died. Didn't you know?"

"I don't care. I can't stand the sight of him," said Aravis.

"But darling, only think! Three palaces, and one of them that beautiful one down on the lake at Ilkeen. Positively ropes of pearls, I'm told. Baths of asses' milk. And you'd see such a lot of *me*."

"He can keep his pearls and palaces as far as I'm concerned," said Aravis.

"You always *were* a queer girl, Aravis," said Lasaraleen. "What more *do* you want?"

In the end, however, Aravis managed to make her friend believe that she was in earnest and even to discuss plans. There would be no difficulty now about getting the two horses out of the North gate and then on to the Tombs. No one would stop or question a groom in fine clothes leading a war horse and a lady's saddle horse down to the river, and Lasaraleen had plenty of grooms to send. It wasn't so easy to decide what to do about Aravis herself. She suggested that she could be carried out in the litter with the curtains drawn. But Lasaraleen told her that litters were only used in the city and the sight of one going out through the gate would be certain to lead to questions.

When they had talked for a long time—and it was all the longer because Aravis found it hard to keep her friend to the point—at last Lasaraleen clapped her hands and said, "Oh, I have an idea. There is *one* way of getting out of the city without using the gates. The Tisroc's garden (may he live forever!) runs right down to the water and there is a little water-door. Only for the palace people of course—but then you know, dear (here she tittered a little) we almost *are* palace people. I say, it is lucky for you that you came to *me*. The dear Tisroc (may he live forever!) is *so* kind. We're asked to the palace almost every day and it is like a second home. I love all the dear princes and princesses and I positively *adore* Prince Rabadash. I might run in and see any of the palace ladies at any hour of the day or night. Why shouldn't I slip in with you, after dark, and let you out by the water-door? There are always a few punts and things tied up outside it. And even if we were caught—"

"All would be lost," said Aravis.

"Oh darling, don't get so excited," said Lasaraleen. "I was going to say, even if we were caught everyone would only say it was one of my mad jokes. I'm getting quite well known for them. Only the other day—do listen, dear, this is frightfully funny—"

"I meant, all would be lost *for* me," said Aravis a little sharply.

"Oh—ah—yes—I *do* see what you mean, darling. Well, can you think of any better plan?"

Aravis couldn't, and answered, "No. We'll have to risk it. When can we start?"

"Oh, not tonight," said Lasaraleen. "Of course not tonight. There's a great feast on tonight (I must start getting my hair done for it in a few minutes) and the whole place will be a blaze of lights. And such a crowd too! It would have to be tomorrow night."

This was bad news for Aravis, but she had to make the best of it. The afternoon passed very slowly and it was a relief when Lasaraleen went out to the banquet, for Aravis was very tired of her giggling and her talk about dresses and parties, weddings and engagements and scandals. She went to bed early and that part she did enjoy: it was so nice to have pillows and sheets again.

But the next day passed very slowly. Lasaraleen wanted to go back on the whole arrangement and kept on telling Aravis that Narnia was a country of perpetual snow and ice inhabited by demons and sorcerers, and she was mad to think of going there. "And with a peasant boy, too!" said Lasaraleen. "Darling, think of it! It's not Nice." Aravis had thought of it a good deal, but she was so tired of Lasaraleen's silliness by now that, for the first time, she began to think that travelling with Shasta was really rather more fun than fashionable life in Tashbaan. So she only replied, "You forget that I'll be a nobody, just like him, when we get to Narnia. And anyway, I promised."

"And to think," said Lasaraleen, almost crying, "that if only you had sense you could be the wife of a Grand Vizier!" Aravis went away to have a private word with the horses.

"You must go with a groom a little before sunset down to the Tombs," she said. "No more of those packs. You'll be saddled and bridled again. But there'll have to be food in Hwin's saddle-bags and a full water-skin behind yours, Bree. The man has orders to let you both have a good long drink at the far side of the bridge."

"And then, Narnia and the North!" whispered Bree. "But what if Shasta is not at the Tombs?"

"Wait for him of course," said Aravis. "I hope you've been

quite comfortable."

"Never better stabled in my life," said Bree. "But if the husband of that tittering Tarkheena friend of yours is paying his head groom to get the best oats, then I think the head groom is cheating him."

Aravis and Lasaraleen had supper in the pillared room.

About two hours later they were ready to start. Aravis was dressed to look like a superior slave-girl in a great house and wore a veil over her face. They had agreed that if any questions were asked Lasaraleen would pretend that Aravis was a slave she was taking as a present to one of the princesses.

The two girls went out on foot. A very few minutes brought them to the palace gates. Here there were of course soldiers on guard but the officer knew Lasaraleen quite well and called his men to attention and saluted. They passed at once into the Hall of Black Marble. A fair number of courtiers, slaves and others were still moving about here but this only made the two girls less conspicuous. They passed on into the Hall of Pillars and then into the Hall of Statues and down the colonnade, passing the great beaten-copper doors of the throne room. It was all magnificent beyond description; what they could see of it in the dim light of the lamps.

Presently they came out into the garden-court which sloped downhill in a number of terraces. On the far side of that they came to the Old Palace. It had already grown almost quite dark and they now found themselves in a maze of corridors lit only by occasional torches fixed in brackets to the walls. Lasaraleen halted at a place where you had to go either left or right.

"Go on, do go on," whispered Aravis, whose heart was beating terribly and who still felt that her father might run into them at any corner.

"I'm just wondering..." said Lasaraleen. "I'm not absolutely sure which way we go from here. I *think* it's the left. Yes, I'm almost sure it's the left. What fun this is!"

They took the left hand way and found themselves in a passage that was hardly lighted at all and which soon began going down steps.

"It's all right," said Lasaraleen. "I'm sure we're right now. I remember these steps." But at that moment a moving light appeared ahead. A second later there appeared from round a distant corner, the dark shapes of two men walking backwards and carrying tall candles. And of course it is only before royalties that people walk backwards. Aravis felt Lasaraleen grip her arm—that sort of sudden grip which is almost a pinch and which means that the person who is gripping you is very frightened indeed. Aravis thought it odd that Lasaraleen should be so afraid of the Tisroc if he were really such a friend of hers, but there was no time to go on thinking. Lasaraleen was hurrying her back to the top of the steps, on tiptoe, and groping wildly along the wall.

"Here's a door," she whispered. "Quick."

They went in, drew the door very softly behind them, and found themselves in pitch darkness. Aravis could hear by Lasaraleen's breathing that she was terrified.

"Tash preserve us!" whispered Lasaraleen. "What *shall* we do if he comes in here. Can we hide?"

There was a soft carpet under their feet. They groped forward into the room and blundered onto a sofa.

"Let's lie down behind it," whimpered Lasaraleen. "Oh, I *do* wish we hadn't come."

There was just room between the sofa and the curtained wall and the two girls got down. Lasaraleen managed to get the better position and was completely covered. The upper part of Aravis's face stuck out beyond the sofa, so that if anyone came into that room with a light and happened to look in exactly the right place they would see her. But of course, because she was wearing a veil, what they saw would not at once look like a forehead and a pair of eyes. Aravis shoved desperately to try to make Lasaraleen give her a little more room. But Lasaraleen, now quite selfish in her panic, fought back and pinched her feet. They gave it up and lay still, panting a little. Their own breath seemed dreadfully noisy, but there was no other noise.

"Is it safe?" said Aravis at last in the tiniest possible whisper.

"I—I—*think* so," began Lasaraleen. "But my poor nerves—" and then came the most terrible noise they could have heard at that moment: the noise of the door opening. And then came light. And because Aravis couldn't get her head any further in behind the sofa, she saw everything.

First came the two slaves (deaf and dumb, as Aravis rightly guessed, and therefore used at the most secret councils) walking backwards and carrying the candles. They took up their stand one at each end of the sofa. This was a good thing, for of course it was now harder for anyone to see Aravis once a slave was in front of her and she was looking between his heels. Then came an old man, very fat, wearing a curious pointed cap by which she immediately knew that he was the Tisroc. The least of the jewels with which he was covered was worth more than all the clothes and weapons of the Narnian lords put together: but he was so fat and such a mass of frills and pleats and bobbles and buttons and tassels and talismans that Aravis couldn't help thinking the Narnian fashions (at any rate for men) looked nicer. After him came a tall young man with a feathered and jewelled turban on his head and an ivory-sheathed scimitar at his side. He seemed very excited and his eyes and teeth flashed fiercely in the candlelight. Last of all came a little hump-backed, wizened old man in whom she recognised with a shudder the new Grand Vizier and her own betrothed husband, Ahoshta Tarkaan himself.

As soon as all three had entered the room and the door was shut, the Tisroc seated himself on the divan with a sigh of contentment, the young man took his place, standing, before him and the Grand Vizier got down on his knees and elbows and laid his face flat on the carpet.

## Chapter VIII
## IN THE HOUSE OF THE TISROC

"Oh-my-father-and-oh-the-delight-of-my-eyes," began the young man, muttering the words very quickly and sulkily and not at all as if the Tisroc *were* the delight of his eyes. "May you live forever, but you have utterly destroyed me. If you had given me the swiftest of the galleys at sunrise when I first saw that the ship of the accursed barbarians was gone from her place I would perhaps have overtaken them. But you persuaded me to send first and see if they had not merely moved round the point into better anchorage. And now the whole day has been wasted. And they are gone—gone—out of my reach! The false jade, the—" and here he added a great many descriptions of Queen Susan which would not look at all nice in print. For of course this young man was Prince Rabadash and of course the false jade was Susan of Narnia.

"Compose yourself, O my son," said the Tisroc. "For the departure of guests makes a wound that is easily healed in the heart of a judicious host."

"But I want her," cried the Prince. "I must have her. I shall die if I do not get her—false, proud, black-hearted daughter of a dog that she is! I cannot sleep and my food has no savour and my eyes are darkened because of her beauty. I must have the barbarian queen."

"How well it was said by a gifted poet," observed the Vizier, raising his face (in a somewhat dusty condition) from the carpet, "that deep draughts from the fountain of reason are desirable in order to extinguish the fire of youthful love."

This seemed to exasperate the Prince. "Dog," he shouted, directing a series of well-aimed kicks at the hindquarters of the Vizier, "do not dare to quote the poets to me. I have had maxims and verses flung at me all day and I can endure them no more." I am afraid Aravis did not feel at all sorry for the Vizier.

The Tisroc was apparently sunk in thought, but when, after a long pause, he noticed what was happening, he said tranquilly:

"My son, by all means desist from kicking the venerable and enlightened Vizier: for as a costly jewel retains its value even if hidden in a dung-hill, so old age and discretion are to be respected even in the vile persons of our subjects. Desist therefore, and tell us what you desire and propose."

"I desire and propose, O my father," said Rabadash, "that you immediately call out your invincible armies and invade the thrice-accursed land of Narnia and waste it with fire and sword and add it to your illimitable empire, killing their High King and all of his blood except the Queen Susan. For I must have her as my wife, though she shall learn a sharp lesson first."

"Understand, O my son," said the Tisroc, "that no words you can speak will move me to an open war against Narnia."

"If you were not my father, O ever-living Tisroc," said the Prince, grinding his teeth. "I should say that was the word of a coward."

"And if you were not my son, O most inflammable Rabadash," replied his father, "your life would be short and your death slow when you had said it." (The cool, placid voice in which he spoke these words made Aravis's blood run cold.)

"But why, O my father," said the Prince—this time in a much more respectful voice, "why should we think twice about punishing Narnia any more than about hanging an idle slave or sending a worn-out horse to be made into dog's-meat? It is not the fourth size of one of your least provinces. A thousand spears could conquer it in five weeks. It is an unseemly blot on the skirts of your empire."

"Most undoubtedly," said the Tisroc. "These little barbarian countries that call themselves *free* (which is as much as to say, idle, disordered, and unprofitable) are hateful to the gods and to all persons of discernment."

"Then why have we suffered such a land as Narnia to remain thus long unsubdued?"

"Know, O enlightened Prince," said the Grand Vizier, "that until the year in which your exalted father began his salutary and unending reign, the land of Narnia was covered with ice and snow and was moreover ruled by a most powerful enchantress."

"This I know very well, O loquacious Vizier," answered the Prince. "But I know also that the enchantress is dead. And the ice and snow have vanished, so that Narnia is now wholesome, fruitful, and delicious."

"And this change, O most learned Prince, has doubtless been brought to pass by the powerful incantations of those wicked persons who now call themselves kings and queens of Narnia."

"I am rather of the opinion," said Rabadash, "that it has come about by the alteration of the stars and the operation of natural causes."

"All this," said the Tisroc, "is a question for the disputations of learned men. I will never believe that so great an alteration, and the killing of the old enchantress, were effected without the aid of strong magic. And such things are to be expected in that land, which is chiefly inhabited by demons in the shape of beasts that talk like men, and monsters that are half man and half beast. It is commonly reported that the High King of Narnia (whom may the gods utterly reject) is supported by a demon of hideous aspect and irresistible maleficence who appears in the shape of a Lion. Therefore the attacking of Narnia is a dark and doubtful enterprise, and I am determined not to put my hand out farther than I can draw it back."

"How blessed is Calormen," said the Vizier, popping up his face again, "on whose ruler the gods have been pleased to bestow prudence and circumspection! Yet as the irrefutable and sapient Tisroc has said it is very grievous to be constrained to keep our hands off such a dainty dish as Narnia. Gifted was that poet who said—" but at this point Ahoshta noticed an impatient movement of the Prince's toe and became suddenly silent.

"It is very grievous," said the Tisroc in his deep, quiet voice. "Every morning the sun is darkened in my eyes, and every night my sleep is the less refreshing, because I remember that Narnia is still free."

"O my father," said Rabadash. "How if I show you a way by which you can stretch out your arm to take Narnia and yet draw it back unharmed if the attempt prove unfortunate?"

"If you can show me that, O Rabadash," said the Tisroc, "you will be the best of sons."

"Hear then, O father. This very night and in this hour I will take but two hundred horse and ride across the desert. And it shall seem to all men that you know nothing of my going. On the second morning I shall be at the gates of King Lune's castle of Anvard in Archenland. They are at peace with us and unprepared and I shall take Anvard before they have bestirred themselves. Then I will ride through the pass above Anvard and down through Narnia to Cair Paravel. The High King will not be there; when I left them he was already preparing a raid against the giants on his northern border. I shall find Cair Paravel, most likely, with open gates and ride in. I shall exercise prudence and courtesy and spill as little Narnian blood as I can. And what then remains but to sit there till the *Splendour Hyaline* puts in, with Queen Susan on board, catch my strayed bird as she sets foot ashore, swing her into the saddle, and then ride, ride, ride back to Anvard?"

"But is it not probable, O my son," said the Tisroc, "that at the taking of the woman either King Edmund or you will lose his life?"

"They will be a small company," said Rabadash, "and I will order ten of my men to disarm and bind him: restraining my vehement desire for his blood so that there shall be no deadly cause of war between you and the High King."

"And how if the *Splendour Hyaline* is at Cair Paravel before you?"

"I do not look for that with these winds, O my father."

"And lastly, O my resourceful son," said the Tisroc, "you have made clear how all this might give you the barbarian woman, but not how it helps me to the overthrowing of Narnia."

"O my father, can it have escaped you that though I and my horsemen will come and go through Narnia like an arrow from a bow, yet we shall have Anvard for ever? And when you hold Anvard you sit in the very gate of Narnia, and your garrison in Anvard can be increased by little and little till it is a great host."

"It is spoken with understanding and foresight. But how do I draw back my arm if all this miscarries?"

"You shall say that I did it without your knowledge and against your will, and without your blessing, being constrained by the violence of my love and the impetuosity of youth."

"And how if the High King then demands that we send back the barbarian woman, his sister?"

"O my father, be assured that he will not. For though the fancy of a woman has rejected this marriage, the High King Peter is a man of prudence and understanding who will in no way wish to lose the high honour and advantage of being allied to our House and seeing his nephew and grand nephew on the throne of Calormen."

"He will not see that if I live forever as is no doubt your wish," said the Tisroc in an even drier voice than usual.

"And also, O my father and O the delight of my eyes," said the Prince, after a moment of awkward silence, "we shall write letters as if from the Queen to say that she loves me and has no desire to return to Narnia. For it is well known that women are as changeable as weather-cocks. And even if they do not wholly believe the letters, they will not dare to come to Tashbaan in arms to fetch her."

"O enlightened Vizier," said the Tisroc, "bestow your wisdom upon us concerning this strange proposal."

"O eternal Tisroc," answered Ahoshta, "the strength of paternal affection is not unknown to me and I have often heard that sons are in the eyes of their fathers more precious than carbuncles. How then shall I dare freely to unfold to you my mind in a matter which may imperil the life of this exalted Prince?"

"Undoubtedly you will dare," replied the Tisroc. "Because you will find that the dangers of not doing so are at least equally great."

"To hear is to obey," moaned the wretched man. "Know then, O most reasonable Tisroc, in the first place, that the danger of the Prince is not altogether so great as might appear. For the gods have withheld from the barbarians the light of discretion, as that their poetry is not, like ours, full of choice apophthegms and useful maxims, but is all of love and war. Therefore nothing will appear to them more noble and admirable than such a mad enterprise as this of—ow!" For the Prince, at the word "mad", had kicked him again.

"Desist, O my son," said the Tisroc. "And you, estimable Vizier, whether he desists or not, by no means allow the flow of your eloquence to be interrupted. For nothing is more suitable to persons of gravity and decorum than to endure minor inconveniences with constancy."

"To hear is to obey," said the Vizier, wriggling himself round a little so as to get his hinder parts further away from Rabadash's toe. "Nothing, I say, will seem as pardonable, if not estimable, in their eyes as this—er—hazardous attempt, especially because it is undertaken for the love of a woman. Therefore, if the Prince by misfortune fell into their hands, they would assuredly not kill him. Nay, it may even be, that though he failed to carry off the queen, yet the sight of his great valour and of the extremity of his passion might incline her heart to him."

"That is a good point, old babbler," said Rabadash. "Very good, however it came into your ugly head."

"The praise of my masters is the light of my eyes," said Ahoshta. "And secondly, O Tisroc, whose reign must and shall be interminable, I think that with the aid of the gods it is very likely that Anvard will fall into the Prince's hands. And if so, we have Narnia by the throat."

There was a long pause and the room became so silent that the two girls hardly dared to breathe. At last the Tisroc spoke.

"Go, my son," he said. "And do as you have said. But expect no help nor countenance from me. I will not avenge you if you are killed and I will not deliver you if the barbarians cast you into prison. And if, either in success or failure, you shed a drop more than you need of Narnian noble blood and open war arises from it, my favour shall never fall upon you again and your next brother shall have your place in Calormen. Now go. Be swift, secret, and fortunate. May the strength of Tash the inexorable, the irresistible be in your sword and lance."

"To hear is to obey," cried Rabadash, and after kneeling for a moment to kiss his father's hands he rushed from the room. Greatly to the disappointment of Aravis, who was now horribly cramped, the Tisroc and the Vizier remained.

"O Vizier," said the Tisroc, "is it certain that no living soul knows of this council we three have held here tonight?"

"O my master," said Ahoshta, "it is not possible that any should know. For that very reason I proposed, and you in your infallible wisdom agreed, that we should meet here in the Old Palace where no council is ever held and none of the household has any occasion to come."

"It is well," said the Tisroc. "If any man knew, I would see to it that he died before an hour had passed. And do you also, O prudent Vizier, forget it. I sponge away from my own heart and from yours all knowledge of the Prince's plans. He is gone without my knowledge or my consent, I know not whither, because of his violence and the rash and disobedient disposition of youth. No man will be more astonished than you and I to hear that Anvard is in his hands."

"To hear is to obey," said Ahoshta.

"That is why you will never think even in your secret heart that I am the hardest hearted of fathers who thus send my first-born son on an errand so likely to be his death; pleasing as it must be to you who do not love the Prince. For I see into the bottom of your mind."

"O impeccable Tisroc," said the Vizier. "In comparison with you I love neither the Prince nor my own life nor bread nor water nor the light of the sun."

"Your sentiments," said the Tisroc, "are elevated and correct. I also love none of these things in comparison with the glory and strength of my throne. If the Prince succeeds, we have Archenland, and perhaps hereafter Narnia. If he fails—I have eighteen other sons and Rabadash, after the manner of the eldest sons of kings, was beginning to be dangerous. More than five Tisrocs in Tashbaan have died before their time because their eldest sons, enlightened princes, grew tired of waiting for their throne. He had better cool his blood abroad than boil it in inaction here. And now, O excellent Vizier, the excess of my paternal anxiety inclines me to sleep. Command the musicians to my chamber. But before you lie down, call back the pardon we wrote for the third cook. I feel within me the manifest prognostics of indigestion."

"To hear is to obey," said the Grand Vizier. He crawled backwards on all fours to the door, rose, bowed, and went out. Even then the Tisroc remained seated in silence on the divan till Aravas almost began to be afraid that he had dropped asleep. But at last with a great creaking and sighing he heaved up his enormous body, signed to the slaves to precede him with the lights and went out. The door closed behind him, the room was once more totally dark, and the two girls could breathe freely again.

## Chapter IX
ACROSS THE DESERT

"How dreadful! How perfectly dreadful!" whimpered Lasaraleen. "Oh darling, I *am* so frightened. I'm shaking all over. Feel me."

"Come on," said Aravis, who was trembling herself. "They've gone back to the new palace. Once we're out of this room we're safe enough. But it's wasted a terrible time. Get me down to that water-gate as quick as you can."

"Darling, how *can* you?" squeaked Lasaraleen. "I can't do anything—not now. My poor nerves! No: we must just lie still a bit and then go back."

"Why back?" asked Aravis.

"Oh, you don't understand. You're so unsympathetic," said Lasaraleen, beginning to cry. Aravis decided it was no occasion for mercy.

"Look here!" she said, catching Lasaraleen and giving her a good shake. "If you say another word about going back, and if you don't start taking me to that water-gate at once—do you know what I'll do? I'll rush out into that passage and scream. Then we'll both be caught."

"But we shall both be k-k-killed!" said Lasaraleen. "Didn't you hear what the Tisroc (may he live forever) said?"

"Yes, and I'd sooner be killed than married to Ahoshta. So come *on*."

"Oh you *are* unkind," said Lasaraleen. "And I in such a state!"

But in the end she had to give in to Aravis. She led the way down the steps they had already descended, and along another corridor and so finally out into the open air. They were now in the palace garden which sloped down in terraces to the city wall. The moon shone brightly. One of the drawbacks about adventures is that when you come to the most beautiful places you are often too anxious and hurried to appreciate them; so that Aravis (though she remembered them years later) had only a vague impression of grey lawns, quietly bubbling fountains, and the long black shadows of cypress trees.

When they reached the very bottom and the wall rose frowning above them, Lasaraleen was shaking so that she could not unbolt the gate. Aravis did it. There, at last, was the river, full of reflected moonlight, and a little landing stage and a few pleasure boats.

"Good-bye," said Aravis, "and thank you. I'm sorry if I've been a pig. But think what I'm flying from!"

"Oh Aravis darling," said Lasaraleen. "Won't you change your mind? Now that you've seen what a very great man Ahoshta is!"

"Great man!" said Aravis. "A hideous grovelling slave who flatters when he's kicked but treasures it all up and hopes to get his own back by egging on that horrible Tisroc to plot his son's death. Faugh! I'd sooner marry my father's scullion than a creature like that."

"Oh Aravis, Aravis! How can you say such dreadful things; and about the Tisroc (may he live forever) too. It must be right if *he's* going to do it!"

"Good-bye," said Aravis, "and I thought your dresses lovely. And I think your house is lovely too. I'm sure you'll have a lovely life—though it wouldn't suit me. Close the door softly behind me."

She tore herself away from her friend's affectionate embraces, stepped into a punt, cast off, and a moment later was out in midstream, with a huge real moon overhead and a huge reflected moon down, deep down, in the river. The air was fresh and cool and as she drew near the further bank she heard the hooting of an owl.

"Ah! That's better!" thought Aravis. She had always lived in the country and had hated every minute of her time in Tashbaan.

When she stepped ashore she found herself in darkness for the rise of the ground, and the trees, cut off the moonlight. But she managed to find the same road that Shasta had found, and came just as he had done to the end of the grass and the beginning of the sand, and looked (like him) to her left and saw the big, black Tombs. And now at last, brave girl though she was, her heart quailed. Supposing the others weren't there! Supposing the ghouls were! But she stuck out her chin (and a little bit of her tongue too) and went straight towards them.

But before she had reached them she saw Bree and Hwin and the groom.

"You can go back to your mistress now," said Aravis (quite forgetting that he couldn't, until the city gates opened next morning). "Here is money for your pains."

"To hear is to obey," said the groom, and at once set off at a remarkable speed in the direction of the city. There was no need to tell him to make haste: he also had been thinking a good deal about ghouls.

For the next few seconds Aravis was busy kissing the noses and patting the necks of Hwin and Bree just as if they were quite ordinary horses.

"And here comes Shasta! Thanks be to the Lion!" said Bree.

Aravis looked round, and there, right enough, was Shasta who had come out of hiding the moment he saw the groom going away.

"And now," said Aravis. "There's not a moment to lose." And in hasty words she told them about Rabadash's expedition.

"Treacherous hounds!" said Bree, shaking his mane and stamping with his hoof. "An attack in time of peace, without defiance sent! But we'll grease his oats for him. We'll be there before he is."

"Can we?" said Aravis, swinging herself into Hwin's saddle.

Shasta wished he could mount like that.

"Brooh-hoo!" snorted Bree. "Up you get, Shasta. Can we! And with a good start too!"

"He said he was going to start at once," said Aravis.

"That's how humans talk," said Bree. "But you don't get a company of two hundred horse and horsemen watered and victualled and armed and saddled and started all in a minute. Now: what's our direction? Due North?"

"No," said Shasta. "I know about that. I've drawn a line. I'll explain later. Bear a bit to our left, both you horses. Ah—here it is!"

"Now," said Bree. "All that about galloping for a day and a night, like in stories, can't really be done. It must be walk and trot: but brisk trots and short walks. And whenever we walk you two humans can slip off and walk too. Now. Are you ready, Hwin? Off we go. Narnia and the North!"

At first it was delightful. The night had now been going on for so many hours that the sand had almost finished giving back all the sun-heat it had received during the day, and the air was cool, fresh, and clear. Under the moonlight the sand, in every direction and as far as they could see, gleamed as if it were smooth water or a great silver tray. Except for the noise of Bree's and Hwin's hoofs there was not a sound to be heard. Shasta would nearly have fallen asleep if he had not had to dismount and walk every now and then.

This seemed to last for hours. Then there came a time when there was no longer any moon. They seemed to ride in the dead darkness for hours and hours. And after that there came a moment when Shasta noticed that he could see Bree's neck and head in front of him a little more clearly than before; and slowly, very slowly, he began to notice the vast grey flatness on every side. It looked absolutely dead, like something in a dead world; and Shasta felt quite terribly tired and noticed that he was getting cold and that his lips were dry. And all the time the squeak of the leather, the jingle of the bits, and the noise of the hoofs—not *Propputty-propputty* as it would be on a hard road, but *Thubbudy-thubbudy* on the dry sand.

At last, after hours of riding, far away on his right there came a single long streak of paler grey, low down on the horizon. Then a streak of red. It was the morning at last, but without a single bird to sing about it. He was glad of the walking bits now, for he was colder than ever.

Then suddenly the sun rose and everything changed in a moment. The grey sand turned yellow and twinkled as if it was strewn with diamonds. On their left the shadows of Shasta and Hwin and Bree and Aravis, enormously long, raced beside them. The double peak of Mount Pire, far ahead, flashed in the sunlight and Shasta saw they were a little out of the course. "A bit left, a bit left," he sang out. Best of all, when you looked back, Tashbaan was already small and remote. The Tombs were quite invisible: swallowed up in that single, jagged-edged hump which was the city of the Tisroc. Everyone felt better.

But not for long. Though Tashbaan looked very far away when they first saw it, it refused to look any further away as they went on. Shasta gave up looking back at it, for it only gave him the feeling that they were not moving at all. Then the light became a nuisance. The glare of the sand made his eyes ache: but he knew he mustn't shut them. He must screw them up and keep on looking ahead at Mount Pire and shouting out directions. Then came the heat. He noticed it for the first time when he had to dismount and walk: as he slipped down to the sand the heat from it struck up into his face as if from the opening of an oven door. Next time it was worse. But the third time, as his bare feet touched the sand he screamed with pain and got one foot back in the stirrup and the other half over Bree's back before you could have said knife.

"Sorry, Bree," he gasped. "I can't walk. It burns my feet."

"Of course!" panted Bree. "Should have thought of that myself. Stay on. Can't be helped."

"It's all right for *you*," said Shasta to Aravis who was walking beside Hwin. "You've got shoes on."

Aravis said nothing and looked prim. Let's hope she didn't mean to, but she did.

On again, trot and walk and trot, jingle-jingle-jingle, squeak-squeak-squeak, smell of hot horse, smell of hot self, blinding glare, headache. And nothing at all different for mile after mile. Tashbaan would never look any further away. The mountains would never look any nearer. You felt this had been going on for always—jingle-jingle-jingle, squeak-squeak-squeak, smell of hot horse, smell of hot self.

Of course one tried all sorts of games with oneself to try to make the time pass: and of course they were all no good. And one tried very hard not to think of drinks—iced sherbet in a palace at Tashbaan, clear spring water tinkling with a dark earthy sound, cold, smooth milk just creamy enough and not too creamy—and the harder you tried not to think, the more you thought.

At last there was something different—a mass of rock sticking up out of the sand about fifty yards long and thirty feet high. It did not cast much shadow, for the sun was now very high, but it cast a little. Into that shade they crowded. There they ate some food and drank a little water. It is not easy giving a horse a drink out of a skin bottle, but Bree and Hwin were clever with their lips. No one had anything like enough. No one spoke. The horses were flecked with foam and their breathing was noisy. The children were pale.

After a very short rest they went on again. Same noises, same smells, same glare, till at last their shadows began to fall on their right, and then got longer and longer till they seemed to stretch out to the Eastern end of the world. Very slowly the sun drew nearer to the Western horizon. And now at last he was down and, thank goodness, the merciless glare was gone, though the heat coming up from the sand was still as bad as ever. Four pairs of eyes were looking out eagerly for any sign of the valley that Sallowpad the Raven had spoken about. But, mile after mile, there was nothing but level sand. And now the day was quite definitely done, and most of the stars were out, and still the Horses thundered on and the children rose and sank in their saddles, miserable with thirst and weariness. Not till the moon had risen did Shasta—in the strange, barking voice of someone whose mouth is perfectly dry—shout out:

"There it is!"

There was no mistaking it now. Ahead, and a little to their right, there was at last a slope: a slope downward and hummocks of rock on each side. The Horses were far too tired to speak but they swung round towards it and in a minute or two they were entering the gully. At first it was worse in there than it had been out in the open desert, for there was a breathless stuffiness between the rocky walls and less moonlight. The slope continued steeply downwards and the rocks on either hand rose to the height of cliffs. Then they began to meet vegetation—prickly cactus-like plants and coarse grass of the kind that would prick your fingers. Soon the horse-hoofs were falling on pebbles and stones instead of sand. Round every bend of the valley—and it had many bends—they looked eagerly for water. The Horses were nearly at the end of their strength now, and Hwin, stumbling and panting, was lagging behind Bree. They were almost in despair before at last they came to a little muddiness and a tiny trickle of water through softer and better grass. And the trickle became a brook, and the brook became a stream with bushes on each side, and the stream became a river, and there came (after more disappointments than I could possibly describe) a moment when Shasta, who had been in a kind of doze, suddenly realised that Bree had stopped and found himself slipping off. Before them a little cataract of water poured into a broad pool: and both the Horses were already in the pool with their heads down, drinking, drinking, drinking. "O-o-oh," said Shasta and plunged in—it was about up to his knees—and stooped his head right into the cataract. It was perhaps the loveliest moment in his life.

It was about ten minutes later when all four of them (the two children wet nearly all over) came out and began to notice their surroundings. The moon was now high enough to peep down into the valley. There was soft grass on both sides of the river, and beyond the grass, trees and bushes sloped up to the bases of the cliffs. There must have been some wonderful flowering shrubs hidden in that shadowy undergrowth for the whole glade was full of the coolest and most delicious smells. And out of the darkest recess among the trees there came a sound Shasta had never heard before—a nightingale.

Everyone was much too tired to speak or to eat. The Horses, without waiting to be unsaddled, lay down at once. So did Aravis and Shasta.

About ten minutes later the careful Hwin said, "But we mustn't go to sleep. We've got to keep ahead of that Rabadash."

"No," said Bree very slowly. "Mustn't go sleep. Just a little rest."

Shasta knew (for a moment) that they would all go to sleep if he didn't get up and do something about it, and felt that he ought to. In fact he decided that he would get up and persuade them to go on. But presently; not yet: not just yet...

Very soon the moon shone and the nightingale sang over two horses and two human children, all fast asleep.

It was Aravis who awoke first. The sun was already high in the heavens and the cool morning hours were already wasted. "It's my fault," she said to herself furiously as she jumped up and began rousing the others. "One wouldn't expect Horses to keep awake after a day's work like that, even if they *can* talk. And of course that Boy wouldn't; he's had no decent training. But I ought to have known better."

The others were dazed and stupid with the heaviness of their sleep.

"Heigh-ho—broo-hoo," said Bree. "Been sleeping in my saddle, eh? I'll never do that again. Most uncomfortable—"

"Oh come on, come on," said Aravis. "We've lost half the

morning already. There isn't a moment to spare."

"A fellow's got to have a mouthful of grass," said Bree.

"I'm afraid we can't wait," said Aravis.

"What's the terrible hurry?" said Bree. "We've crossed the desert, haven't we?"

"But we're not in Archenland yet," said Aravis. "And we've got to get there before Rabadash."

"Oh, we must be miles ahead of him," said Bree. "Haven't we been coming a shorter way? Didn't that Raven friend of yours say this was a short cut, Shasta?"

"He didn't say anything about *shorter*," answered Shasta. "He only said *better*, because you got to a river this way. If the oasis is due North of Tashbaan, then I'm afraid this may be longer."

"Well I can't go on without a snack," said Bree. "Take my bridle off, Shasta."

"P-please," said Hwin, very shyly, "I feel just like Bree that I *can't* go on. But when Horses have humans (with spurs and things) on their backs, aren't they often made to go on when they're feeling like this? And then they find they can. I m-mean—oughtn't we to be able to do even more, now that we're free. It's all for Narnia."

"I think, Ma'am," said Bree very crushingly, "that I know a little more about campaigns and forced marches and what a horse can stand than you do."

To this Hwin made no answer, being, like most highly bred mares, a very nervous and gentle person who was easily put down. In reality she was quite right, and if Bree had had a Tarkaan on his back at that moment to make him go on, he would have found that he was good for several hours' hard going. But one of the worst results of being a slave and being forced to do things is that when there is no one to force you any more you find you have almost lost the power of forcing yourself.

So they had to wait while Bree had a snack and a drink, and of course Hwin and the children had a snack and a drink too. It must have been nearly eleven o'clock in the morning before they finally got going again. And even then Bree took things much more gently than yesterday. It was really Hwin, though she was the weaker and more tired of the two, who set the pace.

The valley itself, with its brown, cool river, and grass and moss and wild flowers and rhododendrons, was such a pleasant place that it made you want to ride slowly.

## Chapter X
## THE HERMIT OF THE SOUTHERN MARCH

After they had ridden for several hours down the valley, it widened out and they could see what was ahead of them. The river which they had been following here joined a broader river, wide and turbulent, which flowed from their left to their right, towards the east. Beyond this new river a delightful country rose gently in low hills, ridge beyond ridge, to the Northern Mountains themselves. To the right there were rocky pinnacles, one or two of them with snow clinging to the ledges. To the left, pine-clad slopes, frowning cliffs, narrow gorges, and blue peaks stretched away as far as the eye could reach. He could no longer make out Mount Pire. Straight ahead the mountain range sank to a wooded saddle which of course must be the pass from Archenland into Narnia.

"Broo-hoo-hoo, the North, the green North!" neighed Bree: and certainly the lower hills looked greener and fresher than anything that Aravis and Shasta, with their southern-bred eyes, had ever imagined. Spirits rose as they clattered down to the water's-meet of the two rivers.

The eastern-flowing river, which was pouring from the higher mountains at the western end of the range, was far too swift and too broken with rapids for them to think of swimming it; but after some casting about, up and down the bank, they found a place shallow enough to wade. The roar and clatter of water, the great swirl against the horses' fetlocks, the cool, stirring air and the darting dragon-flies, filled Shasta with a strange excitement.

"Friends, we are in Archenland!" said Bree proudly as he splashed and churned his way out on the Northern bank. "I think that river we've just crossed is called the Winding Arrow."

"I hope we're in time," murmured Hwin.

Then they began going up, slowly and zigzagging a good deal, for the hills were steep. It was all open, park-like country with no roads or houses in sight. Scattered trees, never thick enough to be a forest, were everywhere. Shasta, who had lived all his life in an almost treeless grassland, had never seen so many or so many kinds. If you had been there you would probably have known (he didn't) that he was seeing oaks, beeches, silver birches, rowans and sweet chestnuts. Rabbits scurried away in every direction as they advanced, and presently they saw a whole herd of fallow deer making off among the trees.

"Isn't it simply glorious!" said Aravis.

At the first ridge Shasta turned in the saddle and looked back. There was no sign of Tashbaan; the desert, unbroken except by the narrow green crack which they had travelled down, spread to the horizon.

"Hullo!" he said suddenly. "What's that?"

"What's what?" said Bree, turning round. Hwin and Aravis did the same.

"That," said Shasta, pointing. "It looks like smoke. Is it a fire?"

"Sand-storm, I should say," said Bree.

"Not much wind to raise it," said Aravis.

"Oh!" exclaimed Hwin. "Look! There are things flashing in it. Look! They're helmets—and armour. And it's moving: moving this way."

"By Tash!" said Aravis. "It's the army. It's Rabadash."

"Of course it is," said Hwin. "Just what I was afraid of. Quick! We must get to Anvard before it." And without another word she whisked round and began galloping North. Bree tossed his head and did the same.

"Come *on*, Bree, come on," yelled Aravis over her shoulder.

This race was very gruelling for the Horses. As they topped each ridge they found another valley and another ridge beyond it; and though they knew they were going in more or less the right direction, no one knew how far it was to Anvard. From the top of the second ridge Shasta looked back again. Instead of a dust-cloud well out in the desert he now saw a black, moving mass, rather like ants, on the far bank of the Winding Arrow. They were doubtless looking for a ford.

"They're on the river!" he yelled wildly.

"Quick! Quick!" shouted Aravis. "We might as well not have come at all if we don't reach Anvard in time. Gallop, Bree, gallop. Remember you're a war horse."

It was all Shasta could do to prevent himself from shouting out similar instructions; but he thought, "The poor chap's doing all he can already," and held his tongue. And certainly both Horses were doing, if not all they could, all they thought they could; which is not quite the same thing. Bree had caught up with Hwin and they thundered side by side over the turf. It didn't look as if Hwin could possibly keep it up much longer.

At that moment everyone's feelings were completely altered by a sound from behind. It was not the sound they had been expecting to hear—the noise of hoofs and jingling armour, mixed, perhaps, with Calormene battle-cries. Yet Shasta knew it at once. It was the same snarling roar he had heard that moonlit night when they first met Aravis and Hwin. Bree knew it too. His eyes gleamed red and his ears lay flat back on his skull. And Bree now discovered that he had not really been going as fast—not quite as fast—as he could. Shasta felt the change at once. Now they were really going all out. In a few seconds they were well ahead of Hwin.

"It's not fair," thought Shasta. "I *did* think we'd be safe from lions here!"

He looked over his shoulder. Everything was only too clear. A huge tawny creature, its body low to the ground, like a cat streaking across the lawn to a tree when a strange dog has got into the garden, was behind them. And it was nearer every second and half second.

He looked forward again and saw something which he did not take in, or even think about. Their way was barred by a smooth green wall about ten feet high. In the middle of that wall there was a gate, open. In the middle of the gateway stood a tall man dressed, down to his bare feet, in a robe coloured like autumn leaves, leaning on a straight staff. His beard fell almost to his knees.

Shasta saw all this in a glance and looked back again. The lion had almost got Hwin now. It was making snaps at her hind legs, and there was no hope now in her foam-flecked, wide-eyed face.

"Stop," bellowed Shasta in Bree's ear. "Must go back. Must help!"

Bree always said afterwards that he never heard, or never understood this; and as he was in general a very truthful horse we must accept his word.

Shasta slipped his feet out of the stirrups, slid both his legs over on the left side, hesitated for one hideous hundredth of a second, and jumped. It hurt horribly and nearly winded him; but before he knew how it hurt him he was staggering back to help Aravis. He had never done anything like this in his life before and hardly knew why he was doing it now.

One of the most terrible noises in the world, a horse's scream, broke from Hwin's lips. Aravis was stooping low over Hwin's neck and seemed to be trying to draw her sword. And now all three—Aravis, Hwin, and the lion—were almost on top of Shasta. Before they reached him the lion rose on its hind legs, larger than you would have believed a lion could be, and jabbed at Aravis with its right paw. Shasta could see all the terrible claws extended. Aravis screamed and reeled in the saddle. The lion was tearing her shoulders. Shasta, half mad with horror, managed to lurch towards the brute. He had no weapon, not even a stick or a stone. He shouted out, idiotically, at the lion as one would at a dog. "Go home! Go home!" For a fraction of a second he was staring right into its wide-opened, raging mouth. Then, to his utter astonishment, the lion, still on its hind legs, checked itself suddenly, turned head over heels, picked itself up, and rushed away.

Shasta did not for a moment suppose it had gone for good. He turned and raced for the gate in the green wall which, now for the first time, he remembered seeing. Hwin, stumbling and nearly fainting, was just entering the gate: Aravis still kept her seat but her back was covered with blood.

"Come in, my daughter, come in," the robed and bearded man was saying, and then, "Come in, my son," as Shasta panted up to him. He heard the gate closed behind him; and the bearded stranger was already helping Aravis off her horse.

They were in a wide and perfectly circular enclosure, protected by a high wall of green turf. A pool of perfectly still water, so full that the water was almost exactly level with the ground, lay before him. At one end of the pool, completely overshadowing it with its branches, there grew the hugest and most beautiful tree that Shasta had ever seen. Beyond the pool was a little low house of stone roofed with deep and ancient thatch. There was a sound of bleating and over at the far side of the enclosure there were some goats. The level ground was completely covered with the finest grass.

"Are—are—are you," panted Shasta. "Are you King Lune of Archenland?"

The old man shook his head. "No," he replied in a quiet voice, "I am the Hermit of the Southern March. And now, my son, waste no time on questions, but obey. This damsel is wounded. Your horses are spent. Rabadash is at this moment finding a ford over the Winding Arrow. If you run now, without a moment's rest, you will still be in time to warn King Lune."

Shasta's heart fainted at these words for he felt he had no strength left. And he writhed inside at what seemed the cruelty and unfairness of the demand. He had not yet learned that if you do one good deed your reward usually is to be set to do another and harder and better one. But all he said out loud was:

"Where is the King?"

The Hermit turned and pointed with his staff. "Look," he said. "There is another gate, right opposite to the one you entered by. Open it and go straight ahead: always straight ahead, over level or steep, over smooth or rough, over dry or wet. I know by my art that you will find King Lune straight ahead. But run, run: always run."

Shasta nodded his head, ran to the northern gate and disappeared beyond it. Then the Hermit took Aravis, whom he had all this time been supporting with his left arm, and half led, half carried her into the house. After a long time he came out again.

"Now, cousins," he said to the Horses. "It is your turn."

Without waiting for an answer—and indeed they were too exhausted to speak—he took the bridles and saddles off both of them. Then he rubbed them both down, so well that a groom in a king's stable could not have done it better.

"There, cousins," he said, "dismiss it all from your minds and be comforted. Here is water and there is grass. You shall have a hot mash when I have milked my other cousins, the goats."

"Sir," said Hwin, finding her voice at last, "will the Tarkheena live? Has the lion killed her?"

"I who know many present things by my art," replied the Hermit with a smile, "have yet little knowledge of things future. Therefore I do not know whether any man or woman or beast in the whole world will be alive when the sun sets tonight. But be of good hope. The damsel is likely to live as long as any of her age."

When Aravis came to herself she found that she was lying on her face on a low bed of extraordinary softness in a cool, bare room with walls of undressed stone. She couldn't understand why she had been laid on her face; but when she tried to turn and felt the hot, burning pains all over her back, she remembered, and realised why.

She couldn't understand what delightfully springy stuff the bed was made of, because it was made of heather (which is the best bedding) and heather was a thing she had never seen or heard of.

The door opened and the Hermit entered, carrying a large wooden bowl in his hand. After carefully setting this down, he came to the bedside, and asked:

"How do you find yourself, my daughter?"

"My back is very sore, father," said Aravis, "but there is nothing else wrong with me."

He knelt beside her, laid his hand on her forehead, and felt her pulse.

"There is no fever," he said. "You will do well. Indeed there is no reason why you should not get up tomorrow. But now, drink this."

He fetched the wooden bowl and held it to her lips. Aravis couldn't help making a face when she tasted it, for goats' milk is rather a shock when you are not used to it. But she was very thirsty and managed to drink it all and felt better when she had finished.

"Now, daughter, you may sleep when you wish," said the Hermit. "For your wounds are washed and dressed and though they smart they are no more serious than if they had been the cuts of a whip. It must have been a very strange lion; for instead of catching you out of the saddle and getting his teeth into you, he has only drawn his claws across your back. Ten scratches: sore, but not deep or dangerous."

"I say!" said Aravis. "I *have* had luck."

"Daughter," said the Hermit, "I have now lived a hundred and nine winters in this world and have never yet met any such thing as Luck. There is something about all this that I do not understand: but if ever we need to know it, you may be sure that we shall."

"And what about Rabadash and his two hundred horse?" asked Aravis.

"They will not pass this way, I think," said the Hermit. "They must have found a ford by now well to the east of us. From there they will try to ride straight to Anvard."

"Poor Shasta!" said Aravis. "Has he far to go? Will he get there first?"

"There is good hope of it," said the old man.

Aravis lay down again (on her side this time) and said, "Have I been asleep for a long time? It seems to be getting dark."

The Hermit was looking out of the only window, which faced north. "This is not the darkness of night," he said presently. "The clouds are rolling down from Stormness Head. Our foul weather always comes from there in these parts. There will be thick fog tonight."

Next day, except for her sore back, Aravis felt so well that after breakfast (which was porridge and cream) the Hermit said she could get up. And of course she at once went out to speak to the Horses. The weather had changed and the whole of that green enclosure was filled, like a great green cup, with sunlight. It was a very peaceful place, lonely and quiet.

Hwin at once trotted across to Aravis and gave her a horse-kiss.

"But where's Bree?" said Aravis when each had asked after the other's health and sleep.

"Over there," said Hwin, pointing with her nose to the far side of the circle. "And I wish you'd come and talk to him. There's something wrong, I can't get a word out of him."

They strolled across and found Bree lying with his face towards the wall, and though he must have heard them coming, he never turned his head or spoke a word.

"Good morning, Bree," said Aravis. "How are you this morning?"

Bree muttered something that no one could hear.

"The Hermit says that Shasta probably got to King Lune in time," continued Aravis, "so it looks as if all our troubles were over. Narnia, at last, Bree!"

"I shall never see Narnia," said Bree in a low voice.

"Aren't you well, Bree dear?" said Aravis.

Bree turned round at last, his face mournful as only a horse's can be.

"I shall go back to Calormen," he said.

"What?" said Aravis. "Back to slavery!"

"Yes," said Bree. "Slavery is all I'm fit for. How can I ever show my face among the free Horses of Narnia?—I who left a mare and a girl and a boy to be eaten by lions while I galloped all I could to save my own wretched skin!"

"We all ran as hard as we could," said Hwin.

"Shasta didn't!" snorted Bree. "At least he ran in the right direction: ran *back*. And that is what shames me most of all. I, who called myself a war horse and boasted of a hundred fights, to be beaten by a little human boy—a child, a mere foal, who had never held a sword nor had any good nurture or example in his life!"

"I know," said Aravis. "I felt just the same. Shasta was marvellous. I'm just as bad as you, Bree. I've been snubbing him and looking down on him ever since you met us and now he turns out to be the best of us all. But I think it would be better to stay and say we're sorry than to go back to Calormen."

"It's all very well for you," said Bree. "You haven't disgraced yourself. But I've lost everything."

"My good Horse," said the Hermit, who had approached them unnoticed because his bare feet made so little noise on that sweet, dewy grass. "My good Horse, you've lost nothing but your self-conceit. No, no, cousin. Don't put back your ears and shake your mane at me. If you are really so humbled as you sounded a minute ago, you must learn to listen to sense. You're not quite the great horse you had come to think, from living among poor dumb horses. Of course you were braver and cleverer than *them*. You could hardly help being that. It doesn't follow that you'll be anyone very special in Narnia. But as long as you know you're nobody very special, you'll be a very decent sort of Horse, on the whole, and taking one thing with another. And now, if you and my other four-footed cousin will come round to the kitchen door we'll see about the other half of that mash."

## Chapter XI
## THE UNWELCOME FELLOW TRAVELLER

When Shasta went through the gate he found a slope of grass and a little heather running up before him to some trees. He had nothing to think about now and no plans to make: he had only to run, and that was quite enough. His limbs were shaking, a terrible stitch was beginning in his side, and the sweat that kept dropping into his eyes blinded them and made them smart. He was unsteady on his feet too, and more than once he nearly turned his ankle on a loose stone.

The trees were thicker now than they had yet been and in the more open spaces there was bracken. The sun had gone in without making it any cooler. It had become one of those hot, grey days when there seem to be twice as many flies as usual. Shasta's face was covered with them; he didn't even try to shake them off—he had too much else to do.

Suddenly he heard a horn—not a great throbbing horn like the horns of Tashbaan but a merry call, Ti-ro-to-to-ho! Next moment he came out into a wide glade and found himself in a crowd of people.

At least, it looked a crowd to him. In reality there were about fifteen or twenty of them, all gentlemen in green hunting dress, with their horses; some in the saddle and some standing by their horses' heads. In the centre someone was holding the stirrup for a man to mount. And the man he was holding it for was the jolliest, fat, apple-cheeked, twinkling-eyed King you could imagine.

As soon as Shasta came in sight this King forgot all about

mounting his horse. He spread out his arms to Shasta, his face lit up, and he cried out in a great, deep voice that seemed to come from the bottom of his chest.

"Corin! My son! And on foot, and in rags! What—"

"No," panted Shasta, shaking his head. "Not Prince Corin. I—I—know I'm like him... saw his Highness in Tashbaan... sent his greetings."

The King was staring at Shasta with an extraordinary expression on his face.

"Are you K-King Lune?" gasped Shasta. And then, without waiting for an answer, "Lord King—fly—Anvard—shut the gates—enemies upon you—Rabadash and two hundred horse."

"Have you assurance of this, boy?" asked one of the other gentlemen.

"My own eyes," said Shasta. "I've seen them. Raced them all the way from Tashbaan."

"On foot?" said the gentleman, raising his eyebrows a little.

"Horses—with the Hermit," said Shasta.

"Question him no more, Darrin," said King Lune. "I see truth in his face. We must ride for it, gentlemen. A spare horse there, for the boy. You can ride fast, friend?"

For answer Shasta put his foot in the stirrup of the horse which had been led towards him and a moment later he was in the saddle. He had done it a hundred times with Bree in the last few weeks, and his mounting was very different now from what it had been on that first night when Bree had said that he climbed up a horse as if he were climbing a haystack.

He was pleased to hear the Lord Darrin say to the King, "The boy has a true horseman's seat, Sire. I'll warrant there's noble blood in him."

"His blood, aye, there's the point," said the King. And he stared hard at Shasta again with that curious expression, almost a hungry expression, in his steady, grey eyes.

But by now the whole party was moving off at a brisk canter. Shasta's seat was excellent but he was sadly puzzled what to do with his reins, for he had never touched the reins while he was on Bree's back. But he looked very carefully out of the corners of his eyes to see what the others were doing (as some of us have done at parties when we weren't quite sure which knife or fork we were meant to use) and tried to get his fingers right. But he didn't dare to try really directing the horse; he trusted it would follow the rest. The horse was of course an ordinary horse, not a Talking Horse; but it had quite wits enough to realise that the strange boy on its back had no whip and no spurs and was not really master of the situation. That was why Shasta soon found himself at the tail end of the procession.

Even so, he was going pretty fast. There were no flies now and the air in his face was delicious. He had got his breath back too. And his errand had succeeded. For the first time since the arrival at Tashbaan (how long ago it seemed!) he was beginning to enjoy himself.

He looked up to see how much nearer the mountain tops had come. To his disappointment he could not see them at all: only a vague greyness, rolling down towards them. He had never been in mountain country before and was surprised. "It's a cloud," he said to himself, "a cloud coming down. I see. Up here in the hills one is really in the sky. I shall see what the inside of a cloud is like. What fun! I've often wondered." Far away on his left, and a little behind him, the sun was getting ready to set.

They had come to a rough kind of road by now and were making very good speed. But Shasta's horse was still the last of the lot. Once or twice when the road made a bend (there was now continuous forest on each side of it) he lost sight of the others for a second or two.

Then they plunged into the fog, or else the fog rolled over them. The world became grey. Shasta had not realised how cold and wet the inside of a cloud would be; nor how dark. The grey turned to black with alarming speed.

Someone at the head of the column winded the horn every now and then, and each time the sound came from a little further off. He couldn't see any of the others now, but of course he'd be able to as soon as he got round the next bend. But when he rounded it he still couldn't see them. In fact he could see nothing at all. His horse was walking now. "Get on, Horse, get on," said Shasta. Then came the horn, very faint. Bree had always told him that he must keep his heels well turned out, and Shasta had got the idea that something very terrible would happen if he dug his heels into a horse's sides. This seemed to him an occasion for trying it. "Look here, Horse," he said, "if you don't buck up, do you know what I'll do? I'll dig my heels into you. I really will." The horse, however, took no notice of this threat. So Shasta settled himself firmly in the saddle, gripped with his knees, clenched his teeth, and punched both the horse's sides with his heels as hard as he could.

The only result was that the horse broke into a kind of pretence of a trot for five or six paces and then subsided into a walk again. And now it was quite dark and they seemed to have given up blowing that horn. The only sound was a steady drip-drip from the branches of the trees.

"Well, I suppose even a walk will get us somewhere sometime," said Shasta to himself. "I only hope I shan't run into Rabadash and his people."

He went on for what seemed a long time, always at a walking pace. He began to hate that horse, and he was also beginning to feel very hungry.

Presently he came to a place where the road divided into two. He was just wondering which led to Anvard when he was startled by a noise from behind him. It was the noise of trotting horses. "Rabadash!" thought Shasta. He had no way of guessing which road Rabadash would take. "But if I take one," said Shasta to himself, "he *may* take the other: and if I stay at the crossroads I'm *sure* to be caught." He dismounted and led his horse as quickly as he could along the right-hand road.

The sound of the cavalry grew rapidly nearer and in a minute or two Shasta realised that they were at the crossroads. He held his breath, waiting to see which way they would take.

There came a low word of command "Halt!" then a moment of horsey noises—nostrils blowing, hoofs pawing, bits being champed, necks being patted. Then a voice spoke.

"Attend, all of you," it said. "We are now within a furlong of the castle. Remember your orders. Once we are in Narnia, as we should be by sunrise, you are to kill as little as possible. On *this* venture you are to regard every drop of Narnian blood as more precious than a gallon of your own. On this venture, I say. The gods will send us a happier hour and then you must leave nothing alive between Cair Paravel and the Western Waste. But we are not yet in Narnia. Here in Archenland it is another thing. In the assault on this castle of King Lune's, nothing matters but speed. Show your mettle. It must be mine within an hour. And if it is, I give it all to you. I reserve no booty for myself. Kill me every barbarian male within its walls, down to the child that was born yesterday, and everything else is yours to divide as you please—the women, the gold, the jewels, the weapons, and the wine. The man that I see hanging back when we come to the gates shall be burned alive. In the name of Tash the irresistible, the inexorable—forward!"

With a great cloppitty-clop the column began to move, and Shasta breathed again. They had taken the other road.

Shasta thought they took a long time going past, for though he had been talking and thinking about "two hundred horse" all day, he had not realised how many they really were. But at last the sound died away and once more he was alone amid the drip-drip from the trees.

He now knew the way to Anvard but of course he could not now go there: that would only mean running into the arms of Rabadash's troopers. "What on earth am I to do?" said Shasta to himself. But he remounted his horse and continued along the road he had chosen, in the faint hope of finding some cottage where he might ask for shelter and a meal. He had thought, of course, of going back to Aravis and Bree and Hwin at the hermitage, but he couldn't because by now he had not the least idea of the direction.

"After all," said Shasta, "this road is bound to get to somewhere."

But that all depends on what you mean by somewhere. The road kept on getting to somewhere in the sense that it got to more and more trees, all dark and dripping and to colder and colder air. And strange, icy winds kept blowing the mist past him though they never blew it away. If he had been used to mountain country he would have realised that this meant he was now very high up—perhaps right at the top of the pass. But Shasta knew nothing about mountains.

"I *do* think," said Shasta, "that I must be the most unfortunate boy that ever lived in the whole world. Everything goes right for everyone except me. Those Narnian lords and ladies got safe away from Tashbaan; I was left behind. Aravis and Bree and Hwin are all as snug as anything with that old Hermit: of course I was the one who was sent on. King Lune and his people must have got safely into the castle and shut the gates long before Rabadash arrived, but I get left out."

And being very tired and having nothing inside him, he felt so sorry for himself that the tears rolled down his cheeks.

What put a stop to all this was a sudden fright. Shasta discovered that someone or somebody was walking beside him. It was pitch dark and he could see nothing. And the Thing (or Person) was going so quietly that he could hardly hear any footfalls. What he could hear was breathing. His invisible companion seemed to breathe on a very large scale, and Shasta got the impression that it was a very large creature. And he had come to notice this breathing so gradually that he had really no idea how long it had been there. It was a horrible shock.

It darted into his mind that he had heard long ago that there were giants in these Northern countries. He bit his lip in terror. But now that he really had something to cry about, he stopped crying.

The Thing (unless it was a Person) went on beside him so very quietly that Shasta began to hope he had only imagined it. But just as he was becoming quite sure of it, there suddenly came a deep, rich sigh out of the darkness beside him. That couldn't be imagination! Anyway, he had felt the hot breath of that sigh on his chilly left hand.

If the horse had been any good—or if he had known how to get any good out of the horse—he would have risked everything on a break away and a wild gallop. But he knew he couldn't make that horse gallop. So he went on at a walking pace and the unseen companion walked and breathed beside him. At last he could bear it no longer.

"Who are you?" he said, scarcely above a whisper.

"One who has waited long for you to speak," said the Thing. Its voice was not loud, but very large and deep.

"Are you—are you a giant?" asked Shasta.

"You might call me a giant," said the Large Voice. "But I am not like the creatures you call giants."

"I can't see you at all," said Shasta, after staring very hard. Then (for an even more terrible idea had come into his head) he said, almost in a scream, "You're not—not something *dead*, are you? Oh please—please do go away. What harm have I ever done you? Oh, I am the unluckiest person in the whole world?"

Once more he felt the warm breath of the Thing on his hand and face. "There," it said, "that is not the breath of a ghost. Tell me your sorrows."

Shasta was a little reassured by the breath: so he told how he had never known his real father or mother and had been brought up sternly by the fisherman. And then he told the story of his escape and how they were chased by lions and forced to swim for their lives; and of all their dangers in Tashbaan and about his night among the Tombs and how the beasts howled at him out of the desert. And he told about the heat and thirst of their desert journey and how they were almost at their goal when another lion chased them and wounded Aravis. And also, how very long it was since he had had anything to eat.

"I do not call you unfortunate," said the Large Voice.

"Don't you think it was bad luck to meet so many lions?" said Shasta.

"There was only one lion," said the Voice.

"What on earth do you mean? I've just told you there were at least two the first night, and—"

"There was only one: but he was swift of foot."

"How do you know?"

"I was the lion." And as Shasta gaped with open mouth and said nothing, the Voice continued. "I was the lion who forced you to join with Aravis. I was the cat who comforted you among the houses of the dead. I was the lion who drove the jackals from you while you slept. I was the lion who gave the Horses the new strength of fear for the last mile so that you should reach King Lune in time. And I was the lion you do not remember who pushed the boat in which you lay, a child near death, so that it came to shore where a man sat, wakeful at midnight, to receive you."

"Then it was you who wounded Aravis?"

"It was I."

"But what for?"

"Child," said the Voice, "I am telling you your story, not hers. I tell no one any story but his own."

"Who *are* you?" asked Shasta.

"Myself," said the Voice, very deep and low so that the earth shook: and again "Myself," loud and clear and gay: and then the third time "Myself," whispered so softly you could hardly hear it, and yet it seemed to come from all round you as if the leaves rustled with it.

Shasta was no longer afraid that the Voice belonged to something that would eat him, nor that it was the voice of a ghost. But a new and different sort of trembling came over him. Yet he felt glad too.

The mist was turning from black to grey and from grey to white. This must have begun to happen some time ago, but while he had been talking to the Thing he had not been noticing anything else. Now, the whiteness around him became a shining whiteness; his eyes began to blink. Somewhere ahead he could hear birds singing. He knew the night was over at last. He could see the mane and ears and head of his horse quite easily now. A golden light fell on them from the left. He thought it was the sun.

He turned and saw, pacing beside him, taller than the horse, a Lion. The horse did not seem to be afraid of it or else could not see it. It was from the Lion that the light came. No one ever saw anything more terrible or beautiful.

Luckily Shasta had lived all his life too far south in Calormen to have heard the tales that were whispered in Tashbaan about a dreadful Narnian demon that appeared in the form of a lion. And of course he knew none of the true stories about Aslan, the great Lion, the son of the Emperor-over-the-sea, the King above all High Kings in Narnia. But after one glance at the Lion's face he slipped out of the saddle and fell at its feet. He couldn't say anything but then he didn't want to say anything, and he knew he needn't say anything.

The High King above all kings stooped towards him. Its mane, and some strange and solemn perfume that hung about the mane, was all round him. It touched his forehead with its tongue. He lifted his face and their eyes met. Then instantly the pale brightness of the mist and the fiery brightness of the Lion rolled themselves together into a swirling glory and gathered themselves up and disappeared. He was alone with the horse on a grassy hillside under a blue sky. And there were birds singing.

# Chapter XII
# SHASTA IN NARNIA

"Was it all a dream?" wondered Shasta. But it couldn't have been a dream for there in the grass before him he saw the deep, large print of the Lion's front right paw. It took one's breath away to think of the weight that could make a footprint like that. But there was something more remarkable than the size about it. As he looked at it, water had already filled the bottom of it. Soon it was full to the brim, and then overflowing, and a little stream was running downhill, past him, over the grass.

Shasta stooped and drank—a very long drink—and then dipped his face in and splashed his head. It was extremely cold, and clear as glass, and refreshed him very much. After that he stood up, shaking the water out of his ears and flinging the wet hair back from his forehead, and began to take stock of his surroundings.

Apparently it was still very early morning. The sun had only just risen, and it had risen out of the forests which he saw low down and far away on his right. The country which he was looking at was absolutely new to him. It was a green valley-land dotted with trees through which he caught the gleam of a river that wound away roughly to the Northwest. On the far side of the valley there were high and even rocky hills, but they were lower than the mountains he had seen yesterday. Then he began to guess where he was. He turned and looked behind him and saw that the slope on which he was standing belonged to a range of far higher mountains.

"I see," said Shasta to himself. "Those are the big mountains between Archenland and Narnia. I was on the other side of them yesterday. I must have come through the pass in the night. What luck that I hit it!—at least it wasn't luck at all really, it was *Him*. And now I'm in Narnia."

He turned and unsaddled his horse and took off its bridle—"Though you *are* a perfectly horrid horse," he said. It took no notice of this remark and immediately began eating grass. That horse had a very low opinion of Shasta.

"I wish I could eat grass!" thought Shasta. "It's no good going back to Anvard, it'll all be besieged. I'd better get lower down into the valley and see if I can get anything to eat."

So he went on downhill (the thick dew was cruelly cold to his bare feet) till he came into a wood. There was a kind of track running through it and he had not followed this for many minutes when he heard a thick and rather wheezy voice saying to him,

"Good morning, neighbour."

Shasta looked round eagerly to find the speaker and presently saw a small, prickly person with a dark face who had just come out from among the trees. At least, it was small for a person but very big indeed for a hedgehog, which was what it was.

"Good morning," said Shasta. "But I'm not a neighbour. In fact I'm a stranger in these parts."

"Ah?" said the Hedgehog inquiringly.

"I've come over the mountains—from Archenland, you know."

"Ah, Archenland," said the Hedgehog. "That's a terrible long way. Never been there myself."

"And I think, perhaps," said Shasta, "someone ought to be told that there's an army of savage Calormenes attacking Anvard at this very moment."

"You don't say so!" answered the Hedgehog. "Well, think of that. And they do say that Calormen is hundreds and thousands of miles away, right at the world's end, across a great sea of sand."

"It's not nearly as far as you think," said Shasta. "And oughtn't something to be done about this attack on Anvard. Oughtn't your High King to be told?"

"Certain sure, something ought to be done about it," said the Hedgehog. "But you see I'm just on my way to bed for a good day's sleep. Hullo, neighbour!"

The last words were addressed to an immense biscuit-coloured rabbit whose head had just popped up from somewhere beside the path. The Hedgehog immediately told the Rabbit what it had just learned from Shasta. The Rabbit agreed that this was very remarkable news and that somebody ought to tell someone about it with a view to doing something.

And so it went on. Every few minutes they were joined by other creatures, some from the branches overhead and some from little underground houses at their feet, till the party consisted of five rabbits, a squirrel, two magpies, a goat-foot faun, and a mouse, who all talked at the same time and all agreed with the Hedgehog. For the truth was that in that golden age when the Witch and the Winter had gone and Peter the High King ruled at Cair Paravel, the smaller woodland people of Narnia were so safe and happy that they were getting a little careless.

Presently, however, two more practical people arrived in the little wood. One was a Red Dwarf whose name appeared to be Duffle. The other was a stag, a beautiful lordly creature with wide liquid eyes, dappled flanks and legs so thin and graceful that they looked as if you could break them with two fingers.

"Lion alive!" roared the Dwarf as soon as he had heard the news. "And if that's so, why are we all standing still, chattering? Enemies at Anvard! News must be sent to Cair Paravel at once. The army must be called out. Narnia must go to the aid of King Lune."

"Ah!" said the Hedgehog. "But you won't find the High King at the Cair. He's away to the North trouncing those giants. And talking of giants, neighbours, that puts me in mind—"

"Who'll take our message?" interrupted the Dwarf. "Anyone

here got more speed than me?"

"I've got speed," said the Stag. "What's my message? How many Calormenes?"

"Two hundred: under Prince Rabadash. And—"

But the Stag was already away—all four legs off the ground at once, and in a moment its white stern had disappeared among the remoter trees.

"Wonder where he's going," said a Rabbit. "He won't find the High King at Cair Paravel, you know."

"He'll find Queen Lucy," said Duffle. "And then—hullo! What's wrong with the Human? It looks pretty green. Why, I do believe it's quite faint. Perhaps it's mortal hungry. When did you last have a meal, youngster?"

"Yesterday morning," said Shasta weakly.

"Come on, then, come on," said the Dwarf, at once throwing his thick little arms round Shasta's waist to support him. "Why, neighbours, we ought all to be ashamed of ourselves! You come with me, lad. Breakfast! Better than talking."

With a great deal of bustle, muttering reproaches to itself, the Dwarf half led and half supported Shasta at a great speed further into the wood and a little downhill. It was a longer walk than Shasta wanted at that moment and his legs had begun to feel very shaky before they came out from the trees onto bare hillside. There they found a little house with a smoking chimney and an open door, and as they came to the doorway Duffle called out,

"Hey, brothers! A visitor for breakfast."

And immediately, mixed with a sizzling sound, there came to Shasta a simply delightful smell. It was one he had never smelled in his life before, but I hope you have. It was, in fact, the smell of bacon and eggs and mushrooms all frying in a pan.

"Mind your head, lad," said Duffle a moment too late, for Shasta had already bashed his forehead against the low lintel of the door. "Now," continued the Dwarf, "sit you down. The table's a bit low for you, but then the stool's low too. That's right. And here's porridge—and here's a jug of cream—and here's a spoon."

By the time Shasta had finished his porridge, the Dwarf's two brothers (whose names were Rogin and Bricklethumb) were putting the dish of bacon and eggs and mushrooms, and the coffee pot and the hot milk, and the toast, on the table.

It was all new and wonderful to Shasta for Calormene food is quite different. He didn't even know what the slices of brown stuff were, for he had never seen toast before. He didn't know what the yellow soft thing they smeared on the toast was, because in Calormen you nearly always get oil instead of butter. And the house itself was quite different from the dark, frowsty, fish-smelling hut of Arsheesh and from the pillared and carpeted halls in the palaces of Tashbaan. The roof was very low, and everything was made of wood and there was a cuckoo-clock and a red-and-white checked tablecloth and a bowl of wild flowers and little white curtains on the thick-paned windows. It was also rather troublesome having to use dwarf cups and plates and knives and forks. This meant that helpings were very small, but then there were a great many helpings, so that Shasta's plate or cup was being filled every moment, and every moment the Dwarfs themselves were saying, "Butter, please," or "Another cup of coffee," or "I'd like a few more mushrooms," or "What about frying another egg or so?" And when at last they had all eaten as much as they possibly could the three Dwarfs drew lots for who would do the washing-up, and Rogin was the unlucky one. Then Duffle and Bricklethumb took Shasta outside to a bench which ran against the cottage wall, and they all stretched out their legs and gave a great sigh of contentment and the two Dwarfs lit their pipes. The dew was off the grass now and the sun was warm; indeed, if there hadn't been a light breeze, it would have been too hot.

"Now, Stranger," said Duffle, "I'll show you the lie of the land. You can see nearly all South Narnia from here, and we're rather proud of the view. Right away on your left, beyond those near hills, you can just see the Western Mountains. And that round hill away on your right is called the Hill of the Stone Table. Just beyond—"

But at that moment he was interrupted by a snore from Shasta who, what with his night's journey and his excellent breakfast, had gone fast asleep. The kindly Dwarfs, as soon as they noticed this, began making signs to each other not to wake him, and indeed did so much whispering and nodding and getting up and tiptoeing away that they certainly would have waked him if he had been less tired.

He slept pretty well nearly all day but woke up in time for supper. The beds in that house were all too small for him but they made him a fine bed of heather on the floor, and he never stirred nor dreamed all night. Next morning they had just finished breakfast when they heard a shrill, exciting sound from outside.

"Trumpets!" said all the Dwarfs, as they and Shasta all came running out.

The trumpets sounded again: a new noise to Shasta, not huge and solemn like the horns of Tashbaan nor gay and merry like King Lune's hunting horn, but clear and sharp and valiant. The noise was coming from the woods to the East, and soon there was a noise of horse-hoofs mixed with it. A moment later the head of the column came into sight.

First came the Lord Peridan on a bay horse carrying the great banner of Narnia—-a red lion on a green ground. Shasta knew him at once. Then came three people riding abreast, two on great chargers and one on a pony. The two on the chargers were King Edmund and a fair-haired lady with a very merry face who wore a helmet and mail shirt and carried a bow across her shoulder and a quiver full of arrows at her side. ("The Queen Lucy," whispered Duffle.) But the one on the pony was Corin. After that came the main body of the army: men on ordinary horses, men on Talking Horses (who didn't mind being ridden on proper occasions, as when Narnia went to war), centaurs, stern, hard-bitten bears, great Talking Dogs, and last of all six giants. For there are good giants in Narnia. But though he knew they were on the right side Shasta at first could hardly bear to look at them; there are some things that take a lot of getting used to.

Just as the King and Queen reached the cottage and the Dwarfs began making low bows to them, King Edmund called out:

"Now, friends! Time for a halt and a morsel!" and at once there was a great bustle of people dismounting and haversacks being opened and conversation beginning when Corin came running up to Shasta and seized both his hands and cried,

"What! *You* here! So you got through all right? I *am* glad. Now we shall have some sport. And isn't it luck! We only got into harbour at Cair Paravel yesterday morning and the very first person who met us was Chervy the Stag with all this news of an attack on Anvard. Don't you think—

"Who is your Highness's friend?" said King Edmund who had just got off his horse.

"Don't you see, Sire?" said Corin. "It's my double: the boy you mistook me for at Tashbaan."

"Why, so he is your double," exclaimed Queen Lucy. "As like as two twins. This is a marvellous thing."

"Please, your Majesty," said Shasta to King Edmund, "I was no traitor, really I wasn't. And I couldn't help hearing your plans. But I'd never have dreamed of telling them to your enemies."

"I know now that you were no traitor, boy," said King Edmund, laying his hand on Shasta's head. "But if you would not be taken for one, another time try not to hear what's meant for other ears. But all's well."

After that there was so much bustle and talk and coming and going that Shasta for a few minutes lost sight of Corin and Edmund and Lucy. But Corin was the sort of boy whom one is sure to hear of pretty soon and it wasn't very long before Shasta heard King Edmund saying in a loud voice:

"By the Lion's Mane, prince, this is too much! Will your Highness never be better? You are more of a heart's-scald than our whole army together! I'd as lief have a regiment of hornets in my command as you."

Shasta wormed his way through the crowd and there saw Edmund, looking very angry indeed, Corin looking a little ashamed of himself, and a strange Dwarf sitting on the ground making faces. A couple of fauns had apparently just been helping it out of its armour.

"If I had but my cordial with me," Queen Lucy was saying, "I could soon mend this. But the High King has so strictly charged me not to carry it commonly to the wars and to keep it only for great extremities!"

What had happened was this. As soon as Corin had spoken to Shasta, Corin's elbow had been plucked by a Dwarf in the army called Thornbut.

"What is it, Thornbut?" Corin had said.

"Your Royal Highness," said Thornbut, drawing him aside, "our march today will bring us through the pass and right to your royal father's castle. We may be in battle before night."

"I know," said Corin. "Isn't it splendid!"

"Splendid or not," said Thornbut, "I have the strictest orders from King Edmund to see to it that your Highness is not in the fight. You will be allowed to see it, and that's treat enough for your Highness's little years."

"Oh what nonsense!" Corin burst out. "Of course I'm going to fight. Why, the Queen Lucy's going to be with the archers."

"The Queen's grace will do as she pleases," said Thornbut. "But you are in my charge. Either I must have your solemn and princely word that you'll keep your pony beside mine—not half a neck ahead—till I give your Highness leave to depart: or else—it is his Majesty's word—we must go with our wrists tied together like two prisoners."

"I'll knock you down if you try to bind me," said Corin.

"I'd like to see your Highness do it," said the Dwarf.

That was quite enough for a boy like Corin and in a second he and the Dwarf were at it hammer and tongs. It would have been an even match for, though Corin had longer arms and more height, the Dwarf was older and tougher. But it was never fought out (that's the worst of fights on a rough hillside) for by very bad luck Thornbut trod on a loose stone, came flat down on his nose, and found when he tried to get up that he had sprained his ankle: a real excruciating sprain which would keep him from walking or riding for at least a fortnight.

"See what your Highness has done," said King Edmund. "Deprived us of a proved warrior on the very edge of battle."

"I'll take his place, Sire," said Corin.

"Pshaw," said Edmund. "No one doubts your courage. But a boy in battle is a danger only to his own side."

At that moment the King was called away to attend to something else, and Corin, after apologising handsomely to the Dwarf, rushed up to Shasta and whispered,

"Quick. There's a spare pony now, and the Dwarf's armour. Put it on before anyone notices."

"What for?" said Shasta.

"Why, so that you and I can fight in the battle of course! Don't you want to?"

"Oh—ah, yes, of course," said Shasta. But he hadn't been thinking of doing so at all, and began to get a most uncomfortable prickly feeling in his spine.

"That's right," said Corin. "Over your head. Now the sword-belt. But we must ride near the tail of the column and keep as quiet as mice. Once the battle begins every one will be far too busy to notice us."

## Chapter XIII
## THE FIGHT AT ANVARD

By about eleven o'clock the whole company was once more on the march, riding westward with the mountains on their left. Corin and Shasta rode right at the rear with the Giants immediately in front of them. Lucy and Edmund and Peridan were busy with their plans for the battle and though Lucy once said, "But where is his goosecap Highness?" Edmund only replied, "Not in the front, and that's good news enough. Leave well alone."

Shasta told Corin most of his adventures and explained that he had learned all his riding from a horse and didn't really know how to use the reins. Corin instructed him in this, besides telling him all about their secret sailing from Tashbaan.

"And where is the Queen Susan?"

"At Cair Paravel," said Corin. "She's not like Lucy, you know, who's as good as a man, or at any rate as good as a boy. Queen Susan is more like an ordinary grown-up lady. She doesn't ride to the wars, though she is an excellent archer."

The hillside path which they were following became narrower all the time and the drop on their right hand became steeper. At last they were going in single file along the edge of a precipice and Shasta shuddered to think that he had done the same last night without knowing it. "But of course," he thought, "I was quite safe. That is why the Lion kept on my left. He was between me and the edge all the time."

Then the path went left and south away from the cliff and there were thick woods on both sides of it and they went steeply up and up into the pass. There would have been a splendid view from the top if it were open ground but among all those trees you could see nothing—only, every now and then, some huge pinnacle of rock above the tree-tops, and an eagle or two wheeling high up in the blue air.

"They smell battle," said Corin, pointing at the birds. "They know we're preparing a feed for them."

Shasta didn't like this at all.

When they had crossed the neck of the pass and come a good deal lower they reached more open ground and from here Shasta could see all Archenland, blue and hazy, spread out below him and even (he thought) a hint of the desert beyond it. But the sun, which had perhaps two hours or so to go before it set, was in his eyes and he couldn't make things out distinctly.

Here the army halted and spread out in a line, and there was a great deal of rearranging. A whole detachment of very dangerous-looking Talking Beasts whom Shasta had not noticed before and who were mostly of the cat kind (leopards, panthers, and the like) went padding and growling to take up their positions on the left. The giants were ordered to the right, and before going there they all took off something they had been carrying on their backs and sat down for a moment. Then Shasta saw that what they had been carrying and were now putting on were pairs of boots: horrid, heavy, spiked boots which came up to their knees. Then they sloped their huge clubs over their shoulders and marched to their battle position. The archers, with Queen Lucy, fell to the rear and you could first see them bending their bows and then hear the twang-twang as they tested the strings. And wherever you looked you could see people tightening girths, putting on helmets, drawing swords, and throwing cloaks to the ground. There was hardly any talking now. It was very solemn and very dreadful. "I'm in for it now—I really am in for it now," thought Shasta. Then there came noises far ahead: the sound of many men shouting and a steady thud-thud-thud.

"Battering ram," whispered Corin. "They're battering the gate."

Even Corin looked quite serious now.

"Why doesn't King Edmund get *on*?" he said. "I can't stand this waiting about. Chilly too."

Shasta nodded: hoping he didn't look as frightened as he felt.

The trumpet at last! On the move now—now trotting—the banner streaming out in the wind. They had topped a low ridge now, and below them the whole scene suddenly opened out; a little, many-towered castle with its gate towards them. No moat, unfortunately, but of course the gate shut and the portcullis down. On the walls they could see, like little white dots, the faces of the defenders. Down below, about fifty of the Calormenes, dismounted, were steadily swinging a great tree trunk against the gate. But at once the scene changed. The main bulk of Rabadash's men had been on foot ready to assault the gate. But now he had seen the Narnians sweeping down from the ridge. There is no doubt those Calormenes are wonderfully trained. It seemed to Shasta only a second before a whole line of the enemy were on horseback again, wheeling round to meet them, swinging towards them.

And now a gallop. The ground between the two armies grew less every moment. Faster, faster. All swords out now, all shields up to the nose, all prayers said, all teeth clenched. Shasta was dreadfully frightened. But it suddenly came into his head, "If you funk this, you'll funk every battle all your life. Now or never."

But when at last the two lines met he had really very little idea of what happened. There was a frightful confusion and an appalling noise. His sword was knocked clean out of his hand pretty soon. And he'd got the reins tangled somehow. Then he found himself slipping. Then a spear came straight at him and as he ducked to avoid it he rolled right off his horse, bashed his left knuckles terribly against someone else's armour, and then—

But it is no use trying to describe the battle from Shasta's point of view; he understood too little of the fight in general and even of his own part in it. The best way I can tell you what really happened is to take you some miles away to where the Hermit of the Southern March sat gazing into the smooth pool beneath the spreading tree, with Bree and Hwin and Aravis beside him.

For it was in this pool that the Hermit looked when he wanted to know what was going on in the world outside the green walls of his hermitage. There, as in a mirror, he could see, at certain times, what was going on in the streets of cities far further south than Tashbaan, or what ships were putting into Redhaven in the remote Seven Isles, or what robbers or wild beasts stirred in the great Western forests between Lantern Waste and Telmar. And all this day he had hardly left his pool, even to eat or drink, for he knew that great events were on foot in Archenland. Aravis and the Horses gazed into it too. They could see it was a magic pool: instead of reflecting the tree and the sky it revealed cloudy and coloured shapes moving, always moving, in its depths. But they could see nothing clearly. The Hermit could and from time to time he told them what he saw. A little while before Shasta rode into his first battle, the Hermit had begun speaking like this:

"I see one—two—three eagles wheeling in the gap by Stormness Head. One is the oldest of all the eagles. He would not be out unless battle was at hand. I see him wheel to and fro, peering down sometimes at Anvard and sometimes to the east, behind Stormness. Ah—I see now what Rabadash and his men have been so busy at all day. They have felled and lopped a great tree and they are now coming out of the woods carrying it as a ram. They have learned something from the failure of last night's assault. He would have been wiser if he had set his men to making ladders: but it takes longer and he is impatient. Fool that he is! He ought to have ridden back to Tashbaan as soon as the first attack failed, for his whole plan depended on speed and surprise. Now they are bringing their ram into position. King Lune's men are shooting hard from the walls.

Five Calormenes have fallen: but not many will. They have their shields above their heads. Rabadash is giving his orders now. With him are his most trusted lords, fierce Tarkaans from the eastern provinces. I can see their faces. There is Corradin of Castle Tormunt, and Azrooh, and Chlamash, and Ilgamuth of the twisted lip, and a tall Tarkaan with a crimson beard—"

"By the Mane, my old master Anradin!" said Bree.

"S-s-sh," said Aravis.

"Now the ram has started. If I could hear as well as see, what a noise that would make! Stroke after stroke: and no gate can stand it forever. But wait! Something up by Stormness has scared the birds. They're coming out in masses. And wait again... I can't see yet... ah! Now I can. The whole ridge, up on the east, is black with horsemen. If only the wind would catch that standard and spread it out. They're over the ridge now, whoever they are. Aha! I've seen the banner now. Narnia, Narnia! It's the red lion. They're in full career down the hill now. I can see King Edmund. There's a woman behind among the archers. Oh!—"

"What is it?" asked Hwin breathlessly.

"All his Cats are dashing out from the left of the line."

"Cats?" said Aravis.

"Great cats, leopards and such," said the Hermit impatiently. "I see, I see. The Cats are coming round in a circle to get at the horses of the dismounted men. A good stroke. The Calormene horses are mad with terror already. Now the Cats are in among them. But Rabadash has reformed his line and has a hundred men in the saddle. They're riding to meet the Narnians. There's only a hundred yards between the two lines now. Only fifty. I can see King Edmund, I can see the Lord Peridan. There are two mere children in the Narnian line. What can the King be about to let them into the battle? Only ten yards—the lines have met. The Giants on the Narnian right are doing wonders... but one's down... shot through the eye, I suppose. The centre's all in a muddle. I can see more on the left. There are the two boys again. Lion alive! One is Prince Corin. The other, like him as two peas. It's your little Shasta. Corin is fighting like a man. He's killed a Calormene. I can see a bit of the centre now. Rabadash and Edmund almost met then, but the press has separated them—"

"What about Shasta?" said Aravis.

"Oh the fool!" groaned the Hermit. "Poor, brave little fool. He knows nothing about this work. He's making no use at all of his shield. His whole side's exposed. He hasn't the faintest idea what to do with his sword. Oh, he's remembered it now. He's waving it wildly about... nearly cut his own pony's head off, and he will in a moment if he's not careful. It's been knocked out of his hand now. It's mere murder sending a child into the battle; he can't live five minutes. Duck, you fool—oh, he's down."

"Killed?" asked three voices breathlessly.

"How can I tell?" said the Hermit. "The Cats have done their work. All the riderless horses are dead or escaped now: no retreat for the Calormenes on *them*. Now the Cats are turning back into the main battle. They're leaping on the rams-men. The ram is down. Oh, good! Good! The gates are opening from the inside: there's going to be a sortie. The first three are out. It's King Lune in the middle: the brothers Dar and Darrin on each side of him. Behind them are Tran and Shar and Cole with his brother Colin. There are ten—twenty—nearly thirty of them out by now. The Calormene line is being forced back upon them. King Edmund is dealing marvellous strokes. He's just slashed Corradin's head off. Lots of Calormenes have thrown down their arms and are running for the woods. Those that remain are hard pressed. The Giants are closing in on the right—Cats on the left—King Lune from their rear. The Calormenes are a little knot now, fighting back to back. Your Tarkaan's down, Bree. Lune and Azrooh are fighting hand to hand; the King looks like winning—the King is keeping it up well—the King has won. Azrooh's down. King Edmund's down—no, he's up again: he's at it with Rabadash. They're fighting in the very gate of the castle. Several Calormenes have surrendered. Darrin has killed Ilgamuth. I can't see what's happened to Rabadash. I think he's dead, leaning against the castle wall, but I don't know. Chlamash and King Edmund are still fighting but the battle is over everywhere else. Chlamash has surrendered. The battle *is* over. The Calormenes are utterly defeated."

When Shasta fell off his horse he gave himself up for lost. But horses, even in a battle, tread on human beings very much less than you would suppose. After a very horrible ten minutes or so Shasta realised suddenly that there were no longer any horses stamping about in the immediate neighbourhood and that the noise (for there were still a good many noises going on) was no longer that of a battle. He sat up and stared about him. Even he, little as he knew of battles, could soon see that the Archenlanders and Narnians had won. The only living Calormenes he could see were prisoners, the castle gates were wide open, and King Lune and King Edmund were shaking hands across the battering ram. From the circle of lords and warriors around them there arose a sound of breathless and excited, but obviously cheerful, conversation. And then, suddenly, it all united and swelled into a great roar of laughter.

Shasta picked himself up, feeling uncommonly stiff, and ran towards the sound to see what the joke was. A very curious sight met his eyes. The unfortunate Rabadash appeared to be suspended from the castle walls. His feet, which were about two feet from the ground, were kicking wildly. His chain-shirt was somehow hitched up so that it was horribly tight under the arms and came half way over his face. In fact he looked just as a man looks if you catch him in the very act of getting into a stiff shirt that is a little too small for him. As far as could be made out afterwards (and you may be sure the story was well talked over for many a day) what had happened was something like this. Early in the battle one of the Giants had made an unsuccessful stamp at Rabadash with his spiked boot: unsuccessful because it didn't crush Rabadash, which was what the Giant had intended, but not quite useless because one of the spikes tore the chain mail, just as you or I might tear an ordinary shirt. So Rabadash, by the time he encountered Edmund at the gate, had a hole in the back of his hauberk. And when Edmund pressed him back nearer and nearer to the wall, he jumped up on a mounting block and stood there raining down blows on Edmund from above. But then, finding that this position, by raising him above the heads of everyone else, made him a mark for every arrow from the Narnian bows, he decided to jump down again. And he meant to look and sound—no doubt for a moment he *did* look and sound—very grand and very dreadful as he jumped, crying, "The bolt of Tash falls from above." But he had to jump sideways because the crowd in front of him left him no landing place in that direction. And then, in the neatest way you could wish, the tear in the back of his hauberk caught on a hook in the wall. (Ages ago this hook had had a ring in it for tying horses to.) And there he found himself, like a piece of washing hung up to dry, with everyone laughing at him.

"Let me down, Edmund," howled Rabadash. "Let me down and fight me like a king and a man; or if you are too great a coward to do that, kill me at once."

"Certainly," began King Edmund, but King Lune interrupted.

"By your Majesty's good leave," said King Lune to Edmund. "Not so." Then, turning to Rabadash he said, "Your royal Highness, if you had given that challenge a week ago, I'll answer for it there was no one in King Edmund's dominion, from the High King down to the smallest Talking Mouse, who would have refused it. But by attacking our castle of Anvard in time of peace without defiance sent, you have proved yourself no knight, but a traitor, and one rather to be whipped by the hangman than to be suffered to cross swords with any person of honour. Take him down, bind him, and carry him within till our pleasure is further known."

Strong hands wrenched Rabadash's sword from him and he was carried away into the castle, shouting, threatening, cursing, and even crying. For though he could have faced torture he couldn't bear being made ridiculous. In Tashbaan every one had always taken him seriously.

At that moment Corin ran up to Shasta, seized his hand and started dragging him towards King Lune. "Here he is, Father, here he is," cried Corin.

"Aye, and here *thou* art, at last," said the King in a very gruff voice. "And hast been in the battle, clean contrary to your obedience. A boy to break a father's heart! At your age a rod to your breech were fitter than a sword in your fist, ha!" But everyone, including Corin, could see that the King was very proud of him.

"Chide him no more, Sire, if it please you," said Lord Darrin. "His Highness would not be your son if he did not inherit your conditions. It would grieve your Majesty more if he had to be reproved for the opposite fault."

"Well, well," grumbled the King. "We'll pass it over for this time. And now—"

What came next surprised Shasta as much as anything that had ever happened to him in his life. He found himself suddenly embraced in a bear-like hug by King Lune and kissed on both cheeks. Then the King set him down again and said, "Stand here together, boys, and let all the court see you. Hold up your heads. Now, gentlemen, look on them both. Has any man any doubts?"

And still Shasta could not understand why everyone stared at him and at Corin nor what all the cheering was about.

## Chapter XIV
## HOW BREE BECAME A WISER HORSE

We must now return to Aravis and the Horses. The Hermit, watching his pool, was able to tell them that Shasta was not killed or even seriously wounded, for he saw him get up and saw how affectionately he was greeted by King Lune. But as he could only see, not hear, he did not know what anyone was saying and, once the fighting had stopped and the talking had begun, it was not worth while looking in the pool any longer.

Next morning, while the Hermit was indoors, the three of them discussed what they should do next.

"I've had enough of this," said Hwin. "The Hermit has been very good to us and I'm very much obliged to him, I'm sure. But I'm getting as fat as a pet pony, eating all day and getting no exercise. Let's go on to Narnia."

"Oh not today, Ma'am," said Bree. "I wouldn't hurry things. Some other day, don't you think?"

"We must see Shasta first and say good-bye to him—and—and apologise," said Aravis.

"Exactly!" said Bree with great enthusiasm. "Just what I was going to say."

"Oh, of course," said Hwin. "I expect he is in Anvard. Naturally we'd look in on him and say good-bye. But that's on our way. And why shouldn't we start at once? After all, I thought it was Narnia we all wanted to get to?"

"I suppose so," said Aravis. She was beginning to wonder what exactly she would do when she got there and was feeling a little lonely.

"Of course, of course," said Bree hastily. "But there's no need to rush things, if you know what I mean."

"No, I don't know what you mean," said Hwin. "Why don't you want to go?"

"M-m-m, broo-hoo," muttered Bree. "Well, don't you see, Ma'am—it's an important occasion—returning to one's own country—entering society—the best society—it is so essential to make a good impression—not perhaps looking quite ourselves, yet, eh?"

Hwin broke out into a horse-laugh. "It's your tail, Bree! I see it all now. You want to wait till your tail's grown again! And we don't even know if tails are worn long in Narnia. Really, Bree, you're as vain as that Tarkheena in Tashbaan!"

"You *are* silly, Bree," said Aravis.

"By the Lion's Mane, Tarkheena, I'm nothing of the sort," said Bree indignantly. "I have a proper respect for myself and for my fellow horses, that's all."

"Bree," said Aravis, who was not very interested in the cut of his tail, "I've been wanting to ask you something for a long time. Why do you keep on swearing *By the Lion* and *By the Lion's Mane?* I thought you hated lions."

"So I do," answered Bree. "But when I speak of *the* Lion of course I mean Aslan, the great deliverer of Narnia who drove away the Witch and the Winter. All Narnians swear by *him*."

"But is he a lion?"

"No, no, of course not," said Bree in a rather shocked voice.

"All the stories about him in Tashbaan say he is," replied Aravis. "And if he isn't a lion why do you call him a lion?"

"Well, you'd hardly understand that at your age," said Bree. "And I was only a little foal when I left so I don't quite fully understand it myself."

(Bree was standing with his back to the green wall while he said this, and the other two were facing him. He was talking in rather a superior tone with his eyes half shut; that was why he didn't see the changed expression in the faces of Hwin and Aravis. They had good reason to have open mouths and staring eyes; because while Bree spoke they saw an enormous lion leap up from outside and balance itself on the top of the green wall; only it was a brighter yellow and it was bigger and more beautiful and more alarming than any lion they had ever seen. And at once it jumped down inside the wall and began approaching Bree from behind. It made no noise at all. And Hwin and Aravis couldn't make any noise themselves, no more than if they were frozen.)

"No doubt," continued Bree, "when they speak of him as a Lion they only mean he's as strong as a lion or (to our enemies, of course) as fierce as a lion. Or something of that kind. Even a little girl like you, Aravis, must see that it would be quite absurd to suppose he is a *real* lion. Indeed it would be disrespectful. If he was a lion he'd have to be a Beast just like the rest of us. Why!" (and here Bree began to laugh) "If he was a lion he'd have four paws, and a tail, and *Whiskers*! ... Aie, ooh, hoo-hoo! Help!"

For just as he said the word *Whiskers* one of Aslan's had actually tickled his ear. Bree shot away like an arrow to the other side of the enclosure and there turned; the wall was too high for him to jump and he could fly no further. Aravis and Hwin both started back. There was about a second of intense silence.

Then Hwin, though shaking all over, gave a strange little neigh, and trotted across to the Lion.

"Please," she said, "you're so beautiful. You may eat me if you like. I'd sooner be eaten by you than fed by anyone else."

"Dearest daughter," said Aslan, planting a lion's kiss on her twitching, velvet nose, "I knew you would not be long in coming to me. Joy shall be yours."

Then he lifted his head and spoke in a louder voice.

"Now, Bree," he said, "you poor, proud, frightened Horse, draw near. Nearer still, my son. Do not dare not to dare. Touch me. Smell me. Here are my paws, here is my tail, these are my whiskers. I am a true Beast."

"Aslan," said Bree in a shaken voice, "I'm afraid I must be rather a fool."

"Happy the Horse who knows that while he is still young. Or the Human either. Draw near, Aravis my daughter. See! My paws are velveted. You will not be torn this time."

"This time, Sir?" said Aravis.

"It was I who wounded you," said Aslan. "I am the only lion you met in all your journeyings. Do you know why I tore you?"

"No, sir."

"The scratches on your back, tear for tear, throb for throb, blood for blood, were equal to the stripes laid on the back of your stepmother's slave because of the drugged sleep you cast upon her. You needed to know what it felt like."

"Yes, sir. Please—"

"Ask on, my dear," said Aslan.

"Will any more harm come to her by what I did?"

"Child," said the Lion, "I am telling you your story, not hers. No one is told any story but their own." Then he shook his head and spoke in a lighter voice.

"Be merry, little ones," he said. "We shall meet soon again. But before that you will have another visitor." Then in one bound he reached the top of the wall and vanished from their sight.

Strange to say, they felt no inclination to talk to one another about him after he had gone. They all moved slowly away to different parts of the quiet grass and there paced to and fro, each alone, thinking.

About half an hour later the two Horses were summoned to the back of the house to eat something nice that the Hermit had got ready for them and Aravis, still walking and thinking, was startled by the harsh sound of a trumpet outside the gate.

"Who is there?" said Aravis.

"His Royal Highness Prince Cor of Archenland," said a voice from outside.

Aravis undid the door and opened it, drawing back a little way to let the strangers in.

Two soldiers with halberds came first and took their stand at each side of the entry. Then followed a herald, and the trumpeter.

"His Royal Highness Prince Cor of Archenland desires an audience of the Lady Aravis," said the Herald. Then he and the trumpeter drew aside and bowed and the soldiers saluted and the Prince himself came in. All his attendants withdrew and closed the gate behind them.

The Prince bowed, and a very clumsy bow for a Prince it was. Aravis curtsied in the Calormene style (which is not at all like ours) and did it very well because, of course, she had been taught how. Then she looked up and saw what sort of person this Prince was.

She saw a mere boy. He was bare-headed and his fair hair was encircled with a very thin band of gold, hardly thicker than a wire. His upper tunic was of white cambric, as fine as a handkerchief, so that the bright red tunic beneath it showed through. His left hand, which rested on his enamelled sword hilt, was bandaged.

Aravis looked twice at his face before she gasped and said, "Why! It's Shasta!"

Shasta all at once turned very red and began speaking very quickly. "Look here, Aravis," he said, "I do hope you won't think I'm got up like this (and the trumpeter and all) to try to impress you or make out that I'm different or any rot of that sort. Because I'd far rather have come in my old clothes, but they're burnt now, and my father said—"

"Your father?" said Aravis.

"Apparently King Lune is my father," said Shasta. "I might really have guessed it. Corin being so like me. We were twins, you see. Oh, and my name isn't Shasta, it's Cor."

"Cor is a nicer name than Shasta," said Aravis.

"Brothers' names run like that in Archenland," said Shasta (or Prince Cor as we must now call him). "Like Dar and Darrin, Cole and Colin and so on."

"Shasta—I mean Cor," said Aravis. "No, shut up. There's something I've got to say at once. I'm sorry I've been such a pig. But I did change before I knew you were a Prince, honestly I did: when you went back, and faced the Lion."

"It wasn't really going to kill you at all, that Lion," said Cor.

"I know," said Aravis, nodding. Both were still and solemn for a moment as each saw that the other knew about Aslan.

Suddenly Aravis remembered Cor's bandaged hand. "I say!" she cried, "I forgot! You've been in a battle. Is that a wound?"

"A mere scratch," said Cor, using for the first time a rather lordly tone. But a moment later he burst out laughing and said, "If you want to know the truth, it isn't a proper wound at all. I only took the skin off my knuckles, just as any clumsy fool might do without going near a battle."

"Still you were in the battle," said Aravis. "It must have been wondcrful."

"It wasn't at all like what I thought," said Cor.

"But Sha—Cor, I mean—you haven't told me anything yet about King Lune and how he found out who you were."

"Well, let's sit down," said Cor. "For it's rather a long story. And by the way, Father's an absolute brick. I'd be just as pleased—or very nearly—at finding he's my father even if he wasn't a king. Even though Education and all sorts of horrible things are going to happen to me. But you want the story. Well, Corin and I were twins. And about a week after we were both born, apparently, they took us to a wise old Centaur in Narnia to be blessed or something. Now this Centaur was a prophet as a good many Centaurs are. Perhaps you haven't seen any Centaurs yet? There were some in the battle yesterday. Most remarkable people, but I can't say I feel quite at home with them yet. I say, Aravis, there are going to be a lot of things to get used to in these Northern countries."

"Yes, there are," said Aravis. "But get on with the story."

"Well, as soon as he saw Corin and me, it seems this Centaur looked at me and said, A day will come when that boy will save Archenland from the deadliest danger in which ever she lay. So of course my Father and Mother were very pleased. But there was someone present who wasn't. This was a chap called the Lord Bar who had been Father's Lord Chancellor. And apparently he'd done something wrong—*bezzling* or some word like that—I didn't understand that part very well—and Father had had to dismiss him. But nothing else was done to him and he was allowed to go on living in Archenland. But he must have been as bad as he could be, for it came out afterwards he had been in the pay of the Tisroc and had sent a lot of secret information to Tashbaan. So as soon as he heard I was going to save Archenland from a great danger he decided I must be put out of the way. Well, he succeeded in kidnapping me (I don't exactly know how) and rode away down the Winding Arrow to the coast. He'd had everything prepared and there was a ship manned with his own followers lying ready for him and he put out to sea with me on board. But Father got wind of it, though not quite in time, and was after him as quickly as he could. The Lord Bar was already at sea when Father reached the coast, but not out of sight. And Father was embarked in one of his own warships within twenty minutes.

"It must have been a wonderful chase. They were six days following Bar's galleon and brought her to battle on the seventh. It was a great sea-fight (I heard a lot about it yesterday evening) from ten o'clock in the morning till sunset. Our people took the ship in the end. But I wasn't there. The Lord Bar himself had been killed in the battle. But one of his men said that, early that morning, as soon as he saw he was certain to be overhauled, Bar had given me to one of his knights and sent us both away in the ship's boat. And that boat was never seen again. But of course that was the same boat that Aslan (he seems to be at the back of all the stories) pushed ashore at the right place for Arsheesh to pick me up. I wish I knew that knight's name, for he must have kept me alive and starved himself to do it."

"I suppose Aslan would say that was part of someone else's story," said Aravis.

"I was forgetting that," said Cor.

"And I wonder how the prophecy will work out," said Aravis, "and what the great danger is that you're to save Archenland from."

"Well," said Cor rather awkwardly, "they seem to think I've done it already."

Aravis clapped her hands. "Why, of course!" she said. "How stupid I am. And how wonderful! Archenland can never be in much greater danger than it was when Rabadash had crossed the Arrow with his two hundred horse and you hadn't yet got through with your message. Don't you feel proud?"

"I think I feel a bit scared," said Cor.

"And you'll be living at Anvard now," said Aravis rather wistfully.

"Oh!" said Cor, "I'd nearly forgotten what I came about. Father wants you to come and live with us. He says there's been no lady in the court (they call it the court, I don't know why) since Mother died. Do, Aravis. You'll like Father—and Corin. They're not like me; they've been properly brought up. You needn't be afraid that—"

"Oh stop it," said Aravis, "or we'll have a real fight. Of course I'll come."

"Now let's go and see the Horses," said Cor.

There was a great and joyous meeting between Bree and Cor, and Bree, who was still in a rather subdued frame of mind, agreed to set out for Anvard at once: he and Hwin would cross into Narnia on the following day. All four bade an affectionate farewell to the Hermit and promised that they would soon visit him again. By about the middle of the morning they were on their way. The Horses had expected that Aravis and Cor would ride, but Cor explained that except in war, where everyone must do what he can do best, no one in Narnia or Archenland ever dreamed of mounting a Talking Horse.

This reminded poor Bree again of how little he knew about Narnian customs and what dreadful mistakes he might make. So while Hwin strolled along in a happy dream, Bree got more nervous and more self-conscious with every step he took.

"Buck up, Bree," said Cor. "It's far worse for me than for you. You aren't going to be *educated*. I shall be learning reading and writing and heraldry and dancing and history and music while you'll be galloping and rolling on the hills of Narnia to your heart's content."

"But that's just the point," groaned Bree. "*Do* Talking Horses roll? Supposing they don't? I can't bear to give it up. What do you think, Hwin?"

"I'm going to roll anyway," said Hwin. "I don't suppose any of them will care two lumps of sugar whether you roll or not."

"Are we near that castle?" said Bree to Cor.

"Round the next bend," said the Prince.

"Well," said Bree, "I'm going to have a good one now: it may be the last. Wait for me a minute."

It was five minutes before he rose again, blowing hard and covered with bits of bracken.

"Now I'm ready," he said in a voice of profound gloom. "Lead on, Prince Cor. Narnia and the North."

But he looked more like a horse going to a funeral than a long-lost captive returning to home and freedom.

## Chapter XV
# RABADASH THE RIDICULOUS

The next turn of the road brought them out from among the trees and there, across green lawns, sheltered from the north wind by the high wooded ridge at its back, they saw the castle of Anvard. It was very old and built of a warm, reddish-brown stone.

Before they had reached the gate King Lune came out to meet them, not looking at all like Aravis's idea of a king and wearing the oldest of old clothes; for he had just come from making a round of the kennels with his Huntsman and had only stopped for a moment to wash his doggy hands. But the bow with which he greeted Aravis as he took her hand would have been stately enough for an Emperor.

"Little lady," he said, "we bid you very heartily welcome. If my dear wife were still alive we could make you better cheer but could not do it with a better will. And I am sorry that you have had misfortunes and been driven from your father's house, which cannot but be a grief to you. My son Cor has told me about your adventures together and all your valour."

"It was he who did all that, Sir," said Aravis. "Why, he rushed at a lion to save me."

"Eh, what's that?" said King Lune, his face brightening. "I haven't heard that part of the story."

Then Aravis told it. And Cor, who had very much wanted the story to be known, though he felt he couldn't tell it himself, didn't enjoy it so much as he had expected, and indeed felt rather foolish. But his father enjoyed it very much indeed and in the course of the next few weeks told it to so many people that Cor wished it had never happened.

Then the King turned to Hwin and Bree and was just as polite to them as to Aravis, and asked them a lot of questions about their families and where they had lived in Narnia before they had been captured. The Horses were rather tongue-tied for they weren't yet used to being talked to as equals by Humans—grown-up Humans, that is. They didn't mind Aravis and Cor.

Presently Queen Lucy came out from the castle and joined them and King Lune said to Aravis, "My dear, here is a loving friend of our house, and she has been seeing that your apartments are put to rights for you better than I could have done it."

"You'd like to come and see them, wouldn't you?" said Lucy, kissing Aravis. They liked each other at once and soon went away together to talk about Aravis's bedroom and Aravis's boudoir and about getting clothes for her, and all the sort of things girls do talk about on such an occasion.

After lunch, which they had on the terrace (it was cold birds and cold game pie and wine and bread and cheese), King Lune ruffled up his brow and heaved a sigh and said, "Heigh-ho! We have still that sorry creature Rabadash on our hands, my friends, and must needs resolve what to do with him."

Lucy was sitting on the King's right and Aravis on his left. King Edmund sat at one end of the table and the Lord Darrin faced him at the other. Dar and Peridan and Cor and Corin were on the same side as the King.

"Your Majesty would have a perfect right to strike off his head," said Peridan. "Such an assault as he made puts him on a level with assassins."

"It is very true," said Edmund. "But even a traitor may mend. I have known one that did." And he looked very thoughtful.

"To kill this Rabadash would go near to raising war with the Tisroc," said Darrin.

"A fig for the Tisroc," said King Lune. "His strength is in numbers and numbers will never cross the desert. But I have no stomach for killing men (even traitors) in cold blood. To have cut his throat in the battle would have eased my heart mightily: but this is a different thing."

"By my counsel," said Lucy, "your Majesty shall give him another trial. Let him go free on strait promise of fair dealing in the future. It may be that he will keep his word."

"Maybe Apes will grow honest, Sister," said Edmund. "But, by the Lion, if he breaks it again, it may be in such time and place that any of us could swap off his head in clean battle."

"It shall be tried," said the King: and then to one of the attendants, "Send for the prisoner, friend."

Rabadash was brought before them in chains. To look at him anyone would have supposed that he had passed the night in a noisome dungeon without food or water; but in reality he had been shut up in quite a comfortable room and provided with an excellent supper. But as he was sulking far too furiously to touch the supper and had spent the whole night stamping and roaring and cursing, he naturally did not now look his best.

"Your royal Highness needs not to be told," said King Lune, "that by the law of nations as well as by all reasons, of prudent policy, we have as good right to your head as ever one mortal man had against another. Nevertheless, in consideration of your youth and the ill nurture, devoid of all gentilesse and courtesy, which you have doubtless had in the land of slaves and tyrants, we are disposed to set you free, unharmed, on these conditions: first, that—"

"Curse you for a barbarian dog!" spluttered Rabadash. "Do you think I will even hear your conditions? Faugh! You talk very largely of nurture and I know not what. It's easy, to a man in chains, ha! Take off these vile bonds, give me a sword, and let any of you who dares then debate with me."

Nearly all the lords sprang to their feet, and Corin shouted:

"Father! Can I *box* him? Please."

"Peace! Your Majesties! My Lords!" said King Lune. "Have we no more gravity among us than to be so chafed by the taunt of a pajock? Sit down, Corin, or shalt leave the table. I ask your Highness again, to hear our conditions."

"I hear no conditions from barbarians and sorcerers," said Rabadash. "Not one of you dare touch a hair of my head. Every insult you have heaped on me shall be paid with oceans of Narnian and Archenlandish blood. Terrible shall the vengeance of the Tisroc be: even now. But kill me, and the burnings and torturings in these northern lands shall become a tale to frighten the world a thousand years hence. Beware! Beware! Beware! The bolt of Tash falls from above!"

"Does it ever get caught on a hook halfway?" asked Corin.

"Shame, Corin," said the King. "Never taunt a man save when he is stronger than you: then, as you please."

"Oh you foolish Rabadash," sighed Lucy.

Next moment Cor wondered why everyone at the table had risen and was standing perfectly still. Of course he did the same himself. And then he saw the reason. Aslan was among them though no one had seen him coming. Rabadash started as the immense shape of the Lion paced softly in between him and his accusers.

"Rabadash," said Aslan. "Take heed. Your doom is very near, but you may still avoid it. Forget your pride (what have you to be proud of?) and your anger (who has done you wrong?) and accept the mercy of these good kings."

Then Rabadash rolled his eyes and spread out his mouth into a horrible, long mirthless grin like a shark, and wagged his ears up and down (anyone can learn how to do this if they take the trouble). He had always found this very effective in Calormen. The bravest had trembled when he made these faces, and ordinary people had fallen to the floor, and sensitive people had often fainted. But what Rabadash hadn't realised is that it is very easy to frighten people who know you can have them boiled alive the moment you give the word. The grimaces didn't look at all alarming in Archenland; indeed Lucy only thought Rabadash was going to be sick.

"Demon! Demon! Demon!" shrieked the Prince. "I know you. You are the foul fiend of Narnia. You are the enemy of the gods. Learn who I am, horrible phantasm. I am descended from Tash, the inexorable, the irresistible. The curse of Tash is upon you. Lightning in the shape of scorpions shall be rained on you. The mountains of Narnia shall be ground into dust. The—"

"Have a care, Rabadash," said Aslan quietly. "The doom is nearer now: it is at the door: it has lifted the latch."

"Let the skies fall," shrieked Rabadash. "Let the earth gape! Let blood and fire obliterate the world! But be sure I will never desist till I have dragged to my palace by her hair the barbarian queen, the daughter of dogs, the—"

"The hour has struck," said Aslan: and Rabadash saw, to his supreme horror, that everyone had begun to laugh.

They couldn't help it. Rabadash had been wagging his ears all the time and as soon as Aslan said, "The hour has struck!" the ears began to change. They grew longer and more pointed and soon were covered with grey hair. And while everyone was wondering where they had seen ears like that before, Rabadash's face began to change too. It grew longer, and thicker at the top and larger eyed, and the nose sank back into the face (or else the face swelled out and became all nose) and there was hair all over it. And his arms grew longer and came down in front of him till his hands were resting on the ground: only they weren't hands, now, they were hoofs. And he was standing on all fours, and his clothes disappeared, and everyone laughed louder and louder (because they couldn't help it) for now what had been Rabadash was simply and unmistakably, a donkey. The terrible thing was that his human speech lasted just a moment longer than his human shape, so that when he realised the change that was coming over him, he screamed out:

"Oh, not a Donkey! Mercy! If it were even a horse—even a horse—e'en—a—hor—eeh—auh, eeh-auh." And so the words died away into a donkey's bray.

"Now hear me, Rabadash," said Aslan. "Justice shall be mixed with mercy. You shall not always be an Ass."

At this of course the Donkey twitched its ears forward—and that also was so funny that everybody laughed all the more. They tried not to, but they tried in vain.

"You have appealed to Tash," said Aslan. "And in the temple of Tash you shall be healed. You must stand before the altar of Tash in Tashbaan at the great Autumn Feast this year and there, in the sight of all Tashbaan, your ass's shape will fall from you and all men will know you for Prince Rabadash. But as long as you live, if ever you go more than ten miles away from the great temple in Tashbaan you shall instantly become again as you now are. And from that second change there will be no return."

There was a short silence and then they all stirred and looked at one another as if they were waking from sleep. Aslan was gone. But there was a brightness in the air and on the grass, and a joy in their hearts, which assured them that he had been no dream: and anyway, there was the donkey in front of them.

King Lune was the kindest-hearted of men and on seeing his enemy in this regrettable condition he forgot all his anger.

"Your royal Highness," he said, "I am most truly sorry that things have come to this extremity. Your Highness will bear witness that it was none of our doing. And of course we shall be delighted to provide your Highness with shipping back to Tashbaan for the—er—treatment which Aslan has prescribed. You shall have every comfort which your Highness's situation allows: the best of the cattle-boats—the freshest carrots and thistles—"

But a deafening bray from the Donkey and a well-aimed kick at one of the guards made it clear that these kindly offers were ungratefully received.

And here, to get him out of the way, I'd better finish off the story of Rabadash. He (or it) was duly sent back by boat to Tashbaan and brought into the temple of Tash at the great Autumn Festival, and then he became a man again. But of course four or five thousand people had seen the transformation and the affair could not possibly be hushed up. And after the old Tisroc's death when Rabadash became Tisroc in his place he turned out the most peaceable Tisroc Calormen had ever known. This was because, not daring to go more than ten miles from Tashbaan, he could never go on a war himself; and he didn't want his Tarkaans to win fame in the wars at his expense, for that is the way Tisrocs get overthrown. But though his reasons were selfish, it made things much more comfortable for all the smaller countries round Calormen. His own people never forgot that he had been a donkey. During his reign, and to his face, he was called Rabadash the Peacemaker, but after his death and behind his back he was called Rabadash the Ridiculous, and if you look him up in a good History of Calormen (try the local library) you will find him under that name. And to this day in Calormene schools, if you do anything unusually stupid, you are very likely to be called "a second Rabadash".

Meanwhile at Anvard everyone was very glad that he had been disposed of before the real fun began, which was a grand feast held that evening on the lawn before the castle, with dozens of lanterns to help the moonlight. And the wine flowed and tales were told and jokes were cracked, and then silence was made and the King's poet with two fiddlers stepped out into the middle of the circle. Aravis and Cor prepared themselves to be bored, for the only poetry they knew was the Calormene kind, and you know now what that was like. But at the very first scrape of the fiddles a rocket seemed to go up inside their heads, and the poet sang the great old lay of Fair Olvin and how he fought the Giant Pire and turned him into stone (and that is the origin of Mount Pire—it was a two-headed Giant) and won the Lady Liln for his bride; and when it was over they wished it was going to begin again. And though Bree couldn't sing he told the story of the fight at Zalindreh. And Lucy told again (they had all, except Aravis and Cor, heard it many times but they all wanted it again) the tale of the Wardrobe and how she and King Edmund and Queen Susan and Peter the High King had first come into Narnia.

And presently, as was certain to happen sooner or later, King Lune said it was time for young people to be in bed. "And tomorrow, Cor," he added, "shalt come over all the castle with me and see the estres and mark all its strength and weakness: for it will be thine to guard when I'm gone."

"But Corin will be the King then, Father," said Cor.

"Nay, lad," said King Lune, "thou art my heir. The crown comes to thee."

"But I don't want it," said Cor. "I'd far rather—"

" 'Tis no question what thou wantest, Cor, nor I either. 'Tis in course of law."

"But if we're twins we must be the same age."

"Nay," said the King with a laugh. "One must come first. Art Corin's elder by full twenty minutes. And his better too, let's hope, though that's no great mastery." And he looked at Corin with a twinkle in his eyes.

"But, Father, couldn't you make whichever you like to be the next King?"

"No. The King's under the law, for it's the law makes him a king. Hast no more power to start away from thy crown than any sentry from his post."

"Oh dear," said Cor. "I don't want to at all. And Corin—I am most dreadfully sorry. I never dreamed my turning up was going to chisel you out of your kingdom."

"Hurrah! Hurrah!" said Corin. "I shan't have to be King. I shan't have to be King. I'll always be a prince. It's princes have all the fun."

"And that's truer than thy brother knows, Cor," said King Lune. "For this is what it means to be a king: to be first in every desperate attack and last in every desperate retreat, and when there's hunger in the land (as must be now and then in bad years) to wear finer clothes and laugh louder over a scantier meal than any man in your land."

When the two boys were going upstairs to bed Cor again asked Corin if nothing could be done about it. And Corin said:

"If you say another word about it, I'll—I'll knock you down."

It would be nice to end the story by saying that after that the two brothers never disagreed about anything again, but I am afraid it would not be true. In reality they quarrelled and fought just about as often as any other two boys would, and all their fights ended (if they didn't begin) with Cor getting knocked down. For though, when they had both grown up and become swordsmen, Cor was the more dangerous man in battle, neither he nor anyone else in the North Countries could ever equal Corin as a boxer. That was how he got his name of Corin Thunder-Fist; and how he performed his great exploit against the Lapsed Bear of Stormness, which was really a Talking Bear but had gone back to Wild Bear habits. Corin climbed up to its lair on the Narnian side of Stormness one winter day when the snow was on the hills and boxed it without a time-keeper for thirty-three rounds. And at the end it couldn't see out of its eyes and became a reformed character.

Aravis also had many quarrels (and, I'm afraid even fights) with Cor, but they always made it up again: so that years later, when they were grown up, they were so used to quarrelling and making it up again that they got married so as to go on doing it more conveniently. And after King Lune's death they made a good King and Queen of Archenland and Ram the Great, the most famous of all the kings of Archenland, was their son. Bree and Hwin lived happily to a great age in Narnia and both got married but not to one another. And there weren't many months in which one or both of them didn't come trotting over the pass to visit their friends at Anvard.